VOL.001

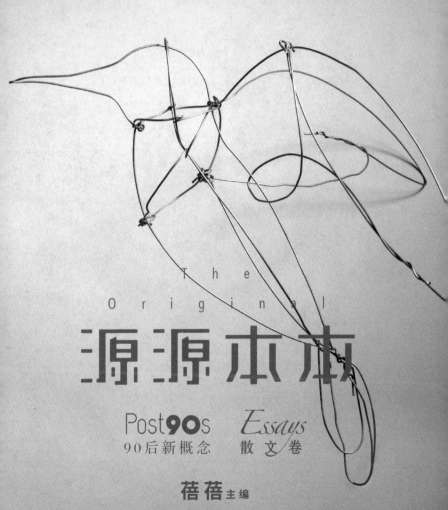

The
Original

源源本本

Post**90**s　　*Essays*

90后新概念　　散文卷

蓓蓓主编

SPM 南方出版传媒

全国优秀出版社
全国百佳图书出版单位　广东教育出版社

· 广州 ·

像你一样，我做梦，我被夜晚的恐惧所窒息。

像你一样，我常常会怀疑，为何恐惧盛行于夜晚。

在二十年这样的怀疑以后，我现在相信，恐惧并非产生于黑暗；

相反，恐惧像星辰一般总是在那里，但是为耀眼的日光所遮蔽。

——欧文·亚隆

那是表面看来有害无益的力量，但实际上它却在教你如何完成自己的天命，培养你的精神和毅力。因为在这个星球上，存在一个伟大的真理：不论你是谁，不论你做什么，当你渴望得到某种东西时，最终一定能够得到。因为这愿望来自宇宙的灵魂，那就是你在世间的使命。

——保罗·柯艾略

现在，让我们仔细研究一下，
我们自己身上的洞，以及这些天
生的伤口所通向的一切。在人
的皮肤底下，是一座奇妙的莽林，
在那里血管像茂盛的热带植物
似的悬挂在过于成熟的器官旁，
野草似的内脏红黄相间，缠结在
一起蠕动。就在这座莽林里，从
岩灰色的肺飞到金黄色的肠子，
从肝飞到眼睛又飞回到肝，有一
只叫作灵魂的鸟儿。

——纳撒尼尔·韦斯特

CONTENTS

VOL.001

一切都在开始，一切开始即在结束

目录

突然间黄昏变得明亮，

因为此刻正有细雨在落下，

或曾经落下。

下雨无疑是发生在过去的一件事。

谁听见雨落下，谁就回想起

那个时候，幸福的命运向他呈现了

一朵叫作玫瑰的花

和它奇妙的、鲜红的颜色。

这蒙住了窗玻璃的细雨

必将在被遗弃的郊外

在某个不复存在的庭院里洗亮

架上的黑葡萄。

——博尔赫斯

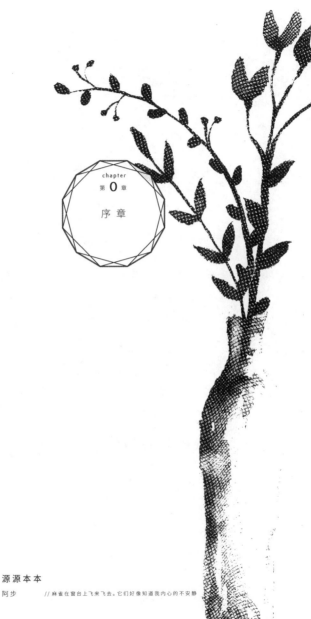

chapter
第 **0** 章

序 章

源源本本

阿 步　　　// 麻雀在窗台上飞来飞去。它们好像知道我内心的不安静

源 源 本 本

文 ／ 阿 步

阿步，青年作者。文字散见于《人民文学》《特区文学》《诗选刊》《语文报》《右边》等报刊。

曾获第三届万松浦文学新人奖。著有电子诗集《白马少年》《把你种到另一个星球去》。现居河

北沧州。

一

这个下午，堂屋里依然有人打麻将。他们不停地说话，不停地拍桌子。这一切，我熟悉得不能再熟悉。我在里屋都能想到他们热火朝天的场面。

这个冬天的下午，阳光很好，麻雀在窗台上飞来飞去。它们好像知道我内心的不安静。

他们也不安静，稀里哗啦的声音此起彼伏。

我点燃一根烟。

二

这是新年的第二天。其实，对于新年，我一点感觉也没有，它就是平平常常的一天，24 小时。虽然这样，我还是会给一些朋友发去祝福短信。我不在乎，并不代表别人也不在乎。

但是我始终不明白，电视里为什么好像全世界的人都要因为这一天的到来而欢呼雀跃。我不禁怀疑，这一天，他们中到五百万元的彩票了吗？

三

出去上厕所，我家的狗一直跟着我。每次我回家，它都跟着我；每次回去，它都送我很远。

它是一条普通的黑狗，但越长越帅。记得去年它来我们家时，那么孱弱，浑身的毛脏兮兮的。现在，它在雪地里，看上去俨然一副将军的威风模样。它长大了。

它在我家长大真是不容易，我家很少能养住猫狗，凡是到我家的猫狗都没什么好下场。但是它挺过来了，虽然这将近两年的时光里，它也经历了生死考验，在鬼门关转悠了几圈，但是它毕竟长大了。

祝贺你，小家伙。

四

大奶奶老的不成样子了，头发披散着搪着手坐在炕头上。她满脸的褶皱，越陷越深，好像是从骨头里往外长的。

屋子里的光线不好，这给大奶奶平添了几分诡异的气息。我凑到她跟前问她是否还认得我，她点头，从干瘪的嘴唇挤出几个含混的声音："俺家的。"

她已想不起我叫什么了——尽管这个名字是她帮我取的。

她看我抽烟，就把我手中的烟要去了，狠狠地抽了几口，抽得一点不剩才把烟头儿扔掉。当时我身上没有带着烟，若是带了，就给她摽下了。谁知，她刚扔了烟头儿没多一会儿，就挤出了几个干瘪的声音："我头晕了，我头晕了。"随后，她就向墙角的被褥挪腾，躺下，摇着脆弱的手臂，说："不抽了，不抽了。"

大娘在一旁说："老了，傻了，都拉了好几次裤子了。"

外面的阳光那么明媚，我忽然想起大奶奶以前的样子，那么干净，那么利落。

她是河间城里的大家闺秀，他的夫君——我的大爷爷曾是跟随蒋经国的文将。

她风光过。而如今，她不折不扣地成了时光的战俘，任凭其摆布。

世事无常，造化弄人。

五

又看到了我小时候的一对扇贝。

据说那片地曾经是一座庙宇，不知道那是哪朝哪代的事了。从我记事起，那片地里就有很多的碎瓦片，还有贝壳。这对扇贝就是我和弟弟在那里挖的，好像还挖出了一个坛子什么的，不过里面并没有金银财宝。

那时候，我十多岁，我们还拥有着武侠梦，以为世上还存在着飞檐走壁的功夫。一晃这么多年过去了，这对扇贝也被小孩子摔得残缺了。如果我在家，我肯定不会让这些小孩子靠近它们的身。只有我自己知道它们于我的意义。可是，它们已经到了别人手里。

我想夺过来。可是想想，和孩子争什么呢？

但是，那个时候，我也是孩子。

我可以把它们放在我的小柜子里好好地保存十多年，这帮小家伙，能吗？

我是真的心疼。

六

我今年异常的怀旧，最近买的几本书都是曾经看过的。包括余华的《我在细雨中呼喊》、苏童的《米》、落落的《不朽》、颜歌的《异兽志》、蒋峰的《维以不永伤》，还有池莉和迟子建的小说集……多是年少时看过的书，只是当时都舍不得买。其实，还想买徐则臣的《午夜之门》，只是已经没有人卖了。

我不怕别人笑话我一把年纪了还看这些书。我知道我自己正在渐渐老去。直到有一天，我老到再也不能老了，我还愿意想念这些故事、这些文字。

其实，我不想老。我有一张不老的脸，我就是自己诗句中"永远的少年"。

七

好久没有放开跳舞了——上次是在孟村采风时，在那里的文化广场上。阿钰和树江就在一旁，我都没有发觉。

今天我又跳了一次，在看东方卫视跨年晚会重播的时候。看到韩庚和李准基在跳，我也就不由自主动了起来。这让我觉得我还没有完全老掉。

我跳的时候，胡子拉碴的老爸在一旁一直撇嘴。我停下来，把门关上了。

我忽然想起我初中时候，作文得了一等奖，他骂了我一顿，说我不务正业。

八

稍微说一下去年吧。我竟然原地未动，我竟然一部小说也没写，我竟然还活着。

我开始远离一些人，我开始珍惜一些人。

我开始觉得我也不是什么好人，但也不是什么坏人。

天气太冷，冷得让人不想多说些什么。就这样。

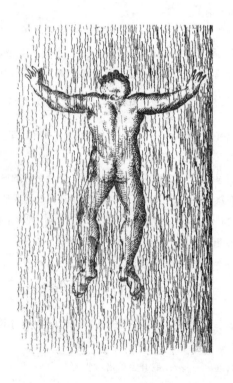

Chapter

第 **1** 章

再热闹的青春，
也要学会孤独

白色秋天

董超楠　　// 她总是在不远处看着我，就像落叶看着大树一样

天堂马

刘彦夔　　// 而我们睡过了夏却在秋天觉醒了

白色秋天

文／董超楠

董超楠，1992年生，出生于辽宁省朝阳市喀左县，蒙古族，笔名瘦鱼。曾就读辽宁交通高等专科学校。

秋天，应该是什么颜色的呢？

小艾单手撑着下巴，右手心里握着的画笔轻轻地叩着画板。"是收获季节里温暖的金黄色，还是入冬前萧瑟寒冷的灰蓝色呢？"小艾快要想不下去，左手胡乱地揉搓着额前的刘海。

"哎，我说你，不就是幅画么，至于搞得这么复杂么？秋天就是秋天，有秋风有落叶的就是秋天。"文杰不耐烦地比画着，"我说姑奶奶，你再画不出来，看你怎么和老师交代。"文杰动作娴熟地将今天新进来的颜料放整齐，然后抄起笤帚簸箕开始最后的清扫。小艾垂着脑袋朝文杰的方向撇撇嘴，心想难怪你只有打扫画室的份。

晚上的风有点清凉，夜幕笼罩下的县城显得特别空洞。微黄的路灯光，街道边零星掌灯的店面，还有脚下偶尔飘过的落叶，带着一点病态的黄。小艾下意识地抱起胳膊，晚风使她的手臂泛起细密的疙瘩。"冷吗？我的外套给你吧。"文杰右手扶着车把，左臂利索地从袖管里脱离出来，然后换手，衣服递到小艾面前。"谁稀罕穿你的衣服啊，臭死了。"小艾执拗地撇过头。视线里是被装潢成大树形状的咖啡屋，爬山虎的叶子细细密密地从房顶垂下来，触角及地，墙壁是挺拔茂盛的树干模样，远远看起来就是一棵枝繁叶茂的大树，很不合时宜地站立在这个萧瑟的季节。写着招工字样的木板挂在树杈上，在秋风里颤抖着。

第一次来到这里的时候是四年前吧，初中二年级的时候。那天刚放学，就被文杰拉着绕过学校后面的废弃操场，然后穿过一条长长的巷子来到街角。那是个冬天，整个世界蔓延着一种不着边际的白，只有这棵站立在街角的突兀的"大树"上还偶尔露出一点浓郁的绿色。

"好看吧，嘿嘿……"文杰搓着冻得通红的手，嘴里不停冒着白气，瞳孔里倒映出来的却是对面广场上的冰灯。

"嗯……"小艾小声答应着。咖啡屋最角落的落地窗，"苔藓"把窗子包裹出一个怪异的形状，坐在窗子里面的少年，长长的咖啡色围脖垂在腿上，时而低头好像在写什么，时而抬头忧郁地望着窗外。"真好看……"小艾忍不住补充道。

是从那个时候开始才对这个咖啡屋产生兴趣的吧，抑或是，咖啡屋里面的人。从那以后，咖啡屋成了小艾每天放学后必须经过的地方。起初还骗文杰说是跑来看冰灯，最后索性甩掉文杰一个人跑过来。对面的广场上一棵粗壮的大树和咖啡屋并排而立，躲在大树后面朝对面看的时候刚好是少年英俊的侧脸。偶尔也会迎上少年无意转过来的目光，交错之后小艾不知所措地躲起来。

被他发现了吧？他看到我了吧？

他要是知道我在看他了怎么办？

他要是压根不知道我的存在怎么办？

好像一根麻绳在心里拧着劲，自己也不知道是更希望哪一头冒出来。

"他真好看啊！"小艾在心里想。如果不是因为还小，如果不是因为不懂得什么叫作青春期里莫名萌生的情愫，她也不会笨到在寒冬里站在一座岩石后面观望而不走进咖啡屋近距离地接触吧。直到冬天过去，漫无边际的白色融化在土壤里，直到世界重新给"大树"咖啡屋刷上绿色的背景，直到那些绿色又开始在秋风里萧瑟。

"不进去坐坐么？"声音响起来的时候小艾正躲在岩石后面朝咖啡屋里张望，空荡荡的落地窗被秋日的阳光折射出寂寞的颜色。小艾吓了一跳，回过头的时候，咖啡色及腰的长围脖让她瞬间红了脸。

"没有味道啊，我昨天才洗过的呢。"文杰边说边把鼻子凑近闻了闻，露出尴尬的表情。

"我开玩笑的啦……"小艾忍不住笑出来。

"那你倒是穿上啊，都入秋了还总是忘记穿外套，没有我你要怎么办啊！"文杰像是命令又像是恳求一样的口气。

小艾有点不开心这样子的说法，沉默了一会，突然说："我要去咖啡店打工。"

文杰诧异地看着她，发现小艾明显地露出了不悦的神色后，文杰也就没敢再多说什么。只是自顾自地把外套披在小艾身上。"你们女生啊，总是只顾着好看就忘记要好好照顾自己。"文杰还是没忍住地小声嘀咕着。

"要你管。"小艾有点被惹怒了，脱下外套丢给文杰一个人大步地走开了。

"女生的脾气啊，还真是……"文杰无奈地想，还是骑上脚踏车追了上去。

"不冷么？"少年温柔的声音飘过来。"拿铁怎么样？"

"嗯……"小艾小声答应着。该怎么去形容他的声音呢，温柔？绅士？温暖？是在很多年以后回想起来还是让她忍不住勾起嘴角的声音。小艾羞涩地点头。不太敢直视他的眼睛，却不小心注意到他明亮的瞳孔和狭长的睫毛。以前总是和文杰待在一起。从来不知道男生还可以有这么好看的眼睛，比天空晴朗，比湖水明镜，好像里面有一个单纯独立的世界，清晰明亮，可却谁都看不透。

"喏，我的外套借你好了。"少年绅士地为小艾端上咖啡，看着小艾瘦小的身材补充道。"这么冷的天，你穿得太少了，女孩子呀，总是只顾着好看。"好像是自言自语，又好像是在说给小艾听。而此刻的小艾，不知道是沉浸在少年温柔的声线里，还是陶醉在他明亮而深邃的眼眸里，忘记推辞，也没有道谢。低头喝着咖啡，脸蛋越来越烫。

怎么会这样子呢？都不像她了啊。

身体里的某根神经不小心搭错了方向，总觉得哪里不对却又找不到那个发生错误的点，整个人开始稀里糊涂地凌乱起来。这样的日子有一年了吧，在放学之后故意绕到咖啡店前，习惯性地在大树后面偷偷地看他几眼。他是爱极了那个座位的吧，不然怎么会几乎每天都在那里呢。他抬头的时候视线里经过了怎样的风景，他低头书写时笔下又记录了怎样的画面，还有他偶尔低头浅笑时，又是谁牵起了他慵懒的嘴角呢。这些没来由的想象和猜测像是飘摇在沙漠里的一颗种子，没有供它停靠栖息的地方也得不到任何滋养。直到少年出现在身后的那天，才开始慢慢具象成为一句简单的你好，一杯温热的咖啡。以前不被察觉的感情开始不安分地生长出轮廓。

忘了那天是怎么离开的，少年的衣服穿在身上厚实而温暖。淡淡的咖啡香萦绕在鼻息，这个味道就叫拿铁吧，好像是他最钟爱的口味呢。

"哎，你脑袋是发霉了啊，放着最爱的美术班不去上居然跑来咖啡店打工，又不缺零花钱啊。"文杰自顾自地絮叨着，他总是理解不了小艾突如其来的奇怪想法，但是又从来阻止不了她。小艾真是个让人摸不透的女孩子啊，文杰是这样觉得的，虽然搞不懂，但还是因为她不同寻常的创造力而觉得她和别人不一样。

"你管我呢！"小艾灵活地从脚踏车后座上跳下来。"你快去上课啦，别忘了帮我签到啊。"冲文杰做个鬼脸然后跟他道别。文杰只得不明所以地搔搔头发。"随便你啦，不过你的画要是再不交，老师真的不会放过你的啊。"

一转身就看到了萱姨笑盈盈地在门口迎接她的身影，小艾也冲萱姨俏皮地笑，各自散发着温暖的气流。

"男朋友？"萱姨打趣道，眼神指向文杰离开的方向。"唔？哪有啦，他是我一起长大的邻居啊，关系很好所以做什么都一起。"小艾有点难为情地解释。"呵呵这样子啊，依我看，他肯定是喜欢你呢。"

……

小艾随着萱姨进屋，熟悉的味道钻进鼻孔里。嗯，这里还是老样子呢。

"喏，这就是你全部的工作了。"萱姨指指桌子上的乳白色封皮的笔记本，对小艾微笑着说："只要把昨天的账目核对好，然后跟月营业账单照抄到一起就好了。"

"嗯？只是这些么，我还以为要招呼客人嘞！"小艾有些难以置信。看着桌子上熟悉的笔记本，心里的感觉说不出来应该是失望还是窃喜。

那是他以前用过的笔记本啊，却原来他只是在记录咖啡屋的营业账目。本来有些浪漫的幻想，却一下子被这些密密麻麻的规整的数字打破了。

"所以……我可以坐那个位置么？"小艾指指角落里落地窗前的位置，试探性地问道。萱姨眼神黯淡了一下，但很快又恢复了光彩。"嗯……如果你喜欢的话。"

小艾讪讪地在落地窗前的位置坐下，她尽量模仿着他以前的坐姿，他端咖啡的姿态，以及他望向窗外的角度和神情。就好像，自己也可以变成他一样。视野里是自己走过了四年的街道。才是初秋时节，黄黄的叶子就铺了满地。清洁工将它们扫到大树底下堆成堆，树叶也只有在这样的时候才会最贴近树根吧。可是明天，它们又要被城里的垃圾车收走了。小艾突然觉得那么伤感，所以你呢？你要什么时候回来呀？

不远处吧台后面的萱姨，安静地看着眼前青春萌动的少女，眼神里是满满的怜惜和安慰。

"从外面招聘人来核对店里账目，招呼客人的活却留给自己做，哪有这么奇怪的啊。"文杰絮絮叨叨地念了一路，努力地表达着自己对小艾做法极度的不赞成。"为了做那个奇怪的工作耽误了美术班的课程，真不知道你脑袋里在想些什么呀！"文杰继续说。

说心里话，小艾是讨厌极了文杰像念紧箍咒般絮叨的样子，可是心里清楚他是为了自己好，所以也就不多说什么了。回想起来的话，好像从很小的时候开始就是这样了吧。幼儿园的时候小艾喜欢吃各种口味的糖果，而且经常从家里带糖出来分给文杰吃。可是文杰却说小艾你不要再吃这么多的糖果了呀，妈妈说这样对牙齿很不好的。文杰从来不知道那时候的小艾是想尝遍所有的口味然后挑出最好吃的给文杰而已。上小学的时候，小艾总是穿着一身雪白的裙子爬上爬下，弄得白裙子经常脏兮兮的样子。文杰拉着小艾说："小艾你不要爬上去了，上面很高很危险而且还很脏啊。"文杰不知道小艾是想去喂一只胆小的流浪猫。上了初中之后小艾不知怎么爱上了街角广场上的冰灯，以至于后来养成习惯，即使在没有冰灯的夏天她也要执拗地绕过小广场之后才肯回家。他不知道小艾眼睛里留恋的其实是广场另一端的风景。高中之后小艾突然喜欢上了画画，每天放学后都要去美术班用功地练习，可以画的东西那么多，她却偏偏喜欢画秋天。文杰把这一切奇奇怪怪的想法归结为：小艾就是这样一个让人猜不透的女孩子啊。

小艾仰起头看前面的文杰骑着脚踏车的背影，他总嫌自己重，单车却骑得飞快。后脑勺竖起毛刺刺的短发，有细密的汗珠从里面渗出来。所以你看，即使我们从小一块长大，有些话只要我不说，你就永远不会了解我的想法。所以，这样的我们，怎么会是男女朋友呢？也许是找到了理由说服自己，小艾便不再把萱姨那句无意识的玩笑话放在心上。

"哎，对了。"文杰见小艾不吭声便以为是自己的碎碎念起了作用。"今天老师有特别提到你的画哦，还好我机灵，和老师说你今天不舒服所以没来上课啦。不然等老师查起来发现你连作业都没交看你怎么办呢。所以你明天还是乖乖回去上课啦！"

"哦，所以你有帮我签到么？"

"当然啦，这么重要的事情我怎么会忘记呢？嘿嘿……"

"……白痴。"

"呃，有哪里不对劲么？"

其实也没有哪里不对劲吧。我就好像一列听话的小火车，总有人给我设计好以后要经过的轨道。我会按照我的班次行程一路缓慢前进。这是一件多么天经地义的事啊。从小一起长大的我们，幼儿园一起堆泥巴，小学一起背九九乘法表，初中一起算奥数题，大人们把这个叫作青梅竹马吧。就算以后我们会在一起，也没有人会觉得惊讶，这是一件多么天经地义的事啊。可是谁知道呢？我并不想做一列被操控的小火车。自由，却不是自己想要的方向。

"嗯……文杰啊。"小艾突然说。

"嗯？"

"我们只是好朋友的对吧？"

突如其来的转折，文杰一下子不知道该要怎么接。索性安静着也不说话，于是气氛一下子变得有点尴尬。只剩下脚踏车的踏板摩擦车身时的"哗啦"声，在缓缓流淌过的秋风里，被拉扯得很大很大。

第二次去大树咖啡屋上班的时候是周末，萱姨说考虑到小艾美术班的课程，叫她只要周末过来核对好一周的账目就好。小艾一边对萱姨觉得有点内疚，埋怨文杰的多事。一边庆幸这样既不用耽误美术班的课程还能在周末有更多的时间留在大树，心里又暗自原谅了他。

刚刚入秋的天气，却在这个周末骤然变冷。小艾将针织外套往里裹紧些，有点后悔自己今天穿得太少。走到巷子口的时候文杰的身影和他的脚踏车一起出现在视线里。这么多年来他的样子好像从来没变过，除了变得高大和粗壮以外，和小时候好像也没什么差别。

"嘿……早啊……"

"嗯。"小艾随便地答应着。

"喏，就知道你又穿很少，外套给你。这件绝对是新洗过的哦。"

"不要啦，你拿回去就好，我不冷的。"小艾双手抱着胳膊，固执地不转头看他。偶尔的一个寒战还是出卖了她。

"你这么早跑出来干吗，难道给我送外套的啊？"

"喂，你这人真是，怎么帮你还这样子的态度呢？"文杰有点委屈似的。"我是刚好要路过大树，想顺便送你。"

"哦，这样啊。"小艾假装答应着。心里却在想这个借口实在是烂透了。你从小就只会跟着我的屁股后面找我和你一起玩，怎么会有想要自己一个人去的地方呢？

萱姨像往常一样笑盈盈地站在门口，慈爱的神情像是等待女儿放学归来的母亲。虽然和萱姨相处没多久，但是每次当萱姨用这样子的眼神看着自己，小艾都会涌起一阵说不出的感动，好想伸出手抱抱她。

虽然是周末，可是今天店里却异常的冷清。爬山虎翠绿的叶子层层叠叠包裹着里面的乳白色大理石房间，好像一座装修精致的森林宫殿。是有多热爱自然和生活的人，才会有这样子的创意呢？小艾抱起吧台上的乳白色笔记本，转向墙角的时候才发现那个鲜有人光顾的位置，竟有一杯咖啡安静地躺在桌子上。

"这里有客人么？"小艾指指角落里的位置。萱姨放下手里的咖啡杯，摇头示意她可以坐在那里。

咖啡好像是刚刚泡好了放在这里的，小艾想萱姨实在是太贴心了。热气腾腾的味道钻进鼻孔里，小艾记得这个味道叫作拿铁。是他最钟爱的口味。

是他。

小艾敲了敲自己的脑袋，拿铁的香味快要让她产生幻觉，小艾有点写不下去，干脆将胳膊杵在桌子上，支撑着她混乱的脑袋。窗外的秋风吹得很急，广场对面的大树拼了命地摇晃着树干，像是一场没有胜算的挣扎。树叶哗啦啦地从树上掉下来，飘摇在大树的身边，可是它们再也回不去。有些东西你越害怕失去，它便走得越快。有些东西你越是期盼，它便越是没有归期。

想到这里，小艾突然觉得有些难过。她趴在桌子上，一只手垫着下巴，另一只手划过咖啡杯的身体，一样的温度和触感，同样来自四年前的那个冬天。那天很冷，雪花像飘摇的白色树叶，毫无眷恋地脱离天空的怀抱，有些融化在土壤里；有些覆盖在干枯的枝丫上；有些躺在了碧绿的爬山虎的叶子上；还有一些钻进了大树后面的小艾的脖颈里。小艾被冻得瑟瑟发抖，她一边搓着手，一边不停地朝对面繁茂的大树里面张望。少年去哪里了呢？小艾有些失望，正要回去的时候，一个温暖的声音从身后飘过来。"不进去坐坐么？外面太冷了。"小艾回过头，清秀白皙的面孔，咖啡色及腰的长围脖。他的眉毛像苍劲的大树的枝丫，他的瞳孔像一眼望不到头的透明湖泊。这么好看的面孔，竟然就这样出现在小艾的面前了。

小艾像是被施了咒的木偶一般，跟着这个温暖而美好的少年走进那个她偷偷张望了无数次的咖啡屋——大树。少年帮她找了一件厚些的外套，帮她泡好一杯热气腾腾的拿铁，他说："你穿得实在是太少了，你们女孩子呀，总是只顾着好看。"他说："拿铁怎么样，很好喝哦。"他说："以后你可以常来玩的，我在咖啡店里打工，咖啡我请哦。"小艾木讷地点头，心脏好像是掉进了一个很深很深的洞，深到连她自己都找不回来了。直到很久以后小艾才知道，原来那种感觉叫作喜欢。

接下来的一个星期，小艾每天都会去大树里面坐坐，起初小艾还有些害羞，就在对面广场的大树底下站着，少年很快就会发现她并向她招手，小艾这才讪讪地穿过马路跑进去。少年见到小艾之后便不再记笔记，而是温柔地看着她给她讲咖啡店里发生的事，有时候会莫名其妙地说一些小艾听不太懂的话，比如："你看，当那些雪花融化进土壤里的时候啊，天空就再怎么也找不见它们了，所以如果有一天我也消失不见了，你千万不要到处寻找我哦。"小艾有些不解地看着少年，心里想这样英俊的一张面孔，足以被时间贴上永恒的标签，又怎么会消失不见。而少年马上就会对着小艾咯咯地笑起来，好像刚才只是一句随意的玩笑。他们说话的时候萱姨就笑盈盈地站在吧台看着他们，萱姨有一双和少年一样透明如湖水般的眼睛。

　　如果不是有一天，少年真的这么突然消失了，小艾会以为这样简单快乐的日子会一直继续下去吧。直到那个白雪皑皑的午后，小艾绝望地站在大树底下，对面落地窗里面空荡荡的，大片的雪花簌簌地落下很快模糊了视线。小艾失落地仰起头看着天，16岁的小艾固执地希望雪花不要再落下来，她在想，那个落地窗里的少年，怎么就真的像雪花一样，落下来就找不到了呢？

　　小艾陷在回忆里出了神，就连萱姨是什么时候坐在了她的对面都没留意。"在想他么？"萱姨的话脱口而出的时候小艾着实被吓了一跳，当然让她感到惊诧的不只是萱姨突然的出现，还有她说出的话。"嗯？"小艾抬头，湿润的脸颊上写满疑惑。

"小易啊,他说知道你一定会来的。"萱姨望着窗外一个遥远的地方,好像是在做一个绵长的追溯。

"我们小易啊,最喜欢喝我亲手泡的拿铁了,他说拿铁是回忆的味道。还说等他病好了,一定要亲手泡最好喝的拿铁送给他最喜欢的女孩子喝。"

像是突然被拉住了某根神经,小艾脑袋里有一根没来头的绳索在紧紧拉扯着她,小艾找不到绳索的源头,却预感到那里一定藏着点什么她不知道的事。于是小艾屏住呼吸去安静地聆听,任凭潮湿的水汽从眼睛里面挣扎出来又在眼角风干。她想找到绳索的源头,非常想。

"小易小时候啊,是个特别活泼开朗的男孩子。"萱姨低头抿了一口杯里的拿铁继续说,"那时候他很爱笑,他笑起来的时候眼睛弯弯的很好看。他经常来店里帮我泡咖啡端给客人喝,有客人很喜欢他,觉得他很合眼缘,还会讲故事给他听,他说他要把那些有意思的故事都记下来,然后讲给他以后的女朋友。"萱姨安静地说着,眼睛里流露出异样的光彩,好像小时候精灵古怪的小易就站在她面前似的。"小易爱画画,喜欢把纷飞而下的雪花和秋天的落叶画在一起,他说落叶和雪花有一种相似的悲伤。那个小人儿啊,整天都不知道在想什么呢。"

"这一点倒是和我很像,文杰每天也是这样形容自己的吧。"小艾想到这里突然有了一点安慰。"那后来呢?"小艾问。

"后来,有一天,他说他突然忘记了自己的名字,呵呵。"萱姨苦笑,对着窗外大树的方向长长地叹了口气。医生说,他得了间歇性失忆症,会突然短暂的忘记什么事情,等到这样的次数越来越频繁,可能就会慢慢地失忆了……

"所以他每天坐在窗前不停地写啊写,是想记录下他觉得重要的事情,直到有一天,我发现,他笔下记录的主角都成了你。"萱姨边说边从桌子底下拿出另外一本笔记推到小艾眼前,一样的乳白色封皮。扉页上温柔而忧伤的几个字:"我发觉,她总是在不远处看着我,就像落叶看着大树一样。"

不知道是不是错觉啊,小艾隐约觉得听到了打雷的声音,轰隆一声震响在她耳朵里,不停地搅动着她的神经。混乱了。

从大树出来的时候天已经擦黑了,今天的天气异常的差,秋风一阵一阵地划在脸上，像是生硬的白纸。小艾的眼睛因为失水过多而变得涩涩的，她伸手揉了揉，有点疼。

文杰不知道什么时候已经等在大树咖啡店的外面，和每天不同的是他的脚踏车后座上坐着一个秀气可爱的女孩子。文杰爽朗地朝小艾招手说："小艾你等下我哦，等我先把思雨送回家就过来接你。"说着便驮着女孩子快活地向另一个方向驶去，女孩的胳膊紧紧环绕着文杰的腰，露出害羞而甜美的微笑。小艾看着他们欢快离开的背影，说："不用了我自己回去就好。"第一次发现文杰的背影也算厚实硬朗。她低头叹了口气，不知道算是失落还是欣慰，原来文杰真的长大了，再也不是那个整天只知道在她身后粘着她的傻小子了。

好像不管是曾经与你多亲近的人，都有一天会慢慢离开吧。文杰是树叶，陪着你萌芽生长，却终于还是在适当的季节脱离树干，随着风飞向他想去的地方了。小易是雪花，短暂的出现，就不知道落在了哪里再也找不到了。"的确是相似的悲伤呢。"小艾想。

不知道是不是因为少了文杰的脚踏车的关系，回家的路竟然变得很长很长，天空的颜色脏脏的好像是洒上了刚涮完画笔的脏水，复杂的色彩杂乱地混合在一起调出一片灰黑色的天空，阴得不像话。小艾抱着胳膊，把针织外套裹紧一点，还是有冷冷的风从空隙里钻进来，以后不会再有人脱下自己的外套披在小艾的肩膀上了吧。路上经过一排一排的道旁树，枝丫在寒风里颤抖得不行，小艾有点想念大树咖啡屋了，手里的乳白色封皮笔记本又握紧了一点。咖啡屋里面那个美好的少年，应该早就不记得我了吧。萱姨说他去英国治病了，不知道英国那边天气怎么样，那里的秋天冷不冷，那里也有一棵四季茂盛的大树，开满爬山虎的叶子吗？

小艾抬起头，眼前白茫茫的，好像是下雪了呢，原来秋天真的会下雪啊。街角的大树又会变白了吧，你猜下次路过咖啡屋的时候，会不会有一个温暖的少年请你进去，给你泡好一杯香醇的拿铁，然后给你讲咖啡屋里的故事呢？

这个秋天啊，就这么白了。

天 堂 马

文／刘彦夔

　　刘彦夔，男，生于金城，长于婺州，向往长安。爱好音乐、足球，仰望飞翔，身怀毁灭天堂、

驾马而去的崇高理想。少年文学网站中华少年文学网前任版务主席，曾为中国文化部组稿。个

人主持创办并主编电子杂志《乌托邦》。《小溪流》杂志 2004 年度十佳作者。现为上海某公司

企划。

　　行走在这小城中心繁华盈溢间，落地玻璃窗映出自己淡淡的影子，单薄得像阵风，应该和没有温度的尘土一样去飞扬。长街狭窄，路人很近却又如此远，谁和谁的谁谁在一起。我猜一个人怎么可以承载两颗心，猜不出、想不明白，于是试图把风甩开，独自扬长而去。秋天的公园开始萧瑟落拓、人烟稀少，感觉心中空空如天空，没有瑕疵的安详长满整个身体，坐上枯蔫而韧性的草，慢慢慢慢倾斜下头颅，看这世界就不一样。

　　从前，我们都在一起。躺过这片草坪，看过这片蓝天，唱过共同喜欢的歌曲，甚至拥有类似的梦想，梦里如花开满我们可以想象的幸福。水中映出的倒影是我独自一人，才发现他们都已不在了。空中鸟群飞过我的头顶，飞过我的视线，我睁大眼睛数着它们有多少都在一起。它们会越过海洋，越过死亡，越到幸福都在一起，如此自由地盘旋，蓝天就是它们的家。秋风掠过我的眼睛，忽然就酸涩起来，吹得我眼中含泪，有点生疼。

　　坚信那不是难过，而是风吹眼中干涩的缘故。风吹的呼啸声，静静地，悄悄地，是悲切还是欢快，像它的身体一样看不透。看不透的还有很多。看不透这天空之上依旧空空，却毫无道理地盖住了我们全部；看不透这季节疯长的草木繁花褪去外衣，冷到枯萎风干至灰烬；看不透年华零落伶仃碎碎地扬长而去，却总挥不去影子绰约。

　　更看不透故事这头，那头。

　　从此。

　　以后。

彦彦：

　　秋来了，希望你的心情如秋高气爽，一览明媚。阳光开始淡了，不再那么刺眼了，空气也稀薄起来，不会如夏般令人压抑了。

　　那些草、那些花、那些叶，开始了新的轮回，回到土里，睡过冬季，然后在春日苏醒，而我们睡过了夏，却在秋天觉醒了。世界在我们眼里越发清晰，我们的眼睛已经可以透过表层看到内里，于是一些难过的事情就如阴沉欲雨的天气里水中难耐的鱼，纷纷浮出水面。

　　秋来了，树叶被风吹散了，那些本在一起的叶子开始了离群索居的生活，它们会慢慢腐烂，直至消融为灰烬，化为烟尘，被风带进天堂，做了一朵不知名的云彩，静静等着做善良的天使悲伤时的眼泪。父母散了，父亲抛弃了母亲，组成了新的家庭，有了一个原本是素昧平生的儿子，我慢慢失去一些莫名的东西，尽管不知道到底是什么。我想这样的结局总有它的道理吧，他们原本就是两个世界的人，不合适使不用去适应了吧，隐忍是种更深的创伤吧。父亲的爱不在我们母女身上，或者我怀疑他会不会爱。或许这爱，就如天上的云彩，飘忽不定诡异游离，不知何时化作一场崩塌的暴雨，注定止不住那溃散的脚步。

　　散就散了，就像落叶满地的季节来得一样理所当然。去感受吧，悲伤总有些，我会努力往好的方向去想，可想着想着终于还是流下了眼泪。好奇怪，他们散的那天我还很平静呢，现在怎么就轻易哭了。但我觉得这还是一个可以接受的现实。我会好好的，和母亲一起，和外婆一起，和外公的灵魂一起，一起温暖起新的生活。

　　我又开始给你写信了，这是第三年。与你文字的交流为我的生活点缀了许多新的色彩，忧伤或者快乐编织的安慰。等你来信有时候会是一种幸福，尽管你总写很少的文字。而那些文字犹如一个个精灵抚慰我苍白的生活，我总是一次次在学校的图书馆里靠窗的位置静静看，抬头间偶就会看见窗外大片大片绿色的叶子，上空是淡淡的苍穹，傍晚时分，夕阳垂照温馨感人的画面。从我初次看见你的时候我就觉得生命里多了很多东西，那些东西犹如水彩画的颜料散落到这个世界，于是整个世界变得异常美好。

　　不停地来来往往于学校和家里的旅途，日复一日，背包里是很多习题，肩膀上承担面对高考所应该承担的一切。路上有些碎碎的小花朵，还有盛开的树木，都在这个季节拼命摇摆着头，不愿意就这样等待着去消亡，多么无奈的事情。但我和它们，总有未来的吧，走过了这一程，去看另一程，会好的。

　　来来往往。简简单单。

　　静静慢慢等等。

茵子

苗子：

当你告诉我秋来的时候我才开始计算四季是怎么轮转的，然后算啊算啊。一、二、三，呃，不对。应该是三、四、五；六、七、八；九、十、十一。哇，原来是秋中时节，这天气怎么还是那么不乖顺，那么暴躁呢，是不是我忘了抚它的头呢。

于是决定去温顺可人的小村，寻找古朴淡淡微凉的气息。行进在路中有种清淡闲适的慵懒，路很平坦，沿路远远看见前面低矮残旧的屋子，簇拥在一起安乐幸福的样子，像一对对真正天荒地老的恋人，永远也依偎不够。那里的很多东西，包括树木，石井，小巷都是老态龙钟的，一看心就慢慢被抚平了，住的多是风烛残年的老人。少有年轻的女孩子竟穿得很时髦，墨绿紧身牛仔裤，配着黄百褶裙，浓厚黑亮整齐的刘海儿，垂坠长长的直发在清秀的脸上搭配天然而默契，反而和这小村调和的风情一样，恰到好处。城里其实有很多衣饰店装扮古朴并把店址选在那些尚未拆建的古楼里，木制地板用漆涂抹得光亮如镜，店中华丽的衣服饰物其实和那老屋并不协调。很多东西是不能被复制的，连表象的气息都不一样，魅力是一种整体的氛围。

过道旁有放水的小沟，隔开一排排整齐的屋子，黑色的瓦片勾勒起安静温馨的画面，像汁水较多的毛笔轻轻一撇淡淡的意象。瓦下狭窄的过道紧凑而凌乱的样子轮如调皮的孩子游戏过后留下的局，把人的记忆都拉走了，拉得好远好远，像能够飞檐走壁的人物在斑驳的墙壁上迅疾地飞奔到远处，只留得一个黑黑淡淡的影子虚无缥纱。

那儿感受不到南方十月还未远走的燥热，也看不见秋天的萧瑟。我想那是一个不用计算季节的村落，或者说没有时间的痕迹，一切淡然诗意。然而时间总是在走动的，所以我相信村庄有许多故事，但那是深藏的秘密，我们不应该去打听探询，只许静静看，慢慢想，渐渐带入梦中。

回去的时候风吹得好大，整个人行走在阔达之中感觉自己的渺茫，然后想没有什么可以放不开。生命之上是种放开的伟大。

彦彦

彦彦：

　　我开始相信这个世界拥有世外桃源。并相信没有什么不可以放开。站在路的尽头，沿路绽开的花纷纷扬扬，暗暗渐渐发出愉快的声音，回首轻笑。月儿明，星儿闪，风儿吹。

　　总会有不开心的时候，但总会有云淡风轻的那一天。一切的一切终将烟消云散。

　　早上六点半我经过体育场去上学的途中看见了一个男生很像你，淡蓝的外衣，你喜欢的蓝色，瘦瘦的样子不屑的眼神，不过离我太远，我很想过去打招呼，但又想你怎么会出现在那里呢？你应该早在学校上早自习了吧，于是鼓不起勇气去把握一次邂逅。

　　我们生活在同一个城市的某两个角落，我想某一天我们会再次相遇的，那时风微微吹过，我们都会是怎样的表情。或许你已经忘记了我，或许彼此都不再记得彼此的面容。在那次，我把约婉的信亲手交到你的手上，你说谢谢，然后就转头离开了，仅有的那次。那时我猜你怎么可以这么高傲，只轻轻抬抬头，微微淡淡的笑，没有多余的话。

　　周末去了约婉的家，她给我看你的照片，是初三快毕业时的你。她微微皱起眉头说你的事情。原来她爱了整整三年的那个男孩子就是你啊，其实三年前的那个暑假里在我为她把那封信给你的时候我就应该猜到了。她一直跟我说她心里的男孩子，那些过往沉在心底就再也洗不干净了，她有时说要忘记你，可我知道越是想要忘记就越会忘不了。我不知道你们拥有怎么样的过去，但她对你的执着还是让我感动和羡慕的。

　　记得冬天的时候有人在冻结成可以书写的玻璃窗上写喜欢我，我不懂得拒绝，也没想过接受。后来被班主任看见了，他说喜欢一个人就应该把这份感情深深埋藏在心里，向前看、想想未来，不要荒废了学业。我有时也觉得感情需要珍藏在心，像陈酒那样，不知道这样的选择对不对。忽然明白你没有对约婉说过拒绝的话，是不是因为不愿她受到伤害。

　　今天去父亲家，为了自己和母亲所需的抚养费。真的不想再踏进那扇门，后妈站在一旁看我的眼神让我很难受。可是这一切，我必须去承受，改变不了的现实。

　　我看着窗帘布上滑落的碎花，如同刹那间失踪的流星，翩跹飞舞、瞬间消逝的雪花，那些美丽瞬间让我心中感觉很平静。秋天会过去，冬天就会到来。但愿那时可以看见雪花飞舞，那时会有快乐，会有温暖的感动以及幸福。埋怨过长大，可是长大也会带给我们许多不一样的东西。外婆会摸着我的头发说乖，然后告诉我有时候不要太天真、不要太单纯、不要一味地去信任别人。

我们都是不太年轻的孩子了，即将长大，然后就再也不会有人摸着你的头发说乖了，破碎的流年带给我们太多快乐的回忆，并因此给我们无尽忧伤。

苗子

苗子：

在书店里看见一个故事，传说在城市的角落会蹲着一些唾液精灵，朝水瓶座的孩子吐唾液，于是那些孩子就不会快乐了，但如果我们每天笑三次，那些唾液精灵就会变得很泄气。所以微笑吧，即使生活有时需要隐忍与禁锢。

晚上有时独自听着周华健的歌，那些温暖的东西就会在心中升华起来，盈溢成幸福。

让软弱的我们懂得残忍，狠狠面对人生每次寒冷。

有没有那么一首歌会让你轻轻跟着和声动我们共同的过去，记忆从未沉默过。

心痛心酸心事太微不足道，至少我们还拥有一起吃苦的幸福。

那些声音在我们独自的时候总是给予我们温暖，在每一个寂寞的夜里甜甜睡去。感谢这一切吧，为了生活。

总之还好。我们仍然这样走着。唱着青春那忧伤的歌曲。

总之还好。我们依旧这样唱着。明媚与忧伤交织的岁月。

总之还好。我们还能如此坚强。累得哭了都不会去承认。

不用言语了，就像青春一样有时候真的无法言语。

去笑吧。用力忘记。

长乐未央。

彦彦

彦彦：

如果一个人一个小岛一生一世静静等一个人的天荒地老，那他会发出来自内心的笑容吗？抑郁是一种潜伏的罪孽，独自会抑郁。

把一个人的名字刻在贝壳上，然后用力扔向大海，等风吹过、水流过，我知道那些痕迹会被磨灭，于是真的都忘记了。消失了再也不会重现。再见是再也不见。

只是空虚提不起快乐。

只是寂寞提不起幸福。

你说我是不是太悲观了，也许只是这刻心中无法抚平的难过涌出，如潮涨潮落。我知道有许多事都会留下气味气息，挥之不去散之不开。渺茫的声音和斑驳的影像，或是华丽的幻想。如果盖住自己的眼睛，看不见这些那些，飘到云层无踪无影，湛蓝之下碧空如洗的辽阔。

我有时感觉自己爬在命运的绳索之上，像一个孤独的优伶，表演着我的生活，却不知会在何时跌落。

逃不了的永远逃不了。

回不去的永远回不去。

盖不住的永远盖不住。

看见很多小孩子拿着冰糖葫芦在我身边经过。记得我小时候也是那样喜欢甜蜜带酸的味道，犹如慢慢成长的青春滋味。偶尔看见电视上放着小时候很喜欢的动画片会发起呆，这是多久的事了，几乎忘记片中的名字了。

听见天空中呼啸的飞机很清晰的声音，划出一道痕迹，匆匆往北而去了。地球是圆的，我们一直走就会遇见吗？我有点不太相信呢。想了这么久，走了这么久，唱了这么久，却不知该怎么结束怎么圆满。

那些试卷，那些习题，那些画满一道道红笔的书本，到底会在什么时候落定尘埃，不需碰触。抬头看见蓝紫相间的天空，不知该怎么让画面定格，不能长久仰望它，没人允许我这样消耗时间。

我又感冒了！抵抗不了这种自然的力量。有人说我是一个需要温暖、需要守护的孩子。我摇摇头，我会像你曾教会我那样懂得坚强，像一只美丽高贵的燕尾蝶。

很多个周末都是独自一个人度过的，看空空的天空，空空的房间，忘记了在一起的日子，忘记了曾经单纯快乐的小幸福。那些曾经彼此很好很好在一起的人如今各自禁锢在时间的跑道上奋力往前奔跑，我们都一样，为了一个未来，都奋力奔跑着，没有接受与不接受的选择，不是选择题，而是生存的定理。有时候觉得可笑，怎么会这样，那些义无反顾的人，那些善良的灵魂飞越不过这片苍茫之海。

苗子

Chapter
第 **2** 章
于是，那些
藏起来的童心最终
全部都归自己独享

春天的十八个瞬间

陶浪 　　　// 世界上被忘掉的书会有多少？世界上被忘掉的人会有多少

喵小姐

芷年 　　　// 这是白天的味道，我们总要与曾经的自己相爱

放羊的雪山

王秋声 　　　// 灵山里住着美丽的仙子，只要找到仙子，她就能帮你解除疾苦

春 天 的 十 八 个 瞬 间

文／陶 浪

陶浪，原名廖海杰，1992 年 6 月生于重庆市，青年作者。就读于西南财经大学，希望以小

说赋予生活更奇妙色彩，不管在其内还是其外。刊发作品五万余字，《文艺风赏》杂志资深作者。

一、地下的男爵 1

"很多年前，律师骑士的脑袋随着海浪起伏，我的哥哥柯西莫想要抓住他，却发现那真的只剩一个脑袋。后来他告诉我的父亲，说律师骑士被海盗给砍了。阿米尼奥·迪·隆多男爵因为失去弟弟伤心过度，没过多久就死了。再过了没多久，我的母亲，女将军库特维茨也死了。按理说，我哥哥柯西莫应该继承爵位，可他整天生活在树上。名义上，他是新的迪·隆多男爵。可实际上还用说吗，当然是你爷爷我了。"

皮亚乔·迪·隆多男爵在羊皮纸上写下这些话，给他尚未出世的孙子，和永远没有出世的儿子。

"关于我哥哥柯西莫的生平，可以参阅爷爷我闲暇时的习作《树上的男爵》，一本美妙的小说。书里说的都是真的。"

皮亚乔·迪·隆多男爵写完给孙子和儿子的第二百六十七封信，就出门巡视他的领地。翁布罗萨的春天已经来了，从别墅向下望，一大片一大片的土地里，农民们辛勤地劳作。男爵的脸上露出了笑容，情不自禁地说："在人间居住，耳朵里从来没有钻进车马的喧嚣。如果有东西问我，怎样才能这样？我将告诉它，心走向多隐秘的地方，便不在乎空间的实际所在。在东边的篱笆下，我采下一朵菊花，恍然看见南边的、我哥哥长期活动过的那座山。山在太阳下看起来很帅，一些鸟儿组队飞过。这里边有真意，可你要我说出来，那不可能。"

二、地下的男爵 2

很多年后，伊塔洛·卡尔维诺在古旧书店淘到一本叫《树上的男爵》的小说。那是 20 世纪 50 年代春阳高照的一天，卡尔维诺刚刚完成了《分成两半的子爵》，脑子里刚刚产生了"我们的祖先"写作计划。

"写三部曲。从经济意义上讲，三部曲是一个连贯的整体，保罗·萨缪尔森告诉我，有百分之六十的读者在购买其中一本后，会产生阅读整个系列的意愿。这正是所谓的'一加一加一大于三'。从文学史意义上讲，留下三部曲，更有利于评论家进行联想，更有利于高校学生进行记忆。三真是个好数字，难怪中国人说三生万物。"

去古旧书店之前的上午，《树上的男爵》这个名字产生于卡尔维诺没有多少毛的脑袋。在书店里，看见真有这么一本书，他张大了嘴巴，像要吞下一个苹果。

回家坐在阳台上，他一口气读完这本小说，眉头皱了起来。翻到封二，发现这本出版于两百年前的小书仅仅印刷一百册。

博尔赫斯这瞎子告诉我，人们对女人的兴趣大于对书籍的兴趣，他还告诉我，人们忘掉一本书比忘掉一个女人更容易。就像他所作的很多小说，明明是摘抄或者翻写的古人作品，他将这点也老老实实写在文中，可评论家们却一致认定，那些书名都是编造出来的。世界上被忘掉的书会有多少？世界上被忘掉的人会有多少？世界上被忘掉的语言会有多少？世界上被忘掉的汉字会有多少？

"汉字？"卡尔维诺不明白自己的思维怎么会走向汉字，他抽了两根哈瓦那雪茄，走进书房，将《树上的男爵》的作者皮亚乔·迪·隆多用钢笔画掉，签上了漂亮的花体意大利文——"伊塔洛·卡尔维诺"。

"这本书怎么能这么像出自我手？也许他来自我的前世。是的，这不叫抄袭。这叫命运的选择。"卡尔维诺对着黄昏说。

三、桃花源记 1

"这叫命运的选择。我当然知道书并不长久，但却挺向往文人的生活。那是因为他们不劳动，只抒情，只晒太阳。从中国史上看，一切文人都是地主。比如陶潜。之所以叫他本名，也是像祖国母亲叫声澳门一样，是一种亲切。因为我写下的很多小说主人公都叫陶逸，据史书记载，陶逸是陶潜的爸爸。"男青年 L 在午后的阳台上写日记，他继续写道：

"这个假期我非常烦恼，但事实上过得非常悠闲。每天早上八点起床，做两百个俯卧撑，看一些闲书，吃午饭睡午觉，再看一些闲书，晚上打网络游戏。时间就这么过去了。

"前两天叫一个哥们过来喝酒，红泥小火炉。冬天喝白酒的快乐，林冲是最明白不过了，想起他枪尖挑着酒葫芦朝草料场走去，想起灾祸来临之前的最后一点欢乐。我就觉得真美。"

男青年 L 写到这里手有些酸，停下来回了屋内。这是二月份，春节过了，返校的时候近了。果然又遇见母亲。

"不睡午觉啊？"

"睡了，醒得早。到阳台上晒晒太阳。"

"对的，晒晒太阳，顺便思考一下到底是考研还是工作。工作是留在外地还是本地。考不考公务员？要早做准备，何况也不早了。男子汉做事要果敢，不要拖拖拉拉。晚上刘叔叔喊吃饭，头发去洗洗，乱糟糟的。"

男青年 L "嗯"了一声，为了配合还点了点头。走进书房，眼睛在几排书架上扫了一阵，拿出一本《干部古典文学修养必备》，那是从父亲办公室捡来的。翻开一页——"晋太元中，武陵人捕鱼为业……"

四、地下的男爵 3

皮亚乔·迪·隆多男爵在书的结尾曾这样描述柯西莫升入天空后家乡的状况："我写这本书时，时常搁笔，走到窗前。天上空荡荡的，我们这些翁布罗萨的老人在绿色的苍穹之下生活惯了，觉得看这样的天空很是刺眼。人们说在我哥哥离去之后，树木悲伤不已，难以自持，纷纷倒落，又说因为人们玩弄斧子发了疯。后来，植被大为改观，不再有榆树、栎树，现在是非洲、澳洲、美洲、印度都把它们的树木和树根伸到了我们这里。古老的树种留在地势高的地方，小山上是橄榄树，高山上是松树林和栗树林。海滩上是红色的澳大利亚桉树和大象似的仙人掌，除了庭院观赏型的巨大的和单棵的树，只剩下棕榈树，它们一副披头散发的样子，这些树都不适合在荒野上生长。"

这个春日的下午，皮亚乔·迪·隆多男爵巡视完自己的领地，去到翁布罗萨的小酒馆，正遇上木材贩子克里斯托。

"伙计，你好。"皮亚乔把啤酒放在木桌上，深蓝色的眼睛盯着他。

"男爵您好。"克里斯托浅浅一笑，却什么也不说。

"上次卖给你的二十车栎树可好？如果你需要，我想我们可以继续愉快的合作。"

男爵想建一所新的房子，便于写作、便于抒情、便于享受生活。这需要钱。

五、桃花源记 2

据考证,桃花源记写于永初二年一个春日。到底是谁凭借怎样的技术手段考证出"春日"不得而知。

永初二年距离陶潜辞官归隐已有十来年。说起那次辞官,千百年后,陶潜散落在宇宙中的魂灵一直引以为豪。

比如现在,随着男青年 L 翻开这本《干部古典文学修养必备》,陶潜在墙上仿制的《富春山居图》里现身。他扮演了溪边一个看不清的小圆点,是个垂钓的老翁。他说:"归去来兮,请息交以绝游。世与我而相违,复驾言兮焉求?"

"你在说什么?"男青年 L 问他。

陶潜灵魂的碎片说:"我说,世界跟我有仇,我再没有什么可追求。"

"酸溜溜的。"

陶潜化身的小圆点不见了,他去了另外的空间,可能是某个娱乐会所前边的草坪里。

男青年 L 自言自语道:

"陶潜这厮的文章总归说的就是一件事儿——'虽然我在社会上混不好,但回到家我天天好欢乐,好欢乐好欢乐好欢乐'——要是真的欢乐,犯得着每天反反复复念么?

"就像打针之前,某些孩子反复蹦出的那些词'不痛不痛,一会儿就过去了',一边这么说,一边脸紧张得快要翻起来。

"他居然指望靠着辞官归隐这种事儿留名青史——天啊,竟然成功了。真正的长线投资,真正的资本运作行家。

"他反复念叨的那些话挺顺溜,就像一首首童谣,安慰了千百年来的读书人。他们浑身抹油,仕途顺利就普度众生,忧天忧地忧空气,受点挫折就念这些童谣,念着念着就苦笑,生活就一马平川、无往而不利了。

"可这不也是人之常情,有什么可谴责的?"

最后男青年 L 说:"还是相信陶潜是个真正的田园诗人。他是真的闲适，真的喜欢这种隐逸的生活。要是这都成了假的，世界也太没意思。"

六、阿拉比 1

"世界也太没意思"，詹姆斯·乔伊斯本准备以这句话给《阿拉比》开头，想了想，用钢笔画掉。早上多吃了两个蒸蛋，脑袋像塞满了蛋黄，反应迟钝。一篇小说怎么能以这么直白的话开篇？

于是他发挥小说家的才智，将这个判断句展开，变成一段图像——里士满北街是条死胡同，很寂静，只有基督教兄弟学校的男生们放学的时候除外。一幢无人居住的两层楼房矗立在街道封死的那头，避开邻近的房子，独占一方。街上的其他房子意识到各自房中人们的体面生活，便彼此凝视着，个个是一副冷静沉着的棕色面孔。

接着，他写了房客的死、废弃的房间、锈迹斑斑的自行车打气筒。后世的评论家曾认为这些无关紧要的闲笔增添了全文的仿真度，并摆脱了"墙上有把枪，后边一定打响"这类机械僵硬的模式，为现代艺术开辟了新路。管他呢，他只是在试手，就像老石匠摩挲着好石料，寻思怎么找出藏在里面的狮子。

这是 1905 年 3 月的一天，乔伊斯携女友诺拉私奔欧洲大陆，落脚在的里雅斯特一所语言学校任教。去年 6 月，他在散步途中邂逅了这个看上去亲切而舒适的女性，几天后开始幽会，再是私奔，最后到现在，她的肚子大了起来。

四个月后，他的长子将出生，作为一个小教员，带着小圆眼镜的乔伊斯将会陷入灿若繁星的家庭琐碎，即使再怎么皱眉头，也无可解脱。这导致他的精神错乱，更促使他开创意识流这一门派。

更糟糕的是，在这个春日午后，在一半阳光一半阴影的桌上，乔伊斯看见了一张慈祥的脸，这是一个老头，一个满头白发、长得怪模怪样的老头。

"你将成为 20 世纪最常被讨论的小说家，作为代价你将拥有一个神经屡受摧残的人生。不管你怎么写，你都将成名；不管你女友抑或妻子多爱你，你都将被她和整个世界折磨得欲仙欲死。"

"为、为什么？"

"怎么了？"诺拉从门外走进来问，她的肚子圆鼓鼓地挺着，似乎随时会炸开。

"谁叫你不敲门就进来的？！你这个疯婆子！"背上不知怎么爬出了冷汗。

七、地下的男爵 4

府上的仆人都知道一个规矩，即看见门就一定要敲门，得到允许才能进去。很多年前一个年轻女仆不懂规矩，皮亚乔男爵在书房读书，女仆没敲门就进去了。此后，大家见识了男爵前所未有的怒火。

当然，心地仁慈的男爵没有辞退这个女仆。他解释说自己患有一种罕见的神经衰弱病，不能经受任何从背后来临的惊吓。

这个春天，皮亚乔男爵在野外待的时间越来越多。他来到田间地头，和农民亲切交谈，握着他们的手，露出温暖笑容；他去到山巅，看着平静的海湾，海鸥划过天际，他想着意大利面。

这个下午，男爵走到一棵榆树下，想了想，多少年后再一次爬上了树。他像小孩一样坐在树梢，俯览着下面的世界，并神奇地发现，在树上看地球，是那么的不一样。

"对的，这确实是一条通向完满的路，这是通过对个人的自我抉择矢志不渝的努力而达到的非个人主义的完整。柯西莫爬到树上是完全合情合理的，故事站得住脚，思辨回味悠长。这是个成功的小说，柯西莫会被人记住，不管以何种方式。"

男爵在树上很高兴，小心翼翼地走了几步，诗人本性又蠢蠢欲动，说："想要清楚看见地上的人，就应该和地面保持必要的距离。最初可能并不会觉得有什么改变，但正如一句中国谚语，'初极狭，才通人，复行数十步，豁然开朗'……"

话未说完，脚下的树枝吱嘎一响，皮亚乔像故事里的蠢狼般摔了下去。

八、桃花源记 3

桃花源记是一个真实的故事，经过陶潜的加工，成为一篇小说。

辞官归隐后，诗人首先是观察到一种奇怪的现象，即鸡能够站在树上打鸣。一天酒后，他爬上了家门口的柳树，想去捉住那只每天乱吵的鸡。但事实上这是彻头彻尾的幻觉，并不存在一只什么鸡。他沿着柳树的枝条向外走，走到一排桑树上，再顺着桑树走到杉树，顺着杉树走到榕树，顺着榕树走到松树，顺着松树走到栎树，顺着栎树走到柏树，顺着柏树走到一片桃树林。他环顾四周，不知何时已身处一条小溪边，桃林夹岸，落英缤纷。

顺着林子一直走，又不知过了多久，陶潜再次回过神来，发现自己身处桃树的花海。是的，没有远山，没有近水，举目望去都是桃树，都是桃花。

正当他迷茫之际，忽而听见人的声音。接着四面的桃树抖动起来，陶潜被十几个生活在树上的男人围了起来。

这些男人脸上涂着油彩，赤裸着上身，稳稳地站在桃树上，两只手握着长矛。

陶潜听不懂他们叽叽咕咕野兽一般的语言，但他只能尝试性地摊开双手，展露非攻击性，并做出欢喜的神色。他淡淡说："我是个诗人，我是个文学家，我是不小心走到这儿来的。"

这些男人叽叽咕咕一阵，最后走出一个头上粘着三根孔雀羽毛的首领。他对着陶潜说话，换了几种语言，在尝试着交流。几次试验后，终于接上了频率。

"你好，"首领说，"我知道，你是地球人。"

不等陶潜回答，首领继续说："我们来自桃子星球，是那儿的文学家。桃子星球经过投票，一致以'便于进行文艺创作'的借口将我们放逐到地球。地球可真是个奇怪的地方，降落的时候我们挂在了树上。更奇怪的是，所有落到地面的桃子星球文学家都变成了桃树。你看，这儿都是桃树。"

"等等，为什么，为什么他们赶你们出来，"陶潜晕乎乎地说，"你知道，在我们的星球，文学家是可以做官的。"

"是吗？我们一直都在这一带活动，没出去过。难道还有一个劳动者比文学家地位还低的星球？"首领说。

"是的，你们的星球非常不文明。"

"等等，"首领摇摇头，"你怎么也在树上？你说你是文学家，但你跟我们一样生活在树上，看来全宇宙所有的文学家都生活在树上。你说文学家可以当官，是谎话，显然是在胡说。"

不等陶潜回答，首领继续说："算了，来的都是客。既然都是苦命人，我们拿出好东西招待你。喏。"他拿出一个木筒子递给陶潜。

地球诗人揭开盖子，一阵酒香扑鼻而来，夹杂着淡淡的桃香。

"我们灵魂酿成的酒。嘎嘎。"首领说，"这是我们的源泉。嘎嘎。"

"这是我们的源泉。嘎嘎。"陶潜学着他说了一句，将酒一饮而尽，并在自己床上醒来。

九、阿拉比 2

乔伊斯在自己的床上醒来时，窗户透出亮丽的光，分辨不出上午和下午。

"你醒了。"诺拉轻轻坐到床边，说了句废话。

"我怎么了。"

"哎呀，昨天你发了好大的疯。用很脏很脏的话骂我，消停了一会儿就趴在桌子上发狂似的写——钢笔折断了三支——我吓坏了，叫了帕博隆大夫来，还有巴里科和奥威尔也过来帮忙，把你按住打了一针，才消停下来，睡到现在。"

"是吗，"他坐起来，"把我的眼镜递给我，把我桌子上的所有稿纸递给我。"

诺拉拿来几张稿子。借着明媚的阳光，乔伊斯一页一页看起来。

《阿拉比》只写了两段，紧接着就画了三根横线——自己这老是发抖的手怎么能画得这么直——三根横线之下，写着"芬尼根的守灵夜"，似乎是题目下标着数字4、5、1939，再是正文：长河沉寂地流向前去，流过夏娃和亚当的教堂，从弯弯的河岸流进，流经大弧形的海湾，沿着宽敞的大道，把我们带回霍斯堡和郊外……

乔伊斯一边看一边回顾着整个事件，昨天下午出现在书桌上的那张怪异的脸，和那个奇怪的预言，忽然浮出他的脑海。

"这难道就是以后我将写出的小说么？难道我会凭着这堆狗屁不通的东西被千万人讨论？糟糕啊糟糕……"他呢喃一阵，决定爬起来，写一个简简单单的、从不会使人感到迷乱的故事。这个故事要像一瓢水般简练，并以一个人世间最普遍的价值为基础构建。

"在精神错乱之前，一定要留下些纯净的、显出真正功力的小说。我可不想当裸体的国王。"

十、二十几岁，一定要懂点…… 1

孔丘喋喋不休讲了大段大段的子曰，"你听说过裸体国王的故事吗？"老聃问。

"什么国王？"孔丘显出恐惧的神色。

"裸体。裸体国王。"

"啊，我的耳朵脏了！"孔丘跑了出去，叫上驾驶牛车的弟子就走。一路逃到小溪边洗耳朵去了。

老聃看着孔子远去的背影，像男青年 L 一样，在榻榻米上盘腿坐下，自言自语起来。

"孔丘小儿骗我不懂科学。仁义道德，归根结底还是说可以通过精神修炼实现圆满。问题是，通向圆满之路仅仅是个精神修炼么？像我现在，修炼着修炼着肚子痛了起来，又怎么圆满？这痛是真真切切的啊，这排泄的欲望是真真切切的啊，这可比'仁'更看得见更摸得着啊。"

如厕之后，老子回到榻榻米，赫然发现一头青牛坐在他的位置。在春日清透阳光的沐浴下，青牛像是陶瓷制成的一般，皮肤蕴含着釉质的光。

"这……"

"你好，老子。我是梅菲斯特，是魔鬼。变成青牛的样子，是为了和你达成一个契约。如果你让我驮着你去关外，我将帮助你实现完满之路。比如你的小国寡民蓝图，比如你脑子中的那部《道德经》。"

"契约？"

"事实上也不算契约，我只是义务帮助你，因为我天生必须不停地行善，即使所做的大多数事儿看起来是邪恶。"

"为什么呢？"

"因为我希望在两千多年后，会有书店里出现这样的书，《二十几岁，一定要懂点道德经》。"

十一、地下的男爵 5

皮亚乔·迪·隆多男爵摔伤后，不得不回到他越发厌恶的宅子里，躺在卧室那张老床上。墙上挂了一幅画像，是个金发女孩，梳着对一个女孩子来说未免可笑的高高的发式，穿一件也显得过于大人气的浅蓝色连衣裙，秋千荡动时，裙子的花边就鼓胀开来。她是薇莪拉。

皮亚乔·迪·隆多男爵看见柯西莫从薇莪拉身后走了出来，他从画框窜到墙上，一直走到天花板上，倒挂着，用二十岁的眼睛注视着皮亚乔。

"别……别！来人啊！来人啊！"男爵大喊起来。

"没人会听到，皮亚乔。不错啊，听说你想搬出去住？听说你卖了翁布罗萨许多树木就为了新建一所我无法骚扰你的房子？我在地窖里住得太久了。"

"好吧。"皮亚乔突然冷静下来，"老子倒想看看你能怎么样？为了一个女人争风吃醋，为了爵位的继承，我是把你给肢解了放在地下室。没错，但你别忘了我又为你做了一件什么事？"

"一本小破书？一个骗小孩子的故事？你听说过农民拿一只猪脚一碗酒祈求风调雨顺的故事么？"柯西莫的头发由于地心引力的缘故通通竖起来，他猪肝色的脸上布满了网格状的刀痕，像极了腰花。

"我的哥，你听我讲，"皮亚乔说，"你死了是没错，我肢解了你还把你的脸划成这个样子是有点残忍。但肉体是一时的，精神是永恒的。我倒是活不了多久了，但我的书可以流传下去。书里的男爵是你，他生活在树上，过着所谓完满的生活。这个经典的形象将会被几百年后的人们讨论和热爱，甚至翁布罗萨也会因之迎来大批游客。你的灵魂不朽，你的名字不朽，即使肉体被肢解，女友被抢走，又怎么样？而且你看，我最后不也没能跟薇莪拉在一起么？"

"胡扯，你的小破书才印刷了一百本，难道我不知道吗？"

"它会流传下去。柯西莫，从长远来看、从总体来看，你比我赚。要有辩证的思维、发展的眼光、联系的观点。"

十二、桃花源记 4

"……要有辩证的思维、发展的眼光和联系的观点。"母亲以这句话结束了一次社会化教导。

男青年 L 觉得，每当有了辩证的思维、发展的眼光和联系的观点，偶尔会有一些诡谲的变化——想起初中的时候，学到桃花源记，聪明的同学都指出"初极狭，才通人，复行数十步，豁然开朗"必定隐喻着繁衍后代。

真是弗洛伊德般的洞见。可惜不能用于万事万物。世界的规则大概是"初极狭，才通人，复行数十步，豁然开朗，又极狭，才通人，复行数十步，豁然开朗，又极狭……"无限循环。

更多的时候，每当使用辩证的思维、发展的眼光和联系的观点，世界就变得模糊，就像《富春山居图》里不着痕迹的云雾，在这片云雾的遮蔽下，桃花源将再也不能被找到。

男青年 L 又回到阳台，摊开日记本，"春天里呀百花香，浪里格浪里格浪里格浪……哦，无聊，无聊，无聊，无聊。低俗，低俗，低俗，低俗。世界唯一有趣的东西，也许只剩下女性。"

十三、阿拉比 3

乔伊斯抱着最后一部作品的态度写作《阿拉比》，即使他当时只有二十三岁。伏在地上的琐碎故事以这么几句话骤然抬头，"她在等我们，门半开着，透出灯光，勾勒出她的身材。她动身子的时候裙子会摆来摆去，柔软的发梢甩到这边又甩到那边。每天早晨我都躺在前厅的地板上看她的房门……"

写完这几句，乔伊斯在心里默读几遍，试试音韵，试试联想："哦，多美啊。看上去是简简单单的句子，形象却如耶稣流泪的面庞一般圣洁。

抱歉，我没有任何不敬。"

接下来一路扎实推进，他又写了这样的段落："我所有的知觉好像都渴望把自己遮掩起来，我感到我所有的知觉都快要溜掉了，就紧紧合起双掌，两只手都颤抖了，我喃喃地说：哦，爱！哦，爱！说了好多次。"

"她终于对我说话了。"

纸上刚刚写下这话，果然就有个人跟他说话。是的，这是前几天，在一半阳光一半阴影的书桌上看见的那张脸，如今原地重现。

"打住，伙计，我建议你想想你和诺拉见面的场景。"那张老头的脸说完这话，又隐去了。

他是谁？是上帝还是某个哲学家魂灵？是……忽然，乔伊斯明白了。梅菲斯特，一定是它。

是的，半年前，诺拉和乔伊斯第一次见面的时候是在散步途中。第一眼看见她，"哦，爱！哦，爱！"的浪潮就在他胸膛回荡。当她与他说话时，他茫然得不知怎么回答……现在？她大概挺着大肚子到邻居家玩牌去了。这符合他的本意，写小说的时候女人看着碍眼。

十四、二十几岁，一定要懂点…… 2

函谷关，春天的上午，魔鬼梅菲斯特在牛棚里醒来，紫色的气体笼罩周围。

他嚼了许多新鲜的草料，自言自语道："关令尹喜倒是个豪爽的人，给我这畜生也招待些美味。嗯，不过要不是我辛辛苦苦地把老头驮到这儿来，《道德经》又怎能传世？尹喜这厮目光确实长远，知道从此之后他将沾了老头的光，长存史书——这样的殊荣是可遇不可求的啊。写了整整一天的《道德经》，老爷子还有气力？反正现在也没起床，也好，我也休息休息。"

梅菲斯特吃饱喝足，肚子贴在干干净净的谷草上，忽然听到身后有轻微的响动。他扭过牛头，惊奇地发现在牛棚的角落里，多了头瑟瑟发抖的母牛，杏仁般可爱的眼睛怯怯地看着他。

"在这变成傻牛的短暂旅途，能遇上关令尹喜这么体贴的人，真是一大幸事。"梅菲斯特想，"没料到也沾了老头的光……既来之，则乐之。"

十五、地下的男爵 6

"它会流传下去。柯西莫，从长远来看、从总体来看，你比我赚。要有辩证的思维、发展的眼光、联系的观点。"皮亚乔一字一顿地说，自信沉着的光彩已回到脸上。

脚站在天花板上倒过来的柯西莫，永远保持二十岁相貌的柯西莫，树上的男爵、完美象征着中产知识分子的柯西莫忽然哭了。他的眼泪是鲜红的，顺着被刀划得阡陌纵横的额头、顺着天生金黄的卷发掉下来，一滴一滴掉在皮亚乔男爵的床单上，开出一朵朵梅花。他说："皮亚乔你这个贱人，你把我肢解了，又妄图霸占薇莪拉，爵位也被你给继承。几十个农民为你工作，什么好处都让你收入裤兜。你还写了一本狗屁书，在里边传达美好和爱的理念，展示一种高尚的、通向完满的生活。与你相比，我过的是什么日子？"

年近六十的皮亚乔淡淡地说："是啊，我对不起你。但又能怎么办呢？对于爵位什么的我并不感兴趣，是女人搅乱了汤，化学反应……现在的我也无法理解当时杀人的冲动，仿佛那一个我并不是我。但我仍然相信书的力量，一代代的人阅读这个故事，补齐灵魂的缺角，用他们的好感告慰你的亡灵。柯西莫，不要哭，你的身体是残缺的，你的形象确是高大的。你是永恒的'树上的男爵'，也是人们心中永远的丰碑，不要哭，擦干眼泪，红旗下让我们携手展望美好的未来。"

"简直一派胡言。"柯西莫最后说了一句，消失了。

皮亚乔长舒一口气，他的睡衣正面被血染透，背面被冷汗浸湿，冷热夹击。第二百六十八次拷问结束了，辩护的话语他早就不相信了——越说越顺，仿佛唱着一首失却了本意的歌，可还是不安。

十六、桃花源记 5

陶潜是喝酒喝死的。在死前，他一直很喜欢喝酒，喝了那么多次都没死，最后一次莫名其妙地死了，让人感叹命运的无常。

陶潜的灵魂被酒发酵成了一种奇怪的形态，可以在宇宙中所有的中国山水画中穿梭、闪现、化成任意一个墨点。他欣喜地看到自己的声名蓬勃地发酵，渐渐地，他欣喜地看到自己已经成了很多人脑海中的一个符号，一个墨点。

"诗意栖居的典范，田园诗的开创者，隐逸文人的宗主。可是再多的帽子戴在头上也根本没有愉悦感，这是怎么回事呢？"男青年 L 家书房北面墙挂着仿制的《富春山居图》无用师卷，南面挂着仿制的《蒙娜丽莎》。陶潜刚刚发出感慨，就听到对面的蒙娜丽莎里传出了回答。

"怎么可能有愉悦感？世界上的愉悦感只来自于一个地方，性。那是万物的源泉，那是宇宙大爆炸的秘密所在。"

"粗俗不堪。云无心以出岫，鸟倦飞而知还。"

"陶老头，好好想想。"

陶潜在《富春山居图》里想了想，说："你说得对……在世时我与妻子不合，每天借酒消愁，活得潦倒。你是谁，你的目光为何如此诱惑？"

附在蒙娜丽莎身上的东西说："为什么如此诱惑？因为我有诗性。为什么我有诗性？因为我是魔鬼梅菲斯特。"

"梅……？这个名字倒是挺好听的。梅花我很喜欢，但更喜欢桃花，尤其是用桃花酿成的酒。你认识一些来自桃子星球的外星人吗？"

"知道。你真该好好谢谢他们，如果没有他们的酒，你现在早就随着肉身烂在土里了，成为爬虫的美餐了。"

"会吗？我是文学家呀，文学家手里有大把大把的'超越性价值'，超越时间、超越物理，一定一定不会烂。"

"你试试看。"梅菲斯特说。

十七、阿拉比 4

经过梅菲斯特的点醒，作为一个纯爱故事的《阿拉比》急转直下，"我"与邻居姐姐的对话无非是两句闲聊，闲聊中她提到一个叫"阿拉比"的集市，因着爱屋及乌的心理"我"对那儿充满向往，接着就是一再的耽搁……去到集市时，已临近关门，四下一阵萧索，"我抬头凝视着黑暗，发觉自己是受虚荣驱动又受虚荣愚弄的可怜虫；我的双眼中燃烧着痛苦和愤怒"。

乔伊斯停下笔，将全文读了一遍，四千字的篇幅包含了最纯的欢乐、最真的痛苦。

"哦，大概这就是发疯前所能留下的最好的东西了——就像最美的英语是'That is a good thing'——就像一切最好的东西，总是显得这么简单幼稚。"

乔伊斯抚平手稿，校对一遍，将它轻轻放进文件夹里。在这个春天的瞬间，某些人（最少一个）心中的 20 世纪最佳短篇产生了。

十八、二十几岁，一定要懂点…… 3

老子骑着变作青牛的梅菲斯特一路向西而去。广阔的荒漠上，一人一牛，西风卷地。

"梅菲斯特，你说要帮我实现完满？"

"是的，我有法力。你只管说设想。"

老子就在牛背上慢慢念诵："一个国家，疆域不要太大，人口要少，这样子的话那些打战啊、徭役啊、祭祀啊等用的大鼎、大锅就用不上了。老百姓就会重视自己的生命，而不会背井离乡，迁徙远方。那些车、船等便利的交通工具，也就没人去乘它了，武器装备，也就派不上用场了。让百姓回到结绳记事的时代。国富民强到了鼎盛时代。使人民对他们的吃食感到香甜，对他们的穿戴感到漂亮，对他们的住宅感到安适，对他们的习俗感到满意，时不时还可以看到邻国的老百姓，听到他们鸡犬的叫声，而彼此到死也不相互来往。"

"如果我没有理解错的话，你是说，要让人不要分出差别，特别是不要在物质上分出差别？"

老子在牛背上想了一想，说："是啊。要创造真正的完整之路，一种幼稚而简单的方式。它不是通过精神修炼找到，也不是由诗性熏陶体悟，也不是在女人身上寻觅。哎，女人……是的，如果革命能够彻底，最好取消大家的饥饿感，让人能够不吃饭、不配偶照样生存，这样才能通向真正意义上的更高层次。"

现在，老子的眼前是彻头彻尾的戈壁，黄沙一直铺到天边。

"梅菲斯特，我们开始吧，如果你真有什么法力的话。"

变作青牛的魔鬼鼻子轻轻一拱，《道德经》的作者老子变成了一棵胡杨。为了不让他寂寞，梅菲斯特又在他周围变了十来棵胡杨，够意思了。很多年后，人们传诵着"千年不死，千年不倒，千年不朽"的故事，将它们视为精气神的象征。

喵 小 姐

文／芷年

芷年，出生于1995年，原名李娜。现实与虚幻的矛盾体，所做的一切都在维持两者间微妙的平衡。喜欢独自旅行和写字，信奉阿桑的《叶子》，从未肯定过自己。和天南海北的朋友们办《暮歌》并希望能发展下去。第十五届全国新概念作文大赛一等奖获奖者。就读于山东省诸城市某中学。

喵小姐不相信爱情和人类，她只热衷于黑夜。

黄昏镇黄昏路有家只在黄昏开始营业的黄昏奶茶店，是喵小姐的家。大家都说喵小姐是个懒姑娘，每天要睡到日落西山才会蓬松着头发推开店门口那扇精致的木门，然后踮着脚尖挂上"营业中"的牌子。喵小姐总会伸个懒腰，然后站在水边用牛角梳梳着长长的头发，对来往的人们说着早安，这时汪先生就会从自己的点心店里探出脑袋，边叹气边喊："哎哟姑娘，现在可是晚上哩！"然后迅速把脑袋缩回去，没一会儿小镇上就溢满了甜甜的芒果酥的味道。

黄昏镇上的人们奉行着早睡早起的准则，所以喵小姐的黄昏奶茶店总是生意冷清。象小哥打来电话："喵小姐，可以把奶茶送到我家吗？"喵小姐在电话另一端摇摇头："这样喝不出黑夜的味道。"兔小妹蹦蹦跳跳跑过来："喵小姐，奶茶店可以白天开门吗？"喵小姐再次摇摇头："这样喝不出黑夜的味道。"熊小弟咬着手指站在门口："喵小姐我可以把奶茶带回家喝吗？"喵小姐递给熊小弟一根漂亮的吸管，很惋惜地第三次摇头："可是这样喝不出黑夜的味道啊。"黑夜的味道一度成为小镇上的热点话题，可是早睡的准则不能改变，所以谁也不知道黑夜究竟是什么味道。

喵小姐梳完长长的头发便会回到店里放起轻音乐，然后打开苹果味的香薰灯，仔仔细细在苹果的清香里煮好珍珠豆、糯米和牛奶。最后回到卧室里换好暗红色灯芯绒的长裙，捧着那本边角早已磨破的旧书坐在窗前。

月亮每天都是不同的，胃口好时会圆一点，吵着减肥时就会瘦一些，喵小姐每晚都隔着漫长的深蓝色夜幕跟她说悄悄话，有的时候月亮心情不好就会躲在云层后面，任喵小姐怎样劝也不出来。这时候喵小姐就会很沮丧，眨巴着泪眼向星星诉苦，听过喵小姐诉苦的星星第二天就换了座位，或者请了病假闭门不出，喵小姐觉得自己很孤单，于是她跳下窗台给自己冲了杯孤单味道的奶茶，翻开书开始沉默。

小镇的冬天很漫长，连日的风雪让喵小姐连站在门口梳头发的兴致也没有了。因为倒影里不再是自己的长发而是苍白的素色，喵小姐找不到存在感。但喵小姐又感到很欣慰，因为黑夜越来越漫长，城市入睡的时候还能和雪花聊天，于是喵小姐又开心了。

今天的风雪格外大，雪花都忙着铺满小镇的地面，连和喵小姐说话也顾不上，喵小姐披着毯子看着窗外，手上轻轻摩挲着那本陪伴自己很久的书。突然，奶茶店那扇精致的木门被推开了，冷气和风雪一起涌进来，穿裙子的喵小姐忍不住打了个喷嚏。等喵小姐抬起头来，才发现自己面前站着一个穿黑色衣服的少年，少年眨巴着眼睛无辜地问她："我迷路了，你可以帮我做杯奶茶吗？"喵小姐发了半天呆，才意识到黄昏奶茶店是真的迎来了开业以来的第一位客人，虽然是个迷路的客人。

喵小姐有些手忙脚乱，她赶忙跑回房间抱出一条珊瑚绒毯子递给客人，然后又慌慌张张地跑出来打开被关掉的香薰灯，最后一拍脑门，终于把最重要的菜单放在客人面前，绞着手指等客人点单。

少年不好意思地笑笑，然后低头看向菜单，不禁有些傻眼。

招牌奶茶：黑夜的味道。

新品：风之记忆、雪花物语。

四季供应：月亮的悄悄话、请假的星星、深邃的夜幕、偌大的云层、穿裙子的喵小姐、陪你走过四季的书、孤单的窗台、颠倒的黄昏……

喵小姐把记忆里所有的陪伴都做成了奶茶。

少年小心翼翼地指了指月亮的悄悄话，然后抬头看看喵小姐，喵小姐难得地笑起来，欠欠身对少年说："请稍等。"然后从柜子里拿出兰花精油，轻轻地放在新的香薰灯上，小声地说着这是月亮的味道。

少年静静地坐在椅子上看着这家小小的奶茶店，奇怪的是这家店里并没有很大的吊灯，只有无数香薰灯和一个偌大的摆放精油的柜子，桌子也是千奇百怪的形状，星星、月亮、漂浮的云彩、流动的水，像是一个微缩版的夜空。临近窗子的地方没有椅子，只有长长的窗台，大概每天老板都会坐在窗台上看着夜色吧。少年出神的工夫，喵小姐已经把奶茶放在了他的面前。

少年不经意地低头，再一次傻了眼。月亮形状的桌子上摆满了奶茶，芒果的香味里是不同形状的布丁月亮：蛾眉月、上弦月、满月、下弦月、残月……喵小姐不好意思地挠挠头："可是她真的有很多种样子啊，有的时候挑食，有的时候又会暴饮暴食……"

少年哭笑不得，但看着喵小姐紧张的样子，还是端起奶茶一杯又一杯认真地喝起来，最后一杯奶茶见底的时候，少年忍不住打了一个嗝。

喵小姐笑了起来，小心地问："好喝吗？"

少年拍了拍肚子，露出了一个笑容，于是喵小姐也笑起来。

不爱笑的喵小姐今天竟然一直在笑。

少年抱膝坐在窗台上，良久后好像突然想到什么，转过头询问喵小姐营业时间。喵小姐从裹紧的毯子里探出头，小声地回答着："黄昏来临后。"少年点点头，看向窗外，不再说话。

喵小姐再次翻开那本已经磨损的书，素白的封面上印着黑色的小字：爱情。

喵小姐抓起笔在大片的空白上涂抹夜空，爱情再深邃，也终会归于空白。

"为什么白天不营业呢。"不是疑问的语气，更像是旁若无人的自言自语。

漫长的沉默。

"白天那么匆匆啊，脚步声，人语声，到处都是疲惫，不会有人陪我说话，也不会有人肯来喝一杯奶茶。再说，我也没有白天的味道啊。"喵小姐如释重负地笑了。

少年不再说话。

一夜风雪，小镇从未这么冷过。喵小姐在寒冷里醒来，又连着打了好几个喷嚏，然后伴着哈欠走出卧室。这次，轮到喵小姐傻眼了。

店里最大的月亮桌子上摆满了奶茶：红色的西瓜味道，橙色的橘子味道，黄色的香蕉味道，绿色的哈密瓜味道，蓝色的蓝莓味道，靛色的青果味道，紫色的紫薯味道。每种味道的奶茶里都有一个布丁太阳。

喵小姐走到桌子前，拿起那张字条：这是白天的味道，我们总要与曾经的自己相爱。

喵小姐站了很久，然后跑回房间换上藏青色的灯芯绒裙子，轻轻地打开了白天从未打开过的精致木门。

这一天，所有人都惊奇地发现镇上的懒姑娘终于不再睡懒觉了，于是小小的奶茶店里坐满了人。

每个人的手里都是一份奇怪的菜单：

招牌奶茶：白昼的味道、黑夜的味道

新品：风之记忆、雪花物语

四季供应：月亮的悄悄话、请假的星星、深邃的夜幕、偌大的云层、穿裙子的喵小姐、陪你走过四季的书、孤单的窗台、颠倒的黄昏……

本店特色：【姓名奶茶】

于是在很远很远的地方，都能听到人们的声音：

"我要兔小妹奶茶！"

"我要熊小弟可以吗？"

"象小哥奶茶也可以吗？"

……

放羊的雪山

文／王秋声

王秋声，青年作家、编剧，曾就读于河南师范大学，第十三届全国新概念作文大赛二等奖获奖者，第十二届入围奖获得者。作品散见于《萌芽》《青年文摘》《格言》《家庭》《男生女生》《怖客》等全国数十家杂志。已出版《时光深睡浅眠》《瓶装三国：那些三国时代的励志哥》《鸽子树》《数星星的孩子》《说梦人》等图书。2014 年获得"河南省优秀文艺工作者"称号。

今天，是卓依在雪山上待的第七天。整整一个星期了，他没有下过山。在这里日夜陪伴他的，只有熟悉的羊群、笼罩在四周的白色峰峦、呜咽的寒风。

带来的食物已经所剩无几，明天，说什么也得下山。打定主意之后，卓依把羊群赶进羊圈，挑着煤油灯进了山洞。

最后一缕霞光隐没在雪山背后，天地开始入睡。起初是浅眠，呼吸声低低的、缓缓的；慢慢地便进入梦乡，发出一阵紧似一阵的呼噜声。这是山风带给卓依的错觉，他总觉得，风就是雪山的呼吸，夜晚是雪山的睡眠时间。

但今天，它们失眠了。

呼噜声换成了狂暴的叹息，往日的安静被一举打破，躺在山洞里的卓依，时不时地感觉到身下传来阵阵颤动，好像睡不着的雪山在不停地辗转反侧。

他从地上爬起，蜷缩在背风的山洞角落里，裹紧棉被，露出一只耳朵静静地感受：黑漆漆的世界里，风雪肆虐，一刻也不肯消停。

他有点担心羊圈里的羊，要是风雪一直这么吹打，把羊圈的遮风棚吹散怎么办？但转念一想，七天前爸爸送他上山的时候，专门把遮风棚加固了，爸爸的手艺那么好，所以这个问题不用担心。

想到这里，卓依的嘴角撇起一丝笑意，其实，羊群比自己更幸福一点，它们至少可以拥挤在一处，抱团抵抗风雪酷寒。而他，只有一层被子可以拥抱。

这被子，是妈妈给他做的……想起妈妈，他心里一下子凉了，七天前，爸爸带着妈妈下山看病，当时爸爸的表情就有点不太正常，好像有什么心事没有告诉他。现在，他们还没有回来，卓依不知道妈妈的病治好没有。

在山上放羊的这段时间里，卓依无时无刻不在想念妈妈，每天都会帮妈妈祈福。他不知道妈妈得的是什么病，只是坚信，妈妈一定会平安归来。

这一夜，卓依的心情很复杂，想来想去，几乎没有合眼。最后，他又打定了一个主意：明天回去之前，去最高的那座山峰给妈妈祈一次福。

这样的话，说不定他回到家里，就能看到她了。她还会像以前一样，叫他的名字，喊他吃晚饭，给他掖被角……

醒来的时候，天亮了。卓依探出头往外瞧，一下子惊呆了：地面上积了厚厚的一层雪。

所幸雪已经停了，只有风还在不知疲倦地刮着。卓依把所有衣服都穿在身上，深一脚浅一脚地出了山洞，扑面是呛人的寒风，他接连咳嗽了好几下。

卓依先去羊圈看了看，真幸运，遮风棚没有倒，羊儿们跟他预想中的一样，挤在一起酣睡。他放下心来，抬头望了望雪山。

入眼是一片银白，起伏不绝的山顶连接成一条线，直直地向天际蔓延。在湛蓝苍穹的辉映下，雪山显得纯净又巍峨。

卓依的目光，锁定在最高的那座山峰上，那就是他今天的目标。

卓依很早就听说过它的名字，它叫灵山，之所以被人这么称呼，并不仅仅是因为它的高度。关于它，有很多神秘的传说，其中有一个传说，卓依记忆犹新：灵山里住着美丽的仙子，只要找到仙子，她就能帮你解除疾苦。

卓依曾经陪着爸爸去过那里，他还依稀记得，山顶的前面有一座湖，湖水没有任何人打扰，但它并不清澈，泛着一种奇怪的颜色。爸爸解释说，灵山上的石头有一种特殊的矿物质，雪水沿着石头流下，把矿物质也带了下来，久而久之，湖水就成了这个颜色。爸爸还特别嘱咐他，湖里的水是不能喝的。

还有一点让卓依觉得奇怪，雪水每天都会往下流，湖水为什么不满呢？

当时，爸爸的解释是：湖底应该隐藏着一条水渠，把水引到了山体深处。

念着那座湖，念着灵山里的仙子，卓依简单地吃完早饭，就迫不及待地出发了。

刚下过雪，所以爬山的难度比平时增加了好几倍，卓依每一步都走得小心翼翼。半个小时过去了，他气喘吁吁地停下来，稍作停歇。回望刚刚爬上来的路，一行清晰的痕迹在山坡上蜿蜒，痕迹的一头牵着他，另一头牵着在脚下渐渐变小的羊圈。

把自己的脚印想象成绳子，卓依不知不觉地被这个念头逗笑了，他浑身又充满力气，继续埋头往上爬。

"绳子"越来越长，终于停在灵山的山顶前。

第一眼，卓依就看到了那座湖，它还是原来的模样，似乎在漫长的光阴中等待着什么。

湖对面的山峰，就是灵山的峰顶，上一次来，他和爸爸就站在这里。卓依情不自禁地回头望了一眼，羊圈已经缩小成一个小黑点，他心想：灵山一直都是这样，居高临下地望着世界，真厉害！

卓依开始给妈妈祈福，他把那些爸爸教给他的话，念了一遍又一遍，直到念得嘴唇发干，直到有一点头晕目眩……

怎么回事？怎么会头晕？卓依慌乱地停下来，茫然四顾，陡然，他注意到不可思议的一幕：对面峰顶的积雪，竟然成片成片地塌下！

不好，雪崩了！

就在他反应过来的瞬息之间，几块硕大的冰雪已经滚落下来，"轰"，重重地跌进湖水里！湖面像是发怒了一样，激起一道道汹涌的涟漪。

冰雪接连不断地落下，沸腾的湖水一刻也没有停歇，涟漪越来越密集，中间还夹杂着冲天的浪花。

卓依吓得不知该如何是好，他已经被这磅礴的奇景震慑住了。从小在雪山长大，他不是没见过雪崩，当然也知道雪崩的可怕，但现在，心里有个声音隐隐告诉他：没事，这些冰雪不会伤害他。

雪崩持续了十多分钟，气势才一点点变小，等最后一道水花落下的时候，整个过程终于宣告结束。除了闷闷的回声在天地间萦绕，其余的声音都静默下来。

卓依强迫自己镇定，把目光转向雪崩过后的石壁，那里大部分地方都光秃秃的，但仔细瞧，有一个地方却与众不同。

等分辨出是什么的时候，卓依不由自主地吸了口凉气：竟然是一个洞口！

霎时间，卓依的心情复杂极了，激动、震惊、疑惑，甚至怀疑自己身在梦境。足足愣了半分钟，他才回过神来，这不是做梦，是真的有一个洞口出现在湖对面，那样子，仿佛在冲他招手。

卓依的好奇心和勇气愈演愈烈，他沿着湖岸一步步向山洞走去。慢慢接近了，他的鼻子居然闻到一股清新的气息，这气息，显然是从山洞里飘出来的。

站在洞口前，卓依目测了一下，自己的身体恰好可以爬进去，但山洞里黑乎乎的，没有一点儿光源，他实在不能判断里面有什么。

现在，考验他的时刻到了。

卓依思考了片刻，还是决定进去看看，因为他想起了那个传说：灵山里住着能帮人解除疾苦的仙子，说不定，这传说是真的。

卓依咬了咬牙，俯身钻进去，逆着清新气息飘来的方向，一点点向前爬。三分钟后，凭着感觉，他知道自己已经爬进山体深处，突然，面前出现了一道向下倾斜的弯。

转过这道弯，爬了还不到十步，又一道弯出现了，就这样，他共计拐了六道弯，而且每拐一次，路就往下倾斜一点。

不知什么时候，他霍地一抬头，看到前面有亮光！

卓依抖擞精神，朝着光源奋力爬去，不一会儿，眼前豁然开朗，天啊，竟是一片宽阔而明亮的空间！

卓依太吃惊了，手一抖，身不由己地栽了下去，正好落在这片开阔空间的边缘，面前的一切尽收眼底。

这是一个石窟，石窟的四壁全是发着亮光的石头，把这里照得亮如白昼。地面上，竟然不是石头而是土壤，上面像农田一样收拾得整整齐齐，种着一畦畦漂亮的花。这些花，卓依从来没见过，它们太好看了，还散发着清香的气味，像是仙子的纱裙，更像是美丽的仙子。

莫非，传说中的仙子，指的就是它们？卓依暗暗心想，看来，自己找到仙子居住的地方了！

卓依有点儿兴奋，又有点儿害怕，他不敢踏进这些花朵中间，只敢顺着石壁的边缘往前走，想多了解一下这个神秘的地方。

就在他前进的过程中，一个偶然的发现让他顿住脚步：石壁上竟然有画！

卓依饶有兴味地停下来分辨，却一幅画都看不明白。它们像是用石头或者尖锐的工具刻的，笔画的痕迹已经发黑，似乎已经刻了上万年。

虽然看不懂，但卓依还是专心致志地钻研起来，不知不觉中，时间过了很久。忽然，一个低低的声音传到耳边："啊！好疼！谁踩我？"

卓依马上吓了一跳，慌张地转头四处打量，分明一个人都没有，怎么会有说话的声音？他正怀疑自己是不是听错了，那个"隐形人"又说话了："没听见吗？说的就是你！"

这次卓依听清楚了，声音就在脚下！他赶紧低头看，赫然发现自己的脚踩在一朵花的花叶上。

他赶紧抬起脚，蹲下来，对着那朵花瞠目结舌："请问……是你在说话吗？"

让他万万没想到的是，那朵花纤薄的花瓣开始收缩，组合成了一张脸！这张脸睡眼惺忪又怒气冲冲地说："刚才你把我踩得好疼，真是没礼貌，没见人家在睡觉吗？"

卓依惊得合不拢嘴："你……你……"

看他结结巴巴的样子，那朵花"扑哧"一声笑了，表情随之也变成笑眯眯的样子："算了，你也不是故意的，我原谅你了。你是不是觉得，我会说话很奇怪？"

卓依像小鸡啄米似的点头。

"告诉你吧，我是雪莲，已经在这里生长了上千年，很快就要成熟。这里是我们秘密的家，你是怎么进来的？"

卓依把刚才发生的事一五一十地说了出来，临末，还做了自我介绍。

这朵雪莲又一次绽开笑容："看来咱们挺有缘分，很高兴认识你，卓依！"

"我也很高兴认识你。"卓依蓦地想起一件事，脱口而说，"等你成熟了，会变成仙子吗？"

"不知道，我还没有成熟过。"

这个回答让卓依有一点失落，他"哦"了一声，不知道该说些什么。

"就说这些吧，我要继续生长了。等我成熟了，会去找你玩。"说着，他摆了摆叶子，算是道别，然后重新恢复为花朵的模样。

卓依不敢久留，怕吵醒别的雪莲，他四处打量，没发现更奇特的地方，便决定爬出去。时间很紧，还要赶着下山和回家呢。

沿着来时的路，卓依很顺利地爬出山洞，他回到湖对面，朝洞口挥了挥手，算是道别。

卓依带着莫名的激动，顺着之前留下的脚印一路溜回羊圈那里，接着收拾完行囊，马不停蹄地赶着羊群下山。

走在路上，他既满怀期待又忐忑不安，一会儿想早点赶回家，一会儿又想多拖延一刻。走走停停，矛盾极了。

最终，还是到家了。

第一眼,他看到家门前的那条路上,有一行车轮印。一定是妈妈回来了!他大喜过望,又蹦又跳地冲上去。可刚转过一道房墙,他就愣住了,心里的喜悦瞬间荡然无存。

屋子外有一辆摩托车。

他的心咯噔跳了一下,想到了不好的事,眼泪差一点夺眶而出。

卓依家的门没有上锁,现在门开着,摩托车的主人肯定在屋里。

果不其然,听到外面的动静,屋里的人走出来,给卓依打了声招呼。卓依一眼就认了出来,是库伯叔叔。

库伯叔叔曾是他家的邻居,但两年前他们搬到了城里。现在,他来干什么?卓依的心情更加沉重。

库伯叔叔问了一些别的,最后才说出来这里的目的:"为了给你妈妈治病,你爸爸花光了所有的钱。昨天你爸爸找到我,说要把你家里的羊卖给我。我已经把钱给他了,今天我是来牵羊的,但天已经晚了,明天再来吧。"看着卓依一动不动的瞳孔,他顿了顿,叹息一声,从口袋里掏出一张纸:"这是你爸爸写给你的信,你看看。"

卓依接在手里,展开看了看,果然是爸爸的字迹,上面写着:卓依,我要留下来照顾你妈妈,不能回家。库伯叔叔去牵羊的时候,你把羊全都给他。别担心,你妈妈会好起来的。

看第一眼的时候,卓依就开始流泪,等看完最后一个字,泪水已经模糊了双眼。他仰起脸问库伯叔叔:"我妈妈会好吗?"

"会的。"库伯叔叔拍拍他的肩膀,又叹了口气,告辞了。

接下来的时间里,卓依一动不动地站在屋外,忘记了时间。等他回过神来,天已经黑透了。从山上下来到现在,他一天只吃了一顿饭,却一点儿也感觉不到饿,只觉得很疲惫,也很冷,那些呼啸的山风,像是吹进了他的身体里。

睡觉的时候到了,他不知不觉地走进了羊圈里,决定跟羊儿们挤在一起。这是最后一次陪它们了,以后或许他还会有别的羊,但它们拥有不一样的灵魂。和眼前这些羊比起来,它们的奔跑方式、咀嚼的动作、叫声也完全不同。

入睡之前,他用心感受这些羊,它们短短的尾巴抚着他的脚踝,它们细细的绒毛贴着他的脸，它们温柔的额头争先恐后地偎向他的脖子，那种暖暖的感觉，让卓依直想掉泪。

他拼命忍着不想入睡，不想让时光继续流逝，但这一切，他都不能控制……

"快看，羊圈里有一个人！"

"咦，他怎么睡在羊圈里？"

一连串的惊咦和说话声吵醒了卓依，他揉了揉眼睛，睁开，看到一队人站在羊圈外。他们有男有女，还随身带着各种奇怪的工具。

以前，卓依见过类似的人，他们会大老远地从外面的世界跑过来，费尽千辛万苦，只是为了找罪受，或者仅仅为了拍几张照片。这些人的内心世界，卓依向来不能理解。他更加不能理解的是：这次怎么这么多人？足足有七个。

"小朋友，你家大人呢？"为首的一位戴墨镜的叔叔向他发问。

卓依站在羊群中央，警惕地问："你们是什么人？"

"我们是电视台的，来寻找一种宝贝，把寻宝过程拍成纪录片。"

"什么宝贝？"卓依随口问。

"雪莲。"

卓依明显地呆了一下。

墨镜叔叔注意到他表情的变化，马上凑近一步问："你见过雪莲？"

"我……我没有。"卓依连忙否认。

墨镜叔叔和身边的几个人交流了一下眼神，转身继续对卓依说："只要你能带我们找到雪莲，我们会给你奖励……"他说到这里故意停下来，等着卓依问什么奖励。

出乎意料的是，卓依什么也没问，他只好尴尬地接着说："奖励的钱，能把你的这些羊全都买下来。"

卓依的心跳漏了一拍：如果这是真的，那库伯叔叔就不能把羊牵走了，妈妈也有钱治病。他皱了皱眉头问："你们找雪莲干什么？"

"什么也不做，只是给它们拍拍照，拍完就走。"

卓依垂下头苦思冥想，到底该怎么做呢？告诉他们吧，但愿这个人说的是实话，可万一不是实话呢；不告诉他们吧，羊儿们怎么办？妈妈怎么办？

最后，他狠了狠心，抬起头说："我见过雪莲，我带你们去。"

傍晚的时候，离灵山越来越近了，卓依故意放慢脚步，想争取一点时间多想想。为了更慢到达灵山，他这一路可没少绕远路。不知不觉天就黑了，他们只好就地停下来休息。

卓依和那位墨镜叔叔睡在一个帐篷里，墨镜叔叔一直在有意无意地探询雪莲的情况，卓依没有告诉他实情，只含含糊糊地说，雪莲的生长地十分隐秘，只有他知道。

墨镜叔叔顿时泄了气，再加上一整天的跋涉，他倒在地上很快就睡着了。

无事可干，只有睡觉。卓依也迅速进入半梦半醒的状态，不知什么时候，一阵手机铃声吵醒了他。

是墨镜叔叔的手机，他握着手机打量了一下卓依，看他并没有睁开眼，就径直出了帐篷，在外面接起电话。

卓依闭眼假寐，竖着耳朵聆听他的对话，直到听到这么一句，他立刻控制不住地全身剧颤：

"老大，放心吧，有一个牧民的孩子说他见过雪莲，正带我们过去呢，明天就能找到。野生雪莲太贵了，哈哈，咱们发财啦。"

卓依的脑袋里响起轰隆一声，自己的担心不是多余，这些人果然是骗子，肯定是想偷走雪莲。现在他正处于骗子们的包围下，可谓插翅难飞。

不一会儿，"墨镜"轻手轻脚地回来了，安静地躺回原来的地方。

卓依别提多紧张了，心脏跳得前所未有地快，有好几次都差一点从嗓子眼里蹦出来。他咬着牙努力平复心跳，强迫自己耐心等待，终于，他听到"墨镜"的呼噜声。

一个逃跑计划在卓依心里渐渐成形。

他小心翼翼地掀开被子，爬到脚边，用最轻的动作拉开帐篷，成功钻了出去。身边还有好几顶帐篷，卓依从它们的缝隙当中蹑手蹑脚地行走着，眼看就能离开……

骤然，从原来的帐篷里传来一声呼喊："小家伙，你在哪里？"

卓依暗叫一声不好，拔腿就往远处的黑暗里冲去。

"不好啦，那个孩子跑啦！"身后，"墨镜"的喊声响成一片。

卓依越跑越快，脚下打滑，不知摔了多少个跟头，等那些喊声听不见了，他才稍稍松了口气。谁知转头一看，更加不好的一幕出现了，那些人竟然打开了很亮很亮的手电筒！

卓依脑海里一闪，坏了，他是在雪地上跑，无论他跑多远，都会留下脚印，那些人就会跟着脚印找到他！

手电筒的光慢慢聚集到一处，显然，他们发现了脚印。

怎么办呢？在手电筒的光照到他之前，他急得抓耳挠腮。

突然，他的肩膀一沉，被什么人拍了一下。

这一下惊吓可是非同小可，卓依差一点就被吓破胆，他强忍着没有叫出来，转头看去……

与此同时，一个异常熟悉的声音对他说："嘘，不要说话。"

天啊！是妈妈。

虽然有雪光映照，但深夜里依然看不清楚，不过，卓依已经清晰地感觉到，这个突然出现的人是他的妈妈！他狂喜又激动，但又不敢相信，于是他竭尽全力地控制住声音，低低地问："妈妈，是你吗？"

"是我，我回来了，看你不在家，我就赶紧来山上找你。"停了停，妈妈的手抚摸着卓依的脸庞，那双手好温暖，一点点融化了他心里的恐惧。

"来，妈妈背你走。"

"你病刚好，可以吗？"

"当然可以，我已经完全康复了。"说完，妈妈俯下身子。

喜极而泣的卓依轻轻趴上去，双手圈在她的肩膀上，就像小时候，妈妈无数次背他一样。

母子两个，顺着雪山一路往下走，卓依也不知道那是不是回家的路，他一点儿也不担心。有妈妈在身边，他永远不会害怕。他愿意跟着妈妈去任何地方。

晃晃悠悠中，卓依不再觉得冷，他温暖安心地睡着了……

忽然，卓依身子一抖，醒了过来。

他的第一反应就是赶紧搂住妈妈的肩膀，以免掉下来，可是，他的双手却是张开的，他根本就不在妈妈背上！

到底怎么回事？卓依一下子张皇失措。

"妈妈！妈妈！"他连叫了好几声，周围都静悄悄的，没有任何回音。

卓依茫然四顾，惊诧地发现，自己竟然睡在之前放羊时住过的山洞里！

他慌乱不已，本能地想走出山洞找妈妈，可刚刚探出头，他就停了下来。山洞外一片雪白，不对，有哪里不对！

外面竟然没有脚印！

他是怎么进入山洞的？妈妈为什么不告而别？她去了哪里？这些问题一遍遍在卓依的脑海中浮现。他甚至有些怀疑，刚才的经历是不是一场梦？

卓依又失落又难过，眼泪簌簌地往下掉，一颗颗砸在雪地上。

想来想去，他决定去做一件事：去灵山，告诉雪莲它们有危险。

卓依果断地出了山洞，面朝着灵山出发，一行孤单的脚印蔓延而上。

因为速度太慢，直到天快亮了，卓依才爬到灵山脚下。他绕过湖，顺利找到洞口，钻了进去。

第二次来这里，卓依心里泛起一种莫名的亲切感，他站到那朵跟他聊过天的雪莲跟前，轻轻摇了摇它的叶子。

"怎么又是你？"雪莲的花瓣聚合成一张睡眼惺忪的脸。

卓依结结巴巴地把来这里的原因说了一遍。

"谢谢你！"雪莲露出会心的微笑，"你为什么不带他们来呢？他们会给你很多钱，这样，你就能留住羊群，还有钱给妈妈治病。"

卓依的心突然疼了一下，泪水情不自禁地涌出："我很想妈妈，可是，我真的不能那么做。"他哭着把遇见妈妈的经历告诉给雪莲。

"真的谢谢你！"雪莲的声音听起来也有一点悲伤，"你快回家吧，你妈妈肯定在家里等着你。"

"真的吗？"

"嗯，我保证。不过，你要答应我一件事。"

卓依破涕为笑："什么事？"

"不要把见到我的事告诉任何人，包括你的妈妈。"

"嗯，我答应你。"卓依站起来，"那你们怎么办？"

"放心，会有办法的。"

卓依和雪莲相视而笑，然后，他们依依不舍地道别。

卓依爬出山洞，刚回到湖对面，就听见轰隆一声响，一大块冻雪滑下，把洞口遮挡得严严实实。他刚刚踏出的脚印，也神奇地消失不见。

他终于放心，愉快地下山了，幸运的是，一路上他都没有再遇见那些坏人。

家，慢慢地近了……

只要一回到家，就能见到妈妈了。一想到这里，他浑身上下就有使不完的劲！

他先看到羊圈，里面的羊全都在，库伯叔叔并没有把它们牵走。

转过羊圈，卓依朝屋门望了一眼，门是关着的，他的心一下子凉了，傻傻地站在那里，一时回不过神来。

"卓依！"

倏尔，爸爸的声音遥遥地传过来。

卓依飞快地转身，朝声音传来的方向望去，霎时，他眼里噙满激动的泪花。

爸爸用马车拉着妈妈回来了！妈妈坐在马车上，朝他微笑招手。

"妈妈！妈妈！"卓依一个箭步跳出老远，用尽全身的力气狂奔过去，他的眼泪落下，被风温柔地抚摸。

那天晚上，卓依依偎在妈妈怀里，听妈妈给他讲这些天发生的事。

原来，妈妈住进城里的医院之后，病情一直没有好转，医生检查之后说，需要给她做一次大手术，得花很多钱，没办法，爸爸只好把羊卖掉。昨天正好是动手术的日子，谁知，做完手术妈妈一直昏迷不醒。后来，妈妈的病房里来了一位年轻的女医生，她给妈妈喂了一些药，不一会儿，妈妈就醒了过来。

与此同时，爸爸接到库伯叔叔的电话，他说，他已经收到爸爸还给他的钱了，是一个年轻的女学生送去的，说是捐献给卓依的。

听到这里，卓依心里涌上来一股感动，他知道，那位年轻的女医生和那个女学生，其实就是雪莲。但他不能说，他要深深地记在心里，一辈子不忘。

妈妈说："昨天夜里，我昏迷不醒的时候，做了一个奇怪的梦，梦到你被好多坏人追，我背着你逃跑，把你藏在一个山洞里。后来，我怎么也找不到你了……"

卓依会心一笑，他相信，那是妈妈对他的爱，产生的神奇力量。

一个星期后，卓依的妈妈已经完全康复，像从前一样健康。他们一家三口，终于恢复了往日的幸福。

那天，卓依和爸爸一起去放羊，半路上看到一队人从雪山上下来。卓依愣了愣，马上认出他们就是那些追他的坏人。这么长时间不见，他们一个个饿得面黄肌瘦，脚步踉跄，仿佛一阵风就能把他们吹倒，不用说，这些人肯定受了很多折磨。但是，看着他们狼狈不堪的样子，卓依一点儿也不觉得可怜。

奇怪的是，他们和羊群擦肩而过的时候，并没有认出卓依，仿佛失忆了一样。其中一个人还停下来说："咱们买一只羊吧，我好饿。"

"墨镜"摇了摇头："咱们的钱全都不见了，拿什么买啊！"

他们只好打消了这个念头，栽着跟头往山下走。

卓依走着走着，恍然大悟，库伯叔叔收到的钱，是他们"捐献"的！

"傻笑什么呢？"爸爸问他。

卓依"嘿嘿"两声，没有说话。

放羊的间隙，卓依给爸爸打了声招呼，又去了一趟灵山。

站在被银白色的冰雪包裹住的山顶前，他面朝记忆中山洞的位置，说了一句"谢谢"。虽然没有任何声音回答他，但他已经心满意足。

转头看，羊儿时而安静地吃草，时而忘情地奔跑；而雪山呢，就像一位牧羊人，打着呼哨，惬意又慈祥。这一尘不染的世界，不再让他悲伤。

他坚信，只要有纯净的雪莲，这个世界就会有奇迹。奇迹的名字叫爱，爱可以实现很多不可思议的事。

"你说过，等你成熟了，会来找我玩的，不要忘了哦！我会等你的。"卓依又看了一眼灵山，说了这么一句：

"我当然记得。"

蓦地，一个熟悉的声音在耳畔响起，卓依的眼前，登时出现一幅奇异的画面：湖水开始翻腾，慢慢地从中间裂出一条线，沿着这条线，湖面一分为二，向两边退开。

卓依揉了揉眼睛，不敢相信眼前的一切，等他再睁开眼，就看见一道夺目的光芒，从湖中央照出来。

光芒中，隐隐约约有一位美丽的仙子，朝他缓缓走来……

小 舟 从 此 逝 ，江 海 寄 余 生

文／林晨

林晨，女，1996 年出生，一名普通的北京高中生，自诩骨子里是江南温婉小女子，别名"酥炸绿毛龟"。"作家杯"第十四届全国新概念作文大赛入围奖，并进入第十五届全国新概念作文大赛复赛。

我第一次深刻地感受到"脸上越是开心的人，背负的苦难越多"这句话时，不是通过矫情的人人网分享或是小清新们的 QQ 签名档，而是因为我的外公。

—

从小到大，老师但凡布置人物作文，我都爱写我的外公。因为随便一个他身上发生的故事，都能让我得很高的分数：他是个多才多艺的人，他是我见过最具正能量的人，他是能把再平凡不过的每一天都过得津津有味的人。所以他是个特别好写的人。

小时候，他指挥着我掏邻居家的鸡窝，捅房檐下的马蜂窝，挖雨后的蚯蚓给自家花盆施肥，蹲在夏日的草丛里找强壮的蝈蝈……若追究我身上为什么没有养成半点江南女子的温婉柔媚，罪魁祸首便是我的外公。

外公对我的教导和别家老人很不一样，既非一味溺爱，也绝不算严厉。我从来没见过他要求我学什么，只是他自己做。外公写一手好字儿，篆楷隶草，全都信手拈来。午后阳光好的时候，他睡饱了觉，拿石砚磨了墨，便自娱自乐地写起来。

阳光照在他脸上的那份宁静，让当时尚不会用言语表述清楚的我分外惊叹，只觉得那种庄严的样子极美，好像带了一种仪式感。因而尽管他从来没要求过我像别家孩子一样一天十篇大字那么练，但我看着好，便也跟着学。即便不为学字，我也会凑在他身边狗腿地帮他磨墨，只为多瞧瞧那好看的样子。就这样，如今我琴棋书画样样都能玩上一点，虽说不精，却也颇有心得。这全是因为当年外公风姿的吸引。

当我再长大一点，开始学课文时，他受我父母之托监督我学习。只是，外公似乎比我还讨厌那文藻生硬的课文。一次，老师要求全文背诵叶圣陶的《爬山虎的脚》，第二天检查。我背了足足三个小时还是记不住，总是出错，急得我差点哭出来。外公把课文拿过去一看，说："你背一遍试试。"

"一阵风拂过，一墙的叶子就漾起波纹，好看得很。"

"这有啥好看的。"

"茎上长叶柄的地方，反面伸出枝状的六七根细丝，每根细丝像蜗牛的触角。"

"蜗牛的触角黏糊糊的好恶心。"

"细丝跟新叶子一样，也是嫩红的。"

"啰唆。"

……

他对很多事情的理解都与常人不同。好在，我最终还是把这篇课文背下来交了差。

二

外公是我家的"交际花"。

在北京这样冷漠的城市里，找到一个与陌生人接触的机会，似乎并不是很容易。但是外公不一样，他就是拉着门口扫地的也能聊三个小时。我话多这一点，大概就是跟外公学来的。因为他的缘故，我们家在我们那片还是有点知名度的。

靠着外公这个长袖善舞的技能，我打小就好处不断：不是张家送来只新生的小兔子给我玩，就是李家刚做好了桂花糕分我两块。我由此很崇拜外公的口才。

外公骨子里是有读书人的清高的，他从来不会附和着某些大家的言论。早在"砖家"这个词儿尚未大热，专家们还饱受人们信任的时候，他就对种种专家的言论嗤之以鼻。但是他在与人相处的时候却让人觉不出这份傲然。嘉兴学院里的清洁工，至今还不知道这位前一秒跟他们相谈甚欢的人，下一分钟就转身走上讲台开始讲课。

我三年级时，外公跟八楼的一位老爷爷很谈得来。那老人见了我也是笑眯眯地，很是和蔼。近年来，外公也不大愿意来北京走动了，他那么喜欢嘉兴：空气清新、交通方便。世界上再没有比这更好的地方了。虽说只隔了两层楼的距离，外公回嘉兴后，我却再没见到那位老人。

一晃五六年后，我才在楼下碰见了那位老人。正当我犹豫着要不要上前打招呼时，老人显然是看到了我，脸上浮现出欣喜和激动："丫头，你是龚老师的外孙女吧？我认识你外公的。"拜我外公的好人缘所赐，这位将近耄耋之年的老人，可以准确地认出我来。

他已然变得和我外公一样老了，他眼里满是落寞。当年上下学缠着他接送的孙子也长大了，人高马壮，不再需要他的保护了。

他大概不知道，我曾经远远看着他和外公谈笑风生的样子，那般意气风发，与今日的垂垂老态有天壤之别。我那时候小，怎么会懂得年华逝去的哀伤，反而很小气地想：外公和我都没这么多话，和陌生人反而如此熟稔。然而如今，我又看到了这位老人，从他略显呆滞的眉眼中，我突然明白了这种失落，那样年迈的人，有哪些人愿意静下心来听一听他们的苦难历史或是峥嵘岁月呢？

外公从来不抱怨，想来，他的心里也是有无奈的，他心里蓄着好多好多的故事要讲给长大的我听，只是我已经没有耐心认真听了。

三

三四岁时我很爱听故事，常常缠着妈妈给我讲睡前故事。我妈于是像领了大任务一样，捧着精选的童话书，用标准的普通话给我朗诵着。我却从来没有伴着书声入睡的习惯：

"妈妈，你讲错了。这写的是十一只天鹅，你念成了十只。"

"妈妈，这个是小猪笨笨，不是小猪呆呆。"

"妈妈，公主最后是不是获救了？换个故事吧。"

……

直到今天我妈提起这事儿还一阵阵咬牙切齿——"你既然都认字，干脆自己读算了。我念，你还挑错。"

只有外公的故事，我从来没有挑过错。因为外公讲故事从来不用什么童话书，让他读故事书他是不会照做的。而他讲的故事，都是我从未听过的。

小时候，姥姥指使他哄我睡觉。家人眼里看似艰巨无比的任务，他只讲一个"军队过桥"故事便轻松搞定：

从前有一队军队很长很长，人好多好多，他们要去很远的地方打仗，所以不得不过桥。你见过那桥的，跟咱们吉水路那儿的清河桥差不多。于是，只听见马蹄声得恰得恰得恰得恰得恰得恰得恰……

　　得恰得恰得恰……

　　得恰得恰……

　　得恰……

　　……

　　他若想让我醒着，就能讲出好多的花样来。若是想哄我睡觉，竟也能愣生生地就能把我磨睡着了。

　　外公给我讲故事的时候，似乎并不拘着题材。有一次他给我讲过一个故事：

　　有这样一个班级，班主任告诉学生们说："谁要是主动检举揭发自己的父母长辈有什么奇怪的行为，我马上就让他当班长。这样大义灭亲的举动值得所有人学习。"

　　于是一个小孩马上告诉老师："老师，我爸爸在梦里曾经喊过一句'蒋介石来了！'，算不算？"

　　老师微笑着告诉他，你做得很好。你将会是我们班的班长，值得同学学习的榜样。

　　然后，第二天，孩子没有等来老师的任命。而是亲眼看见自己的爸爸五花大绑地被押上刑场，周围都是围观的、指点的、谩骂的人群。一声枪响，那位父亲直直倒在地上。

　　小孩胆子通常都大，我当时听了并无甚感觉，也不觉得难过，但是随着我渐渐长大，我才知道那段故事发生在某段很多国人都不愿提及的动乱岁月。

　　那时候，外公还在一所高中教书。

　　"那位孩子是你外公喜欢的学生，脑子很灵光。大概这是这个孩子一生做的最大的错事。你外公因此特别讨厌那个老师，从此不再往来。"

　　"那种人是不配做老师的。"

　　"你外公当时都哭了，他常常问我：'那位孩子的妈妈，大概这辈子都不能原谅这个孩子了吧？'"

　　剩下的这段，是姥姥很久很久以后才告诉我的。我这才隐隐明白他讲故事时唇边的苦笑。

"你外公的眼睛在晚上几乎是看不见东西的。"

"那时批斗他的人，弄伤了他的眼睛。"

七八岁的我听了，脊背都发凉。因为这是我最爱的外公啊。

我一直只晓得他是个很好很好的老师：他制的卷子，字都极好极工整，他的讲义永远那么干净清晰，他给学生的分数从不为难。我常常拿他给学生的卷子纸叠纸飞机，他见了从来不恼，只告诉我怎么做让飞机飞得更高。那么可爱的一个人，那么风趣的一个人，我实在想象不到会有人不喜欢他——这便是我最简单的思维了。

四

当灾难终于过去，外公加入了共产党，这着实令年幼的我很不解。我问了很多次为什么，他总是笑眯眯地答："入党多好啊，没有共产党就没有新中国。"

外公总是这样一个人，似乎并不求什么。他只要求自己好好锻炼，好好活着。外公那么努力地活着，每天都努力地生活着：打太极、做瑜伽、打台球……甚至是炒股、上网、开车。他似乎都在挑战着我这个年轻人的极限，至少我做瑜伽时还会疼得龇牙咧嘴，他却可以把身体扭到一个近乎诡异的曲度。

只是我知道，外公到底是不一样了。那段时光磨去了他所有的骄傲，十年，足以让他从昔日的贵公子变成一个普通的小老头。我以为我的外公是超人，是完美。因为我见他结婚时与姥姥的一张照片，惊鸿一瞥，惊为天人。

照片上的外公，有不输当代任何一个明星的容貌和气度。摒弃了商业的浮躁，满是一种书生才有的眉清目秀和书香人家特别的清高。浊世佳公子，正当如此。

如今，我看到的他，老得很快。每一年的时光都在他脸上留下深刻的痕迹。外公不再能把我高高举起，走路时甚至还要小心翼翼地扶着我的肩。他眉宇间的淡然，终究被柴米油盐磨灭干净——"阿升（我姥姥），今天出去要买什么菜?""阿升,那个花还没浇呢。"

这样的外公,我很心疼。

当时我看《陆犯焉识》的时候,看到老几(陆焉识)每天处在担惊受怕,踩在死亡边缘的时候,我脑海里总能想起外公。陆焉识那么一个有才华的人,会写盲书、下盲棋,真是像极了我的外公。当他终于被折磨得忘记了自己本性的时候,又重新被推了出来,面对这个他早已不认识的、冷漠的世界。

后来,我得知陆焉识的原型也就是严歌苓的祖父,其实早在改造之初就自杀身亡。我心里反而释然了,仿佛就该是如此,如果选择早早自尽,何必经历后面的折磨。

我很委婉地问过外公:他就从来没想过死么?

"死有什么难,我偏要做那最难的事情,那就是活着。我不怕死,我要那些想害我的人心里不舒坦。"

我一早便说过,他的思维不同于常人。

不是所有人都是圣人,不是有才华的人就能做时代的英雄。更多的人,注定要淹没在时代的洪流里,默默地随波逐流。

每当我因一些琐事而烦心时,常常会感到惭愧,我觉得这样细碎的我会让外公失望。他应该是不愿我被很多事情困扰的。

"只要活着,活着就好了。"

生亦何欢,死亦何惧。不是认命,不是颓唐,还是清高,高傲到骨子里的清高——夜阑风静縠纹平,小舟从此逝,江海寄余生。

暖 冬

文／赵 丹 盈

赵丹盈，女，1992 年 10 月出生，籍贯河北承德。典型天秤座，严重选择综合征，喜好不固定，现就读于保定学院。个人擅长小说和叙事性散文，"作家杯"第十四届全国新概念作文大赛一等奖获奖者，第十五届全国新概念作文大赛二等奖获奖者。

我以一个"密码"为借口陪伴你左右，你是我最不愿想起却又最不愿舍弃的牵挂。

——致父亲

一

他失忆了，是脑萎缩。

曾经挥着皮带满院子跑的男人再也没有了那股子精气神儿，六十七岁的年纪，突然之间就脆弱如孩童。

病房里充斥着消毒液的味道，如果不是病床床尾的病历卡，我一定不愿意承认那是父亲。姑姑坐在相邻的空病床上，看见我推门进来，她立刻放下了手里的苹果和水果刀，然后站起身接过了我手里的行李。

我右手伸进牛仔裤的兜里，摸到了银行卡，顿了顿，还是没拿出来，眼角的余光瞥见姑姑，我抽出兜里的手，看见她松了口气。

父亲躺在病床上，眼睛呆滞地盯着天花板，我犹豫了一下，替他掖了掖被角，之后站在床边看着他，再没有多余的动作。

想要开口却忽然觉得有些尴尬，努力地咽了口唾沫，最终还是什么都没叫出口。

窗外的银杏树已经长了很高，透过窗子能看见稀零零的叶子。

晚秋了。

二

他离开的时候，我大概是八九岁的年纪，扎着两条羊角辫子，露着宽阔的额头。记忆里应该是个晚秋，院子里的树扑簌簌地落下了叶子，铺成厚厚的一条路，父亲就是踏着那些树叶子离开的。

母亲在那天哭得特别伤心，眼泪湿了半边的袖子。当时我的手里拿着一个鸡毛毽子，我从他背后扯着嗓子喊他"爸爸"。他不理我，只朝着村口的方向，迈开很大的步子，义无反顾。

　　在我出生的那个年代，老一辈重男轻女的思想还很严重，我觉得父亲可能嫌弃我是个姑娘，所以从我出生开始，他对我就不算太亲近。我稍微长大一点的时候，父亲就和母亲商量着要生个儿子，我知道，等到父亲有了儿子，他也许就更不喜欢我了。

　　可时间过去了很久，母亲还是没有怀上第二胎，父亲领着母亲到省城的医院检查，检查的结果令父亲大失所望，医生说母亲以后不会再怀上孩子了。

　　但是当时的我却很庆幸，甚至还为了这件事儿整个晚上都没睡着觉。我有自己的小算盘，母亲生不出儿子，我就还能算得上是父亲唯一的孩子。可后来我发现我错了，也许是因为母亲生不出儿子的原因，父亲开始迁怒于我，他时常喝酒，喝醉了就会扯出腰间的皮带抽我，以至于过了很久我的后背上还有几条发红的印子。

　　在父亲走了两年多之后，母亲就病逝了，因为联系不到父亲，所以我被村里的老人们送到了省城的福利院。

　　在福利院的日子特别难熬，有时候我会想起父亲，晚上睡不着的时候我会想如果当初母亲能怀上儿子，也许父亲就不会走，也许我还能有父亲母亲，就算多出一个弟弟。

　　芽子是我在福利院认识的一个姑娘，她比我大两岁，有些发育不良，从小就被父母扔在了医院，几个好心的护士把她送到了这里。她的胳膊和腿细得像是玉米秸秆，仿佛一阵风就能把她吹跑。

　　芽子的骨子里有种倔强，虽然瘦弱，但是没人敢欺负她，这一点的刚强特别像父亲。她能拼了命地跟几个孩子打架，她告诉我，在这个地方，野孩子就得有野孩子的样子。这句话说得我特别心酸，我想反驳她，我们根本就不是什么野孩子，可我没说出来。

　　十多岁的时候，我和芽子正处于长身体的阶段，五点吃过晚饭后，到了八九点钟肚子又开始咕噜噜地叫唤，我就去厨房偷偷地拿馒头和咸菜，芽子蹲在门口给我放风，要是有什么动静她就学狗叫或者学猫叫，除了我们俩，那会儿谁都不知道，那是属于我们俩的密码。

　　有一次我偷吃，被大厨发现了，他揪住我的衣服领子把我拎起来，给了我一巴掌。芽子在门口听见我的哭声，立刻跑了进来，她踢了大厨一脚，又在他的胳膊上狠狠地咬了一口。我们在那个晚上都被揍得特别惨，后来我问芽子，我说你怎么不跑，芽子轻描淡写，她说我不能丢下你一个人。

那段灰暗的日子里芽子成了我最亲近的人，和她在一起的时候，我会更想父亲。

晴朗的夜里有不少星星，黑色的夜深沉得就像父亲的肩膀，闪烁的星星是孩子们孤单的眼睛。

芽子比我早两年离开福利院，她满十八岁就搬走了，剩下我自己，偶尔晚上睡觉的时候听见猫狗的叫唤声，我都会有种错觉，我以为是芽子回来了。

后来我也离开了福利院，院长到门口送我，她问我："你以后还会记得这里吗？"我抬头看了看，我记得那天天气特别好，天空都是湛蓝湛蓝的。我忘了那天我是怎么回答她的，只记得眼前的一片蓝色，清澈得像是能掐出水来。

三

姑姑站在走廊里和我说着父亲的病情，我靠在二楼的防护栏上，裸露的小臂触碰到金属栏杆上觉得有些冰凉。

姑姑沉默了一会，她问我："你是不是恨他？"我摇摇头："我不恨他，我都快忘了我还有父亲了。"姑姑叹了口气："你是他唯一的女儿了。"我笑笑："我知道，那么……那张银行卡密码是什么？"姑姑皱眉，还是同样的回答，她说："我不知道。"

什么算是唯一呢？不得不唯一，还是只能有这么一个选择。我嘲讽地笑了笑，低着头。姑姑不再说什么，转身回了病房。我转过身，用后背抵着防护栏，右手边的缴费区已经排了很长的队伍，POS机上的数字被按下过无数遍，可每张银行卡对应的也就那一个密码而已，并非无奈，而是规则。

我回到病房的时候，父亲睡着了，皱纹形成很深的沟壑刻在脸上，胡茬随着呼吸微微抖动，右手掌随意地放在胸前，骨节已经粗大增生，精短的指甲里也有泥垢。我站着看着他，觉得自己无比高大，而他却柔弱不堪。

我的心莫名地震颤了一下。

我五岁左右就上了小学，早晨母亲烧饭的时候，父亲就帮我扎好羊角辫子，他从生疏到熟练，我的羊角辫子也越来越好看。学校离家不算特别远，我第一年上学的时候父亲每天都和我一起出门，他左手扛着锄头，右手领着我，看我进了学校他再走开。第二年学校就办不下去了，校长老师都走了，于是我再也没牵到过父亲的手。

那年快过年的时候，父亲当着很多亲戚的面考我算数，我都回答得特别利落干脆，父亲揪着我的羊角辫，他说小丫头真机灵。他很少夸我，那是我记得最清楚的一次。我高高兴兴地跟着父亲一起贴了春联，然后歪着脖子仰着头看父亲站在高凳子上挂灯笼。我问他，"为什么每年都要挂灯笼？"他挂好灯笼回答我："灯笼亮，能让远走的人找到回家的路。"

父亲睡了很久，直到下午四点多才醒过来，姑姑已经回了自己家，剩下我一个人留在病房陪床。他睁开眼睛第一眼看见我问我，你是谁？我在那一瞬间像是被什么东西噎住了一样，有点不知道怎么回答他。于是轻巧地岔开了话题，我说我给你削个苹果。

我削苹果的时候父亲很安静，他目不转睛地看着我，苹果皮被我削断了好几次，然后把干净的果肉递给他。他突然不经意地开口："你看起来有点像我的女儿，眉眼都像，她比你胖一点。"然后接过我手里的苹果咬了一小口，把果肉嚼成细碎的果泥，如同那些年漫长的岁月。

我有点想哭。我很想问问他："你是不是把她弄丢了？"可我怕一开口就真的会哭了出来。

用力地吸了一口气，我把视线转向了窗外，临近五点了，日光已经褪色了不少，看起来更加柔和，至少不再刺眼了。

四

从福利院进入社会之后，我再次和芽子待在了一起，她把我介绍进了她所在的单位，在离家很远的一个城市。我住在她租的房子里，租金每个月和她ＡＡ制。

芽子托人把身份证的年龄改大了好几岁，她告诉我如果没人能依靠

就只能靠自己，她说这句话的时候我觉得她坚强又脆弱。我做的职业是文员，每天做做文字录入，整理整理文件，工资还算可以，工作量也不大。

我特别知足，也安于现状。

直到有一天姑姑找到我，我不知道她是怎么打听到我的住址的，也不想问。她老了一些，可大体模样都未曾改变，她说我成熟了不少，她都快认不出来了。

芽子躲回了她的卧室里，把客厅留给了我们。姑姑直接切入主题，她说你爸爸想见见你。我把沏好的茶水递给她，沉默不语。姑姑用食指指腹摸着茶杯的杯子盖，继续说："你爸爸老了，这么多年也没再成过家，知道你妈妈没了之后，他托了好多人打听你，好不容易才把你找到，想让你回去看看他。"

我笑了笑。我都二十岁了，自他离开之后，每隔一年，时间就在我心上刻成一道疤，如今伤疤已成深海。

那天我拒绝了姑姑。我说："我离开你们这么久，我在福利院成长了这么多年，现在我成熟了独立了不需要你们了，你们才想起我。当初送我去福利院的时候，就算他不在，你们为什么没留下我，哪怕是给我一口饭吃。"

我用"他"代替了父亲这个称谓，太久没说出口，已然生疏。

姑姑已觉尴尬，于是没再多说。姑姑临回去之前给我留了一张银行卡，我没推脱。我问她里面有多少钱，她说不知道。我问她密码是多少，她还是说不知道。姑姑说："银行卡是你爸爸的，现在他忘记了密码，忘记了他自己是谁，可能你再不回去，他也会忘了你是谁。"

客厅没了声音，芽子从她的卧室里走出来，拖鞋底儿摩擦着地板，发出"刺啦刺啦"的声响。她说："其实我特别羡慕你。"我冲着她笑笑，然后晃了晃手里的银行卡。我问她："是因为这张卡么？"芽子皱起眉看着我，她摇摇头，特别认真地回答我："不是因为这个，是因为你还有个爸爸能惦记起你，你要知道，在这世间，能有个心心念念惦记自己的人是多不容易。"

我的动作有些僵住了，不知道该说些什么回应她，隔了许久，最后故作自然地牵扯了一下嘴角。

芽子在出生的时候就被父母抛弃在了福利院，她连个能供她回忆的模样都没有。芽子劝我回去看看，毕竟还是父亲，血脉还连着。

我最终还是跟公司请了几天假回了以前的城市。

冰凉的铁轨在日久天长的打磨中逐渐变得光滑而发亮，发出粗糙而苍老的声音，眼前的风景一晃而过，比时光更脆弱。山间的河流闪耀着星星点点的光芒，如同蟒蛇光滑发腻的鳞片。

五

医生说父亲的病情始终未得好转，近日他睡眠的时间越来越多，身体也日渐消瘦，骨头都快要凸了出来。他清醒的时间不长，醒着的时候会跟我要口水喝，盯着我看几眼，然后再睡着。他看着我的时候眼睛里仿佛带着很多的东西，我不知道他是不是还认得我。

我不想多逗留，收拾好了行李，跟姑姑辞行。出乎意料，姑姑并未阻拦我，她让我陪她一起吃顿饭，我应允。

医院楼下有个饺子馆，我和姑姑挑了一个角落的位置。她点了一份醋熘白菜和一份排骨粉条，还有两盘三鲜的饺子。放下菜单，姑姑拎着茶壶给我倒水，她说："两样菜都是你爱吃的，你爸爸说你不爱吃肉馅饺子，给你要了三鲜的，合你胃口。"

我端起杯子小口地啜着热水，然后姑姑给她自己也倒了一杯，她的视线并没落在我的身上，没有焦点，仿佛是自言自语一样的开口："其实……银行卡的密码我早就知道，是你阴历的生日，我就是想让你回来看看你父亲。虽然他脑子不太好用了，可他还是明白一些，你回来一趟，也算给了他一点儿安慰，现在你不想留下就走吧。"

我看了她一眼，依旧没说话，低垂着眉眼。其实我在回来之前去银行试过密码，也用了我的生日，只不过我用了阳历的生日。

"你不知道，你爸爸这么多年有多不容易。"姑姑也喝了一口水，放下杯子，继续说："你出生的那天，你爸爸一点儿都不嫌弃你是个姑娘，摆了好几桌子的酒菜请全村的人吃了顿饭。之后你逐渐长大了，你爸爸担心你是个独生女，以后他不在了没人给你撑腰，就一直想让你母亲再生个孩子，他不能陪你一辈子，就必须得为你铺好路。后来你妈妈不能生，他就想把你培养成一个男孩儿，省得你以后吃亏。"

这个时候服务生把菜端到了桌子上，我盯着姑姑的眼睛，没顾得上和服务生道谢。

"你爸爸出去打工那会儿你才八九岁，他是负气走的，你妈妈不同意他出去，两个人为此还吵了一架。他说女儿一定要富养，家里没钱，所以他就去城市做建筑工，三十多岁的汉子被砖头压弯了腰……"姑姑也哽咽了，平复了好一会才接着说："不到两年，你爸爸在一次事故中腿被压得骨折了，老板不给算工伤，赚的那点儿钱都拿着治病了。不等彻底恢复，他就又换个工地继续赚钱，做了几年攒下钱回来的时候，才知道你妈妈不在了，你也走了。他辗转了好几年才找到你，可现在……"

姑姑再也说不下去，眼眶通红。

回到病房的时候，父亲清醒着，正在打吊瓶，我抓起他的手看着他，止不住地掉眼泪，跟断了线的珠子似的往下跑，我喊了他一声爸爸。父亲愣愣地看了我半天，嗫嚅了半天，才发出声音，他说："闺女你别哭……"

我已经顾不得形象，用胳膊挡住眼睛，眼泪渗透进褂子落在皮肤上，成了七月天最热的骄阳，灼得我心里生疼。

六

我给芽子打了个电话，我说我不回去了，我要和我的父亲在一起。芽子听了很开心，她问我那张银行卡的密码是不是我的生日。我很惊讶，我问她你怎么知道。芽子顿了顿，她说："如果他是我的父亲，他也会把密码设成我的生日。"

姑姑陪我去把头发剪了，刚好能扎成羊角辫的长度，我就每天用两根皮筋扎成羊角辫。我走在医院里的时候，有好多人笑话我，可我觉得特别骄傲。

每天我跟父亲说的第一句话就是："我是你的女儿。"可是他记性不好，往往都是过一会儿他就还是要问我一遍"你是谁"，只有当他的手摸着我的羊角辫时，他才安静下来。

临着年底的一天，天气特别好，阳光顺着窗帘边缘洒了满满一屋子。那天父亲的状态也出奇的好，他和我说起了我的小时候。

他说我第一天入学的时候，哭得特别厉害，他站在破败的围墙后面，听着我撕心裂肺的哭声特别舍不得。我有点不好意思地笑起来，他接着说："你那天被老师拉着胳膊还使劲地叫'爸爸'，我躲了好久都不敢露面，你再哭一会可能我就真的把你带回家了。"

父亲不知道，我刚到福利院的那阵子也经常哭，可是我不敢哭出声音，因为我知道他不在，所以我不敢。

说到最后，父亲盯着我，他说："如果有机会，我想再送你上学一次，看看你当初有多依赖我。"

姑姑说那是回光返照。

入冬了，树上的叶子都零零散散地掉光了，剩下光秃秃的枝丫，满目萧索。

七

父亲临走前，我陪在他床边，他嗫嚅着轻轻地跟我说了一句话，他说对不起。在他想继续说下去的时候我打断了他，我点点头，我说："我都知道。"父亲的眼睛忽然变得很亮，有什么东西在闪着。

其实我什么都了解。

比如说，姑姑欺骗了我，她编了很多的缘由，只是不想让我对父亲有太深的仇恨，可到了最后我却把它当成了现实，我相信父亲是太爱我所以才不得不丢下我。可我对他的心疼和想念却多过了仇恨，我愿意爱他，一直爱他。

过去的纠结与痛苦都不再重要了，重要的是，我能见到他，陪着他，听着他跟我说句对不起。

我不怪他，我回到他身边，就真的没想再离开了。

在他出殡的那天，我穿了一身素白的丧服，跪在黄土地上，除却凛冽的风，没有其他声音。眼泪轻巧地落下来结成霜，雾气氤氲成过往，我记得的，都是他的好。

　　父亲是海葬，没留下太多痕迹。过年的时候我回了老房子，芽子也休了年假跟过来，我们贴了火红的春联，挂了明亮的灯笼，这是一条回家的路，父亲看得见。三十晚上下了小雪，没有星星，夜色深邃，像父亲的怀抱。

　　那一整个冬天都带着满满的暖意。

　　那年是 2011 年，有个突然走红的组合叫筷子兄弟，他们在那一年出了一首歌叫《父亲》，我把那首歌放在了我的手机里，不敢轻易播放。

　　至今为止，我也没去看那张银行卡里到底有多少钱。

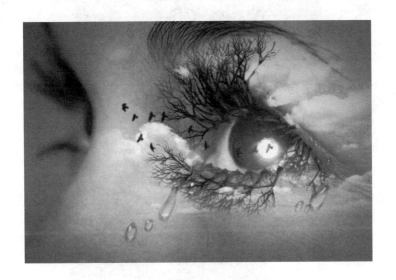

葡 萄 树 下 的 瓦 屋 女 主 人

文 ／ 李 婉 媚

李婉媚，1992 年出生于广东茂名。

我离开老家已经许多年，最近有幸品尝到几颗由外地朋友带回来的黑葡萄，想起一些人和事，甜味儿里顿生酸涩。

犹记得 20 世纪 90 年代中期的周村，好些人家都还住在用黄泥晒干凝成大砖块后堆砌起来的瓦屋。房子的排序像课室里的课桌，一间挨一间，从村头排到村尾，门口便是大路。可能由于地理条件相对优越，虽然只是小农村，那儿却从来都不算落后。从良田步行到高楼林立的城区，也不过 30 分钟。

村子里每个小孩都有个花名，我叫姑子，4 岁。奶奶说，村子就是个大家庭，按辈分，我该是那群跟我一块儿长大的孩子的姑姑。我还小，所以我叫姑子。

站在较空旷的高处向四周眺望，靠近河岸的芦苇丛旁边有个大池塘，比起供人观赏的人工湖泊要清澈些。特别是傍晚，当夕阳沉到刚刚好被远处工厂挡住半边脸的时候，塘面波光粼粼，偶尔有一两条鱼儿跳出水面。此刻，闭上眼，清风拂面，会触摸到莫名的恬静，仿佛天地间独剩你一人，仿佛这一片金灿灿的秀水只属于你自己。

环绕着池塘的坡地，是被各户人家祖辈们开垦成种果蔬的良田。每家拥有的地不多，却足以供应一家人天天有新鲜的农家菜吃。

春天一到，我们几个小孩，经常跟在大人背后来到塘边，举着扑蝴蝶的网套追着满田的白蛾子跑。有时一个早上下来，累得小脸蛋热乎乎的，却一无所获。这时孩子们就赌气地摇着正在忙活的大人的胳膊，撒娇嚷道："要吃西红柿，要吃西红柿。"

"不吃了，不吃了。西红柿生冷，吃多了不好。"

"哇哇哇！"一群人中，最爱哭的"哭包"的绰号，就是这么来的。

后来，我们发现捞小虾比扑蛾子好玩多了，哭包也不哭了。

大伙儿站在木板撑起的阶梯上玩水，浑身湿透。奶奶拾来大拇指粗的枝丫，往我身上就抽，一条条"黄鳝"爬满手臂。

抽完后，我没哭，她自个儿哭了。

爷爷年轻时经过商，过世时奶奶有点儿积蓄。奶奶用来盖了座红砖房，客厅不大，却有好多个房间。村子里有个惯例，一旦儿子们都成了家，就开始分家。而奶奶的儿子们，成了家后，都奔城里去了。房子留给她和小叔。

奶奶怀旧，硬要搬回离池塘不远的瓦屋住。兄弟几个劝说了很久且腾出了一个房间。但这样也未能动摇奶奶的想法。兄弟几个只好说："等你想回来住了再回来吧。"

爸爸妈妈就是在这一年把我交给她的。

巴掌大的半圆弧形瓦片一片一片紧紧挨着叠成的瓦屋屋顶，古香古色。

推开两扇贴着门神的沉闷旧木大门，正面对着的便是客厅前面的天井。左手边由外向里分别是卫生间和两间卧室，右边是厨房和长长深深的储物柜。屋内几乎找不到一扇窗，天井大概用于采光和日常洗衣、洗菜。

每逢下雨，屋顶就如同漏水的大砂锅，雨水哗啦啦地从大约 2 平方米大的方形天井上往下倾泻。此番像上演江南好景的古装剧般的唯美意境安置在了我还不会欣赏美不懂摘录镜头的幼年时代，不免有点儿浪费了。

天井下长了些许滑脚的苔藓植物的地方，比起屋内地板要向下凹陷大约 20 厘米，便于收集雨水，并将其从下水道排出。

长大后，看过黄埔古港的西关大屋，看过闽西南客家人住的围龙屋，唯有家乡的这种房子，再没有缘见过一面。

奶奶拿来洗衣服用的大木桶，放在天井下，雨水顺着暗黑色的瓦片啪啪啪啪撞击着跳进木桶里。等装满了水，天晴了可以用来刷地板。

听奶奶说，葡萄籽是不会发芽的。要想种出新的葡萄树，得从老树上砍下一条藤，将其插在泥土里，保持土壤水分、肥力，时间久了，插在土里的部分会生根，而且成活的可能性是个微乎其微的不定数。

奶奶心疼它，每每有人经过，问起能否剪下一小段送给他们带回家养，奶奶总能编出好些理由来回绝。这样一来，方圆近百户人家，只有这一棵葡萄树。

我这么小就被寄养在奶奶家里，家门口的这棵葡萄树，是看着我长大的。从我有记忆开始，它就已经应景地长成了这副老态龙钟的模样。

围墙内的庭院，经历了风雨冲刷，松动的沙子早已经没有了痕迹，地面光滑而厚实，一年到头也不见会长一根草。倒是那棵葡萄树，几条粗壮的藤儿扎扎实实地从地里冒出来，互相缠绕着爬满长了木耳及其他菌类植物的枯木竹片与细铁丝交织搭成的架子，继而爬上屋顶，从天井处垂进屋内。

此番景致在我往后人生的十多年里，留下了抹之不去的深刻印象。当然，里面还掺杂着别的。譬如，对它的思念之情。

它会在春天如期长叶，深秋时节果子如期成熟。成熟的葡萄，受地质影响，浅紫色到几近透明，个头不大。果实的酸味直接盖住了那一丝丝香甜，咬一个，籽多，唾沫情不自禁汹涌而出。现在想起，都还会为那酸感到牙齿有点儿发麻。

奶奶经常坐在葡萄树下梳头发。

她从来不剪头发，至少，在我眼皮底下，她从来不剪头发。这个上了年纪的老人，身高只比小时候的我高不出多少，脸蛋和手背也干瘪瘪的。摘掉簪子，稀稀疏疏的长发可以直垂到地下。

每到夏天，葡萄树通风，遮阳，格外阴凉。透过叶子缝隙的点点阳光开出了一地星星。

早饭过后，奶奶从屋里拿出年轻时就开始用的化妆包。从里面取出白色的线，粉，坐在人群中间给别的奶奶们拔鬓毛。那个年代的人，都喜欢把鬓毛拔得干干净净。接下来，你帮我编两条大辫子，我帮你把刘海用一个夹子撩起，夹在脑后，再剪成刚刚盖住耳朵的长度。唯有我的奶奶，往后脑勺扭个小簪子。

到了晚上，几个老人爱坐在葡萄树下，一边用假牙嚼儿媳们托人给她带回来的蜜枣，一边聊天。她们总爱逗我，"小姑子，小姑子，你比较疼妈妈还是奶奶？"

"奶奶。"

"为什么呢？"

"因为奶奶疼我。"

"你觉得奶奶是怎么样的人？"

"奶奶很慈祥。"

"你知道什么叫慈祥吗？"

"就是奶奶这样啊。"

他们大笑得泪水都出来了。

奶奶总会等人群散了，教导我说："傻孩子，妈妈才是世界上最疼你的人。等你长大了，就会明白妈妈为你受了多少苦。"

她说："你看天上，月亮里面是不是藏着两个隔开的人？那两个人，一个是孩子，一个是他的妈妈。他们只能远远相望，但始终不会分开。"我仔细地看，果真，里面住了两个人。

奶奶那一辈人，都心灵手巧。

几位老太太围在一起，平日里聚在一块儿除了互相调侃和扎头发，还能为自家孙子孙女打冬天的毛衣。

奶奶们干活特带劲，有时候谈到吃的，嘴馋了，就开起火来烧水。有人从家里拿糖，有人则出面粉，几个人乐滋滋地围在一块儿做馍馍。

我偶尔还能听他们唱一下小时候的歌，讲讲小时候听过的故事。

我记得那歌儿是这么唱的：小母鸡，冠儿红。飞到菜园吃菜虫。这么晚了不见回，拿把伞去做媒。做去哪，去大房。大房杀猪，小房杀羊。敲锣敲鼓娶大娘。大娘来到，婶婶放炮，放炮轰隆隆，炸坏大娘的裤洞。

孩子们听了，哈哈笑，嚷嚷要跟着学。而今，我再念起时，不禁像历经沧桑般，泪眼蒙眬。

他们当中有个退休老师最受欢迎和尊敬。奶奶絮絮叨叨对我说："等你长大后，也要当老师。"老师会弹吉他，弹的是邓丽君的《甜蜜蜜》，嘴里还哼唱着："在哪里，在哪里见过你，你的笑容如此熟悉。"

我们几个小孩，蹲在她面前，也跟着她唱。每次看她弹，都双眼含泪却一脸笑容。就连她坐在葡萄树下去世的那个下午，也双眼噙泪，一脸笑容。

她是奶奶们中最先离开的那一个。她的儿子，是某个领导，在她离开的前一周被抓了。我当时很害怕，对于监狱，哪有小孩子不害怕的道理？

我还不懂得察言观色，苦苦哀求奶奶："奶奶，奶奶，你就去看看刘老师吧。看看刘老师吧。"她却始终不肯去看她一眼："人都没了，看什么哟。"

我终于没忍住冲着她大声嚷道："你怎么跟爸爸妈妈一样，不爱别人。你知不知道，蛙王他们见到我又会笑我，说我全家人都没有爱心！呜呜呜……"她别过脸去靠在葡萄树干上，不说话，也不看我。

　　可能她以为，小孩子有颗糖吃，睡个小觉，就什么都忘了的。却不知道，这件事我惦记着，记那么久，抱着对她的歉疚感。

　　刘老师走后，奶奶照旧在葡萄树下洗头发。帮她洗头发的，换成了三婆。她问三婆会不会介意。三婆说："一把年纪了，反正闲着也是闲着，就怕遭你嫌弃。"

　　正午太阳当空，奶奶跟跄着，半桶半桶地从离家大概 100 米远的古井挑来水，放在太阳下晒热，再一瓢一瓢盛到洗衣服的木桶里，躺在老爷椅上由三婆按摩着洗。动作很慢，很幽雅。

　　后来，三婆过世了，那是葡萄成熟的季节。

　　奶奶一个人握着摇扇坐在树下，我靠在她膝盖上朦朦胧胧睡午觉。她还是一副面无表情的样子，半天才说出一句话："走吧，走了好啊，年纪大了，留下来害了孩子们。"其实，那时，我已经略微读得懂她内心的孤独脆弱，只是不知道如何言表如何慰安罢了。

　　接下来几年里，三三两两的，那群老人都走了。在很多个不同的午夜里，静悄悄地，不恋凡尘地去了。每有一个人离开，满村子角角落落都能听到沉重的敲锣声响起，呜咽着，在空旷的夜空回荡，凄冷而寂寥。

　　2002 年，小叔带着婶婶和小侄女北上了。又一批新的老人们回到家乡，独坐在自家门口赶鸭子，打苍蝇。小孩子们上学了，稍大点儿的孩子都住校了。村子变得更加安静了，奶奶就那么一直守在葡萄树下，像在目送着什么人出去又似在等待着什么人归来。

　　直到那年，我 11 岁。她得了一场大病，切掉了半块肺，儿子们给她请了保姆。

　　迫不得已，她只好一狠心把我托付给一个远房亲戚。就在我踏上别人家轿车的那个傍晚，她煮了鸡蛋糖水，摆在祭坛上。"爷爷啊，你要帮我保佑你的乖孙平平安安的。她从小就听话，这一次不哭也不闹。"末了，她深深地哀叹，唉，连小的也走了。

　　大人们拗不过我，只好让我回去看她。只有看到她，看到孩童时代的瓦屋，才有那种发自内心的踏实感和归属感。那里才是我的家！

　　夜里，躺在她身边，很想跟她长聊，就算只能说说在学校的一些琐事。

她像只受了重伤，却只能用羽毛把伤口藏起来，继续孤独地飞翔的小鸟，翻开单薄的粗布上衣，告诉我，"奶奶这，开刀了。你看，缝的针，好疼……现在不怕疼了，人走到这，还有什么可怕的。唉……"

她转过身去背着我继续说："孩子啊，现在社会发展了，交通发达了。奶奶嫁进周村，一辈子再没走远过。你要多出去走走……帮奶奶去看看爷爷从村口那条路怎么出去的，走了多远。那一路啊，一定有山，有石头。你说那老头子怎么就这么犟……叫他多带双鞋也不肯，肯定又磕坏了……去了那么久，也不知道来个音信……"

奶奶说着说着，声音渐渐地哽咽起来，直到含糊不清，也不知道是不是困了。我不敢出声，只装睡着了。生怕小小的"嗯"都会被她听出我的泪。

那是个明朗的秋。

"呐，现在，没有人帮奶奶洗头咯，你过来帮我吧。"

我问她，为什么这么麻烦，这样一来二去的，水都凉了。

她说："你爷爷最喜欢我这头长发。他在的时候啊，就是这样帮我洗头发的，我一丁点儿也舍不得剪掉。走之前，他还特地拜托村子里的奶奶们，说有空的时候啊，就代替他帮帮我洗头。她们，是帮到底了啊！"

我当时还傻呵呵地喃喃道："你那么想念爷爷吗？"

其实，我不用问也知道，她坐在树下，主要是为了等爷爷回来。她不肯住新房，无非也是因为瓦屋里有属于她真正的家。爷爷是当过兵的人，可惜走得早，"文化大革命"未完他就不在了。所以，对于爷爷，我的印象，只有耳闻。

奶奶说，她家里曾是地主阶级，土改后，一个大家庭像颗曾经闪耀的明星般陨落。几经周折，二十几岁的人了，嫁不出去。爷爷把她娶了回来，争吵着、冲突着、同情着、关怀着，日子也就这么过来了。

她告诉我，那一年，爷爷固执地要在院子里睡觉，大半夜的，一条蛇从他身旁爬过。她亲眼看着那蛇，吓坏了。

后来听大伯父讲起，我才知道，算命的三婆给她算过蛇妖一事，她深信不疑。

爷爷年轻时爱看戏。每逢年后过节，村子里就会搭大戏台，请来唱戏先生。大人们抬着小板凳买支冰糖葫芦或现做的棉花糖，让小孩们跟在身边，陪着他们看戏时吃。其实，小孩子比大人还高兴，为的是这一年一次的巨大恩惠。几个大人就坐在我家葡萄树下，远远看戏，听戏词。

她去世前一天，突然变得很清醒，把我拉到身边，说："还记得我说过的当年那条蛇吗？真的，她那妖精，就那么把你爷爷带走了。你爷爷那晚醒来，还告诉我，他在看戏的时候，看到台上走下一个美女，很美很美的美女，牵了他的手。后来，他就那么不见了。"

"还有啊，你爸你妈，也真是。工作忙，不要我也罢，一个孩子，从脱了娘胎开始，就真的忍心任她自个儿长大了？"

所幸，爸爸妈妈回来，见了她最后一面。我的爸爸，跪在病房里一床白布前，泣不成声，两行泪水一直垂到地下，一如奶奶那头长发，一直垂到地下。积了好多年的怨，在那一刻，全然释怀了。是的，投生在这样的家庭里，我本来就该学会自个儿长大。

奶奶走后不久，葡萄树慢慢枯萎了，凋零的葡萄叶吊儿郎当地从葡萄架一直耷拉着挂到屋内的天井。风儿吹过时，像一树招摇的复古老照片，慈眉善目。

爸爸说，这树长得真好看，即便是市区公园都找不到这么好的景。在清理遗物时，有人要求砍了它，爸爸执意把它留了下来。

许多年了，奶奶的容颜在我脑间已好模糊，只记得奶奶们聊天时偶尔有人夸她年轻时漂亮，是一群人中最漂亮的一个。

爸爸像她吗？还是姑姑像她多一点？他们那一辈人，她和爷爷，路是怎么走来的？将来，老了的我，是否也会像她一样，坐在一棵树下，想着与奶奶相仿的心思？

在我内心深处，一直藏着这些执着的谜，找不到答案，也不问起，却又不肯就此放开。

孤独的葡萄树下孤独的瓦屋女主人啊！她等一个人，等一群人，等一个人，再等几个人。最终，倾尽余生。

奶奶，我会像您说的，多出去走走，代替您，去看看您未看过的远方。

Chapter
第 **4** 章

比心更大的世界，
你一定要去看看

柏林，不只是一道墙

孟祥磊   // 这道墙就像是一面滤镜，四下张望时，总有滤镜添加的色彩

一路牛津

郑鹤逸   // 两个月来，我的生命缩小了存在感；而在此刻，顿然成形了宏观

柏林，不只是一道墙

文／孟祥磊

孟祥磊，1992年4月出生，南京邮电大学本科在读，青年作者，台湾华研国际音乐第八届

词曲创作大赛作词组十强。第十四、第十五届全国新概念作文大赛二等奖获奖者。相信任何表

达都是一场带着成见的冒险。

　　时间拨回到 25 年以前，柏林这座城市还是一分为二的状态，世界的对垒状态在希特勒死后的二十多个年头里依然尖锐，在权利的游戏、政治的宿命里，整个世界在高速扭转的经济引擎下经历了工业革命以来的又一次重塑。在 20 世纪的尾巴上，经历两次世界大战，人们梦想着一切，拥有最光辉的想象，登月并且把目光投向更深的宇宙；而末日的言论也甚嚣尘上，人们等待着 21 世纪第一缕曙光来临前最后的审判。

　　也就是 25 年前的 11 月 9 日，柏林墙的轰然倒塌，是广岛长崎两颗原子弹爆炸之后地球的又一次震动，给了人类史上为数不多的共同的喜悦：战争的结束，久别的相逢。东德西德的融合成为时代结束对立的高昂前奏。这一年，戈尔巴乔夫辞去苏联总统的职务，正式宣布苏联解体。这场意识形态之争的惨痛代价至今让世界为之阵痛。一切都好像会好起来，连最反叛的摇滚势力也为之摇旗呐喊，美国越战之后的摇滚乐又一次被政治的热情点燃。涂鸦的柏林墙，直到今天依然是众多艺术家创作圣地。

　　距离柏林墙倒塌 25 周年的庆典正好还有一个星期的时候，我在柏林。兴许是频繁地出差，兴许是从法兰克福转机时有一直同路的山东大妈喋喋不休，除了柏林 11 月里的寒冷，异乡感并没有突兀地显现出来。首先迎来的是手足无措，在这一点上我跟不会英语的山东大妈没有一点不同。而昔日对于这座城市的种种想象，那来自于二次工业革命的机器的轰鸣之声，1984 与自由世界的明暗色彩，到了柏林的深秋，全都铺到了地上一层层的落叶里，车水马龙，熙熙攘攘。相似的城市让 21 世纪显得如此平常。

　　柏林并不是一个足够浪漫的城市，这片到处都是罗曼史的大陆上，偏偏柏林承载的是最沉重的部分。"It's a big city, it's modern, it's too cold"（这是个大城市，它既现代又极冷酷），整个旅程期间我在欧洲的各个城市间辗转，聊到柏林时得到的都是中规中矩的评价，是中国的上海，美国的纽约。而冬天的柏林，简直可以用肃杀来形容。欧洲常见的阴云密布的天气，空旷的城市里四面八方吹来的风。

　　德国的公共交通系统里并没有设有专门的售票点，进出地铁也完全没有闸门，自助售票机的位置也不是很明显，以至于我第一天在柏林市内的交通统统都是逃票行为，自己却浑然不知。而在接下来欧罗巴行程中又见到四处可见的检票闸机，才像是回到了寻常的城市，高楼地铁，人群匆匆。然后想起德国巨大地铁系统中的孤零零的站台，才觉得又一次重新发现了德国，意识到这个国家的与众不同。

欧洲之行的第一站，连荒芜都是美好的，即使是在柏林，德国最大的城市里，也很难感受到都市的氛围。落叶只是被鼓风机吹到了路的两侧，厚厚地积了一堆，随意地涂鸦，年久的楼房也让陈旧的信息扑面而来。大概是旅游淡季的原因，11月、12月的柏林不管什么时间都是冷清的，没有过多繁杂的游客，工作日走在德国中心的大道上，四下无人，举目四望只剩下笨重的鸽群。在这个城市几近统一到没有个性的时代里，才能感受到异乡之感。

关于德国会有许多的民间传说，比如地铁上中国人只顾玩手机的时候，德国人则是人手一本书在读。这种传说因为国家机器的宣传需要而带上浓重的时代色彩，这里不置评论。然而诸如此类的民间传说却是我们这一代成长时对于德国的巨大想象。一个工业的国家，一切都是有板有眼，连加油站的师傅都在空闲的时间抱着砖头一样的书在读，还有世界上命运颇为波折的犹太民族……如此一来，我曾经所认知的原来只是一个虚构的德国。

所以当实际坐在柏林晃晃悠悠像是老式火车的地铁上，看到的不过是换了肤色的人群时，倒并没有所谓诧异，心中层层叠叠生出来的还是"世界不过如此"的感叹。见到也只是寻常的人，并没有把地铁车厢变成课堂一般的魔幻场景，不同之处也不过是玩手机的人会少一些。当然这也是跟整个欧洲移动互联网发展的陷落有关，仅从移动互联网的发展来看，柏林倒像是落在了时代的后面。

走到哪里，人们都会说，Berlin is a big city（柏林是个大城市）。作为欧洲仅次于伦敦、巴黎的城市，与中国巨无霸的城市规模相比，其实不过尔尔。凡是在旅游攻略中列出来的游客必游的景点，只需要走路就能到达。沿着菩提树下大街走，国会大厦、博物馆岛、电视塔几个主要景点都可以一览无余。并没有做功课的我，漫步在柏林的街头，也总算收获了一次次不期而遇的惊喜。

　　譬如，闲荡的时候遇到一对情侣在我头顶的铁桥上接吻，逆光里显得格外的温柔，拿起手机对准他们的时候被发现了，尴尬之余反倒是情侣给解了围，"你好"。当然他们也只会这一句。到任何地方都能看到中国面孔，所谓的全球化以及一个崛起的中国倒是让在别处的新鲜感大打折扣。

　　觉得欧洲是适合恋爱的大地，这种印象从《魂断蓝桥》到《罗马假日》再到现在的《爱在黎明破晓前》和《午夜巴塞罗那》之类的影片大概是分不开的。街头随处可见的浪漫情侣，莫名其妙的桥上堆起来莫名的情侣锁。柏林夜晚的时候刚好碰上一对情侣于桥上挂锁，每个人都喝了点酒。城市白天里井然的秩序被打破，年轻人高呼，青春岁月里爱情永远是最提神的良药，甚于烟，甚于酒。

　　这也是作为一名旁观者游客的好处，因为周遭的一切都与自己无关，便能不带负担地感受。每年年底公司全球大会的时候，各个地区部门的同事聚在一起，酒足饭饱之后，添枝加叶地聊起各地的风情，总是让人生出生活在别处的感觉。赞叹声、叹息声之后，又往往以一句"游客的心态上路，哪里都是美好的"这样的结论收尾。后来再出行的时候，就不再妄图像林达一样带一本书去巴黎，或者写洋洋洒洒数万言的《西班牙旅行笔记》。直接把自己定义为"笨蛋游客"这样的心态上路，走马观花，错过了所谓的见闻之后，得到的是可以尽情享受的心情。

　　快三点钟光景的时候走到了国会大厦，想起自己初到天安门广场的场景，金水桥，长安街，人民英雄纪念碑，人民大会堂，革命纪念馆。于我，那些伟岸的建筑是只能瞻仰，而不能游览的，这种肃穆不同于旅行的心情，柏林国会大厦前同样有一个大广场，一大片绿油油的草地，十几米开外就是寻常的公交站台，拍照的人群固然很多，在这里散步休息的人更多。后来每座城市的市政厅广场大抵如此，给人以别样的游历体验。

　　人们三三两两地分散在草地的各处，抱着孩子晒晒太阳，或者拿本书随意地翻着，奇怪的大叔外放着奇怪的音乐在绕着国会大厦慢跑，来自世界各地的人们在这里自拍。德意志的三色旗飘扬，而你的思绪绕了好几个弯之后，才能想起来默克尔，才能想起来政治。我躺在草地上，因为没有预约无法登顶国会大厦,看着碧瓦蓝天,远处的热气球,倒也并不觉得有什么可遗憾了。

从国会大厦走不到十分钟的路,就到了有名的勃兰登门下,自己也是看到游客马车才回过神来。正好是日暮时分,西下的落日正好处于这辉煌大门的背后,那层象征着王权、力量、高贵、荣耀的金黄色平添了几分宏伟,天空中两道拖成直线的云彩交叉形成大十字,聚集在勃兰登门的上空,世界各国的游客聚集在这里合影,跟一处地标合影,跟一座城市留念,隔空跟历史打声招呼,那背后,是千千万万人在千百年里千千万万的人生。

一道门,就是一个城邦。

脱胎于希腊文明的欧洲,城邦的意义存在于哪里,一座城市的名字捍卫的是一种怎样的精神?今日以荣耀之名,拥有君临天下气势的城池里,谁能说得清人类文明史数千年以来的种种,王朝兴衰,阴谋战争,宗教党伐。在这样的宏观历史里,人们的悲欢笑泪都混在了一起投射出光芒,冷峻耀眼,有一种让人睁不开眼的疏离。

在柏林这样的地方行走,就很难跳出历史的眼光,柏林两个字的后面总是跟着一道墙,而这道墙就像是一面滤镜,四下张望时,总有滤镜添加的色彩。当我循着《孤独星球》的提示来到波茨坦广场时,尽管车水马龙,一个一个的商场拔地而起,iPhone 6 的广告大大覆盖过我的头顶,但是仅仅因为波茨坦三个字,就让这样的光景顿生沧桑。

因为推倒柏林墙的纪念日将近,原来柏林墙一道有了一些纪念展。柏林墙一线的商家干脆拿柏林墙做了噱头,商场的中轴线上展出了许多与柏林墙、与冷战相关的历史物件,仿真人的官兵塑像,模拟柏林墙砌筑场景的塑像,这些都被人们的镜头吞噬了。我们这一代,到此一游总是与相机有关。而在全世界都一样的商场里,我们才能忘记,柏林,不仅仅是一堵墙。人们依然在这里呼吸,生活,然后显露出时代的病态。也许终归有一天,我们都会忘记,原来,柏林有一道墙。

窥探柏林的夜生活的路途是失败的,这往往是游客的难处。初来乍到很难找到当地人的生活节奏,一座城市唯一无法被剥夺的大概就是酒足饭饱后的消遣,那是一种属于当地人的骄傲,具有极强的排他性。那些只有当地人才知道的酒吧、聚乐部都是城市秘密中的秘密，是人们认识彼此的街头暗号，我在夜色中奔赴克罗伊茨贝格区，最终收获的也只是一场深秋的风而已。

欧洲商场最晚八点钟也会打烊，但并不会关灯。所以走在街头并不会有什么萧瑟的感觉，这样的柏林既不会给我带来兴奋感，也不会让我失落。我在一条一条的街道上，想象着自己站在世界的中心，而世界，也不过是一道道的街，在上帝的眼中，也许是繁华的荒凉。

在柏林的博物馆之旅是从达利开始的，那是我在柏林见识的最鲜艳的色彩，用了不掺杂色的大红，兀自地燃烧着。很难想象这样一位西班牙的超现实主义画家如何与柏林有关，能在柏林的众多博物馆中独树一帜。大多数国人认识达利不外乎两件作品，《记忆的永恒》与《内战的预感》，来看达利，我想我自己也是为了试图寻找一种流动感。私人建立的博物馆，占地面积并不很大，作品紧凑地排在一起，在达利的空间里，线条才是主角，并没有什么鉴赏能力，却还是试图在一幅幅的作品中感受背后的情绪。对于一幅画来讲，"生理性的冲击"也许才是最好的褒奖。

接下来便是博物馆岛了，说柏林是一座博物馆的城市并不为过，柏林旅游局的数据显示在施普雷河畔，大概拥挤着175座博物馆，涵盖了欧洲到远东六千余年的历史。有"镇岛之宝"之称的佩加蒙博物馆，对于古希腊、罗马以及波斯的收藏无能出其右，这大概是一个人离宙斯以及波塞冬等诸神最近的场所。再加上周围新旧国家博物馆，这座岛足以花上大把的时间品玩。

在博物馆岛上游走的时候，从惊叹渐渐地陷入无力，惊艳的是千万年的脉络中，我们也许不是最进步的一支。精美的手工，瑰丽的想象，伟岸的信仰，只剩下废墟的美已经让人心跳，让人窒息，更何况当年的盛况。在美的意义上，我们在退步也未曾可知，在一个又一个的主义之间迷离游走，寻找着一种能够触动人心的表达，这样的困境在哪个时代都比比皆是。在哪个时代都有天才的创作，我们根本就是在平行的电梯之上，观望着彼此，并且妄自尊大地以现代的优越感睥睨，盲目地自信着。

让人渐渐无力的是在宏观叙事以及个人生存的矛盾之间无法自拔。

在博物馆岛上，我们每个人都成了上帝，成为能够指点人类命运的那个人。于是我们所有的感慨都与历史、人类这样的词语有关，辉煌的帝国文明里我看不见一个具象的人，现在的我如何能感受古希腊时代的痛苦与焦虑？

我们已经经历了三次工业革命，第四次工业革命也呼之欲出。发达资本主义时代里，在本雅明的笔下，我们都成为"人群中的人"，我们个体的身份消失在巨大的人群之中，成为没有个性的人群中的一员。从文艺复兴开始的对"人"的解放，如此看来，远远没有完成，或许已经失败了。我们在追寻人的自由、平等、梦想的道路上一次次地挥洒热血，献出生命，然后一次次地误入歧途，迷失了方向。肖申克的救赎就像是一个美丽的谎言，我们不过是一个个的楚门，活在楚门的世界里。

我终于在一件接着一件的藏品中疲倦了，想象力渐渐地无法跟上古老的传说，时代的延续性好像已经断裂了，我们已经无法培育出如此坚韧的信仰。想起之前跟朋友讨论自己喜爱的重金属乐队，20世纪90年代的他们殁于时代的黄昏，"他们不提供救赎，因为他们自身永远迷茫"。走出博物馆看到的正是柏林大教堂。

天上是他的国，而教堂是他地上的家。我对于教堂的情结从来没有减弱过，这些用巨大石块建立起来的建筑，是整个欧洲历史中最坚硬的部分，即使被损毁到无以复加的地步，然而原址上总有新的教堂拔地而起。有名的建筑师诸如高迪跟着他的圣家族大教堂永留青史，而更多的，像是柏林大教堂的建设者，他们同样用虔诚的信仰完成了奇迹，但他们的名字早已经隐去，只有教堂得以不朽。

当历史的影子在风中被拉长，只剩下斑斑驳驳的明暗，成为在觥筹交错间的酒面上摇晃的灯光，成为游人镜头里的摄像，成为老人们晒太阳时吐出的一个个烟圈，成为让人疲乏无力的对谈时，我们才回过神来，时间是离弦的箭，在没有靶心的世界里，我们其实都是失重的人，前已无通路，后不见归途。

一 路 牛 津

文／郑鹤逸

郑鹤逸，1990年11月生于大连市。语言教学双硕士。生活中，偶尔随笔、偶尔慵懒，时而忙碌到以为梦想被搁浅在岸，时而被幻想簇拥而忘却前行施展。十五岁开始在《格言》上发表文章，文章多次被选入《盛开》《美文》与《方向》。

第一次感觉自己真正地来到了英国竟然是在两个月后的今天。

就这般，在不确定间，我被交错着的神圣古建筑浸泡了整个身体和倒影。灵魂一般的树木和各式的墙壁不规则地环绕并围拢到了我的身边，缓缓而动情地流淌于我的思绪。

踮着抑制不住喜悦的脚尖，忘情地辗转于古巷街道的每一个角落。生怕某一瞥不够广阔，遗落了不胜言表的美。这恰到好处的美啊，喻着精致的属于自己的语言，不浮夸，不缠绵。

天空偶尔飘零着小雨，雾蒙蒙的，但是却丝毫没有影响到我的步伐。我发觉自己有点兴奋。

道一声你好，唯美的牛津！

第一次坐火车，在大不列颠，内部设置有点类似国内的高铁。红色的座椅，窗外的原野。乏力的词汇赶超不上树木的奇形怪状。人迹罕至，包括车内。

走出车站，首先映入眼帘的是正中央的雕塑牛。

车站门前有序地停靠着长串的出租车，很快把我卷进 BBC 福尔摩斯的场景。

这里的出租车多半文身上路，老爷车上绘满了炯炯有神的彩衣，如此迷人。奔跑在大街上，拉风得很。

沿着一条路步行了整个镇中央。虽然十镑可以坐着随叫随走随停的旅游大巴，玩转整个城市中的必备景点，我却选择了经典的路线，用双腿穿梭于整洁而不整齐的大街小巷。

两个月来，突然发现，内心深处的新奇陡然在这一刻被无情而深刻地放大了。我所在的城市南安普顿，现代而落落大方，港口林立，收获着因为泰坦尼克号而带来的美誉；初次远行，另一番感受冉冉升起——牛津真实而交错着静动唯美的情怀，它在我的脚下，它在我的身边；不那么现代，不那么宽敞，窄窄却不拥挤，深邃而触碰可及。我尽情地呼吸着源自这座城市的缕缕气息，不局促还透着微微的诗意。

每一步，我都诧异于它肃静却轻巧地点缀着的繁华，挥霍着端庄却不冠冕堂皇。我停不下来，可惜也进不去学院一睹宏伟建筑下令我敬仰的课堂。只好躲在门的外面，试图抚摸这里的空气，放空了一切，去感受似乎披了斗篷的牛津。缘于天气，这里的空气凝聚了雨滴。

前行着我的前行。

我走在桥上，公园在朝我张望。周日的关闭，却也燃不起我的失落，我依然开心。

我忽略了酒吧、电话亭，品尝了下午茶。虽然是第一次假装而端正地坐在这英伦的三层点心面前，却也无奈地随一笔：有些事物，或许一定要去尝试，但是最好不必携带着满格的憧憬。

岁月让我不再轻易新奇，却也止不住镜头下我眼角中余留的悬挂着的回忆，清香扑鼻。

左手边是各式的教堂或是说不上名字的古建筑，右手边错落着大大小小的店铺。就这样，走啊走，却始终也采撷不到贴切的词汇，方可流畅地描绘出你殿堂般的面庞。

南安。我想，也许我只是路过了你。你很美，但是晚妆下的你，也许不够那么婉转，你是一种格式下的英伦，却远离了我的最初的期望。不属于失望，只是我有了更多希望。

本次旅行的目的是哈利波特食堂拍摄地，冒着大雨，买了学生票，终于跋涉到此。却在进去之后被告知那座食堂在维修，遗憾小小的，淡淡的，大雨冲刷了这种正常的错过。明年三月之后，会再次迎宾。

参观了同一景区的教堂。我对宗教信仰没有颇深的涵养。但是，踏入那所大门之后，却发现，只是仰望棚顶或是放眼唱诗班的布置，就早已微微震撼。我一直对人类的建筑艺术充满了无限敬仰，百色的拼凑、叠层、高耸威严、栩栩如生。

我于临近关闭的时间离开这座教堂，伴着神圣的音符。这是我第一次踏入异国的教堂。我想，有些事情，一次，足矣。

门外小雨淅淅，夜色渐渐递进。

夜里，我独自而静静地逛了逛傍晚的牛津。一个人，走在街上，忘却了灯火。冷不丁的小雨，浸着月色的迷离，斑斓而不炫目的街景，闭幕的商店，泛着睡意的城堡或是教堂；我仿佛陶醉又不禁欣喜。夹道两边的房

屋横挂着各式各样的灯饰，圣诞的前奏，聆听了钟的敲响。

若是一驾马车向我驶来，我定会放大眼睛的像素，睁大所能睁大的一切把这里深刻融化，用脑海复刻它真挚的素雅，这座现代却爱着古典的城市。待我离开时，容我静静地回味。给我点时间，留我点动容的余念。

无论是夜里还是晌午时分，天空下的这里，竟是这般难以形容。

晚空下的我低低地冥想，试图搜罗一双宁静的翅膀，看着这座城去飞翔。

或许，这是我最后一次来到牛津。由于剑桥甚是遥远，我不确定下次出行会是何时。在离开的这一刻，我等待着我的平静，那彩绘般的心情。是的，我毫不费力地爱上了这片土壤，它的名字叫牛津。

提前来到火车站，偶遇一名南非驻英国的办事人员，聊了聊，似乎今天他在牛津的经历不开心，他很直白地说他不喜欢英国人的冷漠，不友好。只有当他回到自己在英国或是南非的家的时候才会感到真正的温暖。我理解他，但是我忍不住畅谈了一下我眼中的牛津，而非大不列颠。

挥挥手，那一刻，我只希望他快乐。说不定，我们会再见面。下一次，我们即使疲惫也不要忘记开怀——所谓生命最初的意义。

就这样，深夜燃尽了烟火，我愈加渺小的世界，睁开了月的双眸。

晚安了，牛津。两个月来，我的生命缩小了存在感；而在此刻，顿然成形了宏观，甚至有点无法自拔，有点梦中难醒。更多的是，列车始发前我对你远远的眷恋，轻轻的一别。

Chapter
第 5 章

在世界这个万花筒里,
我看到你看花的眼睛

被掏空的村庄

周齐林　　// 故乡隐隐咳嗽着, 脉搏微弱, 面色苍白如纸

三个疯子

朱昊晨　　// 天哪, 我在心里叫着, 从此我认识三个疯子了

被 掏 空 的 村 庄

文／周齐林

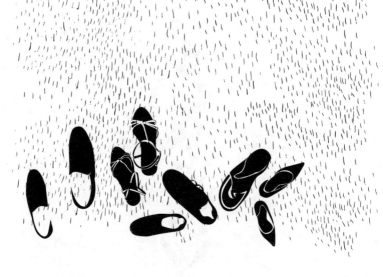

　　周齐林，籍贯江西，爱好文字，把文字当作生命的一部分，广东省作协会员，东莞文学艺术院第四届创作项目签约作家，有作品一百余万字，散见于《作品》《广州文艺》《北京文学》《星火》《文学界》《散文选刊》等报刊。曾获首届全国青年产业工人文学大奖新人奖，第四届在场主义散文奖新锐奖，著有小说集《像鸟儿一样飞翔》，散文集《心怀故乡》。

一 祖母

年逾八旬的祖父去世三年，祖母却一直还没缓过劲来。像一尾年迈的鱼，祖母在悲伤的河流里泅渡，上下沉浮，漂浮不定。

祖母在阴暗潮湿的老屋里来回走动，手紧握着抹布缓缓擦拭着那些跟随了她一辈子的家具。古旧的家具在她的不停擦拭下，在幽暗的老屋里闪闪发光。抚摸着这些苍老的家具，像是触摸到了旧时光微弱的脉搏。她弓着身，眼微闭，手抚摸着油漆早已掉落的家具，整个人深陷在过往里，表情时而悲伤时而幸福。当她从这些前尘往事中回过神来，却是一副怅然若失的神情。

祖母一脸落寞地孤坐在大堂中央的那条老板凳上。蜷缩成一团的抹布在水的浸泡之下，散发开来，像一团巨大的乌云遮掩着整个脸盆。擦拭了一遍又一遍的老屋此时寂静无声，古旧的家具在幽暗中闪闪发光，映衬着她内心的昏暗与孤独。

祖母一脸呆滞地孤坐在老板凳上，偶尔变动身体的姿势，便听见细微的破碎声，嘎吱嘎吱，声音细长而悠远。从老板凳体内发出的声响，很快穿透她的耳膜，落在她心尖。祖母看了看自己苍老的躯体，试着抚摸身上的一根根肋骨，像是每抚摸一次，就能听见它们破碎的响声。这条老板凳跟了祖母几十年，早已成为她的亲人。祖母清晰地记得已经逝去的老伴当年一刀一斧把它雕刻而出的场景。祖母听见它体内发出的破碎声，心底陡然感到一阵莫名的恐慌，像是十分清晰地看见了自己的命运。祖母找来铁锤和钉子，把一小段木板固定在老板凳上，使劲摇晃了几下老板凳，直至听不见任何响声，心才彻底安稳下来。

在一个晚霞满天的黄昏，祖母提着蛇皮袋归来，一脸疲惫地在老板凳上坐下，老板凳忽然嘎吱一声，轰然坠地。她跟着跌落在地，屁股摔得生疼。她抚摸着散架的老板凳，像是在抚摸刚刚去世的祖父，眼角溢出一滴浑浊的泪来。

祖母没再做任何补救措施，就像当年经过一番心灵的挣扎后，她静坐在洁白的病房，看着祖父一点一滴没了声息，悄然而逝。她转身找来一盒还未用完的火柴和一堆干枯而柔软的稻草，稻草裹挟着丝丝缕缕泥土的气息，微光中倒映出大地的身影。祖母把散落一地的老板凳放在厚厚的稻草之上，就地点燃。咔嚓一声，道道火光扑向半空，火舌左右吞吐着，火势迅速蔓延开来。她守候在火堆旁，像是守候着一个亲人。火光渐渐熄灭，沉于一片寂静和黑暗之中，老板凳转瞬化为一堆灰烬，轻躺在稻草灰之上，在夜风的吹拂下，又与稻草的灰烬融为一体。

有路人看见屋里的火光，以为起了火灾，匆匆跑进来一看，见祖母守在一旁，面露惊讶。

一直守到很晚，祖母才跟跄着脚步进屋。

偌大的老屋，被时光的刀子给掏空了，现在就她一人空守着。墨绿的青苔是老屋沟壑纵横的皱纹，雨水吞噬下日渐发白的墙体是老屋鬓边的那一缕缕苍白。祖母整日行走在老屋的心房，也唯独她对老屋的心事了然于胸。老屋已经年过一百，像一个老人，默默注视着祖母的一举一动一颦一笑。祖母经常想起老屋昔日的辉煌，桌子上、床上、怀抱里，一地的孩子，足足有八个，它们肆无忌惮毫无保留地袒露着自己的情绪，在祖母眼前嬉戏追逐打闹哭啼，吵闹声灌满整个房间，转瞬便溜出门外。

祖母经常沉浸在这样的记忆里，彼时脸盘上洋溢着幸福，一股痴迷的模样，待从旧日的回忆之中回过神来回顾着这满屋的空荡与孤寂，却又是一脸呆滞，怅然若失。在这种情境之下，她经常神经质地抚摸着老屋的一砖一瓦。她一步一停地抚摸着墙壁，步履蹒跚，却又突然蹲在地上，默默不语起来。一股深沉的悲伤从时光深处翻涌而上，向她袭来，忽然狠狠地把她攫住，让她手足无措。

风跑进屋，四处游荡，吹拂在她脸上，弄乱了她的白发。祖母掰着手指，从一数到八，她想起她的八个子女，三个女儿外嫁出去，一年只能回来看她一回。五个儿子虽然年逾五旬，却依旧常年在外打工。

祖母依旧每天去捡破烂。捡了一辈子破烂，她早已熟知每一个瓶子的价钱、每一张废纸的温度、每一双鞋子尺寸和款式，更熟知它们的秘密。祖母把它们捡起来，而后分门归类，卖给村头废品收购站的老王。

祖母深知一切废品回收之后，会重新以一种新的姿态呈现在世人面前。

就像一个人在经历一次大手术之后，无论生理和心理都会脱胎换骨般焕然一新。比如一张纸，在祖母眼底，一张纸就是一片树叶。她知道废纸回收回去之后，稍微加工就会变成新的纸张。于是，看见一张废纸，祖母就会拾起来。每拾起一张废纸，祖母就满脸微笑，她觉得自己救了一片树叶的命。为此祖母开心不已。

许多年前，祖母清晰地记得自己每天能捡十块钱，好一点会有十五块。有一次她出去，没什么收获，只捡了几个酒瓶和破鞋，最终只卖了三块钱。为此祖母伤心了一个晚上，祖父看着她闷闷不乐的样子，不时安慰着。她躺在床上，洁白的月光照进来，忧虑着要是经常出现这种糟糕的情况该如何是好。

许多年后的今天，她却天天遭遇这种情况。

现在，除了待在老屋，祖母每天剩下的事情就是去捡破烂。祖母从这个村庄拾掇到那个村庄，从这个角落穿梭到那个角落，却没什么大的收获。

祖母捡了一辈子破烂，捡着捡着，忽然发现不对劲了。那些原本堆放垃圾的地方早已落满灰尘。祖母在灰尘里搜寻着，转身一回头，却看见不远处的房门紧锁着，灰白的春联在晨风中左右摇摆。

当祖母发现是因为云庄逐渐空荡而致使破烂愈来愈少时，她忽然悲伤不已，她不知道自己还能去干些什么。

二 三婶

黄狗垂着尾巴，耷拉着头，跟在三婶屁股后面，亦步亦趋。走到哪，黄狗就跟到哪。三婶走了几步，倍感疲惫，在板凳上坐下来，黄狗便一脸老实地伏在地上，一动不动。远远望去，一动不动的黄狗像死了一般。待三婶缓过气来，起身欲走时，黄狗总会自动地站立起身，垂着尾巴紧随其后。黄狗瘦骨嶙峋，肋骨横突，暗黄的毛发聚集在一起显得杂乱而无营养，完全没了十多年前的雄壮与威风凛凛。

三婶与黄狗相依为命。此刻，她目不转睛地望着黄狗，默默地发呆，眼里却空无一物。黄狗起初一脸疑惑地回望三婶，后来被看得心底发虚，便老老实实地垂下了头，偶尔抬头偷偷朝三婶张望一眼。

　　三婶起初坚守在摇摇欲坠的老屋里，后来在大儿子的一再坚持下，才搬到了这栋新房。新房很是气派，在落日余晖的斜射下闪闪发光。大儿子一家常年在外打工，每年年根才回来。装修完工的新房需要一个人来看守，三婶无疑成了最佳的人选。

　　三婶看着黄狗的模样，像是看到了自己的命运，一脸哀怜，神情中流露出丝丝绝望。晚风袭来，院内的树叶哗哗响起，黄狗闻风而起，朝院落狂吠了几声，转身又安静地躺了下来，淹没在无边无际的黑夜里。

　　躺在床上，犬吠声落进心底，三婶忽然觉得自己如今跟黄狗没什么两样，除了看家的本领，再无他用。三婶想起十多年前，那时自己还年轻，还能给儿子不分黑夜白昼的带孩子。现在两个孙女长大成人，远在异乡的工厂，早已无须人看管。

　　寒风习习，三婶躺在床上，努力把自己蜷缩成一团。

　　夜半，一阵剧烈的疼痛袭来，三婶捂着腰，左右翻滚着，疼痛仿佛慢慢减轻了许多。在窗外微光光线的映射下，黄狗被屋内的动静惊醒，它摇晃着身子步入屋内，朝暗影中的三婶张望了几眼，复又退出门外。

　　熬到天亮，三婶才沉沉睡去，再醒来时天已大亮。三婶久久地端坐在床沿，露出痛苦的表情，眼神呆滞。三婶丝毫也没料到自己在步入晚年之际，会被腰椎间盘突出这种病痛所琢磨。

　　三婶蹒跚着步履，走进里屋，在落满灰尘的抽屉里找到几个硬币，一步一摇地去村头的小卖部买了一盒膏药。在膏药的热敷之下，三婶紧皱的眉头渐次舒展开来。这一天，三婶再次回到了老屋，一整天三婶呆坐在老屋寂静的角落里横放着的棺木旁，双手抚摸着棺木，一脸凄然。

　　三婶回望老屋，带着苍凉的眼神，老屋早已变了模样，满是灰尘。几只老鼠肆无忌惮地从三婶眼前飞奔而过，倒悬的蜘蛛正把一只飞蛾卷入口中，门口的一堆蚂蚁正忙着一粒米饭抬进洞口，满眼生机勃勃的景象，却映射出别样的荒芜。

　　有那么一两次，三婶忽然决绝起来，她提着蛇皮袋步步紧跟着我的祖母外出拾捡破烂，转瞬却又落下很远。祖母故意放慢步子，她才再次跟了上来。她们一前一后在云庄的各个角落四处寻觅着。一两个小时下来，三姆只捡到四个啤酒瓶。祖母把拾到的破烂都给了三姆，合在一起，最终卖了四块钱。

晚霞时分，回到屋里，一股疼痛突然在腰部弥漫开来，虫子般不时撕咬着她。她扶着墙，蹒跚着走到抽屉旁，再次拿出膏药，颤抖着满是老茧的双手敷上，膏药的那股灼热浸透到骨头深处，那丝疼痛瞬时又缓解了许多。她愈来愈感到自己渐凉的生命需要一股灼热延缓。她怔怔地呆坐在门前的板凳上，望着我年逾八旬的祖母提着蛇皮袋渐行渐远，消失在渐凉的晚风里。此后她再也不敢去了。

一个寂静的黄昏，三姆从外面散步归来，略显疲惫地在门前的板凳上呆坐下来，黄狗垂着尾巴、耷拉着头，紧挨着凳子，伏在地上纹丝不动。风从远处袭来，吹乱了它的毛发，根根肋骨裸露出来。

三姆在门前坐到很晚，黑夜点点滴滴丝丝缕缕地从天而降，潮水般蔓延到各个角落，也跟着蔓延到她心底。三姆突然觉得累了，起身站了起来，老板凳跟着摇晃了几下。

"走，起来，进屋。"三姆沙哑着声音叫喊着。黄狗不吭声，依旧纹丝不动地伏在地上。暗影模糊，三姆只看见一团影子贴在地上，在微弱灯光的映射下，有几丝毛发在晚风中抖动。

三姆再次叫了几声，她显然有些生气了。黄狗依旧不动。以往的时光，只要她一起身，黄狗就会立刻站立起来。最后，三姆捂着隐隐疼痛的腰部，有些生气地踢了黄狗一脚。黄狗没反应。三姆忽然意识到什么，俯身触摸了下黄狗的鼻息，脸顿时煞白起来。她使劲地摇晃着黄狗，黄狗却毫无气息，没有给她任何回应。

黄狗悄无声息地死了，在这样一个夜晚。暗夜里，三姆抚摸着黄狗渐渐失去温度的根根肋骨，一脸凄然。三姆想着自己一两个月没再给黄狗吃过荤，每天只喂一两勺剩饭，心底便涌起一阵浓浓的愧疚。

深夜，三姆在后院挖了个坑，把黄狗埋了。她在暗夜里呆坐着，望着眼前隆起的小"山丘"，一脸默然。深夜，大厅传来窸窣的响声，三姆听在耳里，眼前忽然产生一种幻觉，她忽然起身急切地走出房门，朝门外张望，却只看见一片模糊。她干脆来到黄狗以前匍匐在地的地方，却见那个熟悉的位置空空如也，早已被一团黑暗取代。三婶俯下身子，细细触摸着那小片地方，仿佛触摸到了黄狗的体温，仿佛闻到了它固有的气息。

三婶左右摸索着重新回到床上。这一晚，她做了一整个晚上的梦，梦里满是黄狗的影子。醒来她才发现黄狗不在了，整个屋子空荡荡的，只听见风四处游荡的声音。就像丢了一根常年紧握在手的拐杖，三婶在心底四处搜寻着，却最终发现拐杖已化为灰烬。

三 六叔

六叔在外面打了二十年工，他一直在建筑工地高处的脚手架上行走，二十年下来，他粗糙的皮肤在烈日的烘烤之下变得异常黯淡，黑中那丝丝的健康色泽在时光的过滤之下早已消失得无影无踪。

六叔踩着脚手架飞檐走壁了二十年，一个晚霞满天的黄昏，一个趔趄，脚下一滑，像一只被猎杀的鸟儿般，他从高处坠落下来，重重地摔在地上，发出沉闷的响声。落地不远的地方有竖插在泥沙里的钢筋，锈迹斑斑。经过一番抢救，他从死亡线上挣扎过来。他坠落的地方，依旧能看到一摊模糊的血迹粘贴在水泥板上，仿佛已经融入大地深处。许多工友幻想着六叔摔在竖插在泥沙之中的钢筋上场景——他们端着饭碗边说边微微闭上眼睛，紧握筷子的右手微微颤抖着，头皮一阵发麻。

三个月后，六叔回到了故乡，回到了云庄。他右腿截肢，整日拄着拐杖在故乡的各个角落行走着。晨风袭来，六叔空荡荡的裤管便随风左右摇摆。像鸟一样在高空行走了多年的六叔，最终像蚂蚁一样匍匐在地。

六叔自己始终没料想到会以这样一种方式回到故乡，回到云庄。以往的时光，年复一年，他在匆匆一瞥中远离故乡而后又踏上奔向异乡的旅程。凉风习习的夏夜，在异乡，他攀爬到高楼的顶端，当城市的月光丝丝缕缕地洒落而下，在他内心营造出温馨的氛围，他便会产生一种幻觉。短暂的幸福感在心底缓缓流淌开来，却又裹挟着一股隐匿的疼痛。

他仰躺在城市高处，以虔诚的姿势眺望远方。远处星光点点，灯火摇曳，他内心深处再次涌起一股别样的情愫，顷刻间仿佛看到了故乡的身影。此时他会想起故乡的夏夜，月儿在云层里左右穿梭，嬉戏追逐；蛙声此起彼伏，青蛙鼓动着腮帮在大地深处鸣唱；洁白的月光照在田地中央高高堆起的草垛上，顽皮的孩子在草垛旁你追我赶，笑声满地；大人们则三五成群，摇着蒲扇，静坐在屋前，唠着家常。

二十年间，六叔时刻怀揣着故乡的模样，当他再次回到故乡，却发现故乡早已变了模样。故乡不认识他，他亦难以再融入故乡，乡音却依旧如昨。就像一个人毁了容，模糊不清，难以辨认，声音却丝毫未变。故乡顿时像一个丢失的孩子，他一直怀揣着故乡年幼时的模样，一路追寻着，二十年后再次相见，故乡却早已成长、早已苍老、早已衰变成另一番模样。

在异乡，茫茫人海中，六叔每每听到熟悉的乡音，心中便顿时一惊，像拨动了哪根琴弦，倍生亲切之感。"乡音无改鬓毛衰"，从宏观上来看，乡音是深远的传承，是有声的血脉相连，更是悠远的时光足迹，横穿整个历史。六叔深知，那是故乡的气息，时而浓时而淡，遥远却又那么近，一点点，一滴滴，缓缓沉淀在空荡的内心深处。躺在暗夜深处，闭上双眸，故乡的点滴就浮游而上，逐渐在他眼前清晰起来。

现在，时光开始停滞，呈现大片大片的空白，六叔每天漫无目的地拄着拐杖行走在村庄里，从里到外，从浅到深，走一步停一步。偶尔遇见惊讶同情的眼神，六叔会眉飞色舞跟他们讲起自己的遭遇。只是几次后，人们便不再感兴趣了，六叔的故事开始像蒸馏过的水，寡然无味。

很快，细密的汗珠爬上他满是皱纹的额头。他坐下来，坐在村头那块熟悉的巨石上，耳边一片寂静。晚饭后，他窝在沙发里看电视，看着看着便昏昏沉沉地睡去，再醒来时电视里传来嗞嗞的响声，窗外是沉沉黑夜，一两盏灯火点缀其间，寂静无声。六叔感到有什么东西堵在胸口，缓缓地，他感到那股堵意像黑夜般在他胸口弥漫开来，侵入到骨头深处。

年底，在外谋生的村里人鱼贯而归，整个故乡整个云庄又变得热闹喧嚣起来。几日后，人们鱼贯而出，一切又复归于原来的模样，整个山林显得愈加寂静冷清起来。

六叔拄着拐杖在晨风里看见张块头匆匆踏上大巴，转眼便消失在村庄的尽头。六叔眼底满是羡慕，他看了一眼自己悬空的右腿，嘴里深深叹息了一声。他清晰地记得那时自己是大工，张块头是小工，整天提着沙浆爬上爬下，累得满头大汗。张块头上大巴前，递了根烟给六叔，意味深长地叫他保重。六叔原本打算一直在外面干到六十岁，没想到老天给他开了这样一个玩笑。

重新回到故乡，六叔靠睡觉打发着寂寥的时光。睡累了，他便拄着拐杖在村庄行走，漫无目的，无所事事，眼神呆滞。在微凉的风里，泥土的气息依旧如昨，六叔想起自己在建筑工地上矫健的身影，想起一个又一个昏黄灯光斜射在工地旁的夜晚，他打着沉重的鼾声，一觉醒来，整个身心倍感清爽。虽是疲惫，内心却充实无比。六叔始终未曾想到，回到故乡，回到云庄，睡觉却成了负担。一躺下，他便掉进一个又一个梦里。他感觉自己活在梦中，满是虚幻，却又触手可及。

很快，六叔就有了一个忠实的倾听者。他经常跑到炳卫家去聊天，跟他讲这些年在外打工的经历。炳卫患有慢性肾炎，在时间的推移下，已经恶化为肾二级病变。炳卫一直生活在病痛的阴影里，从未踏出过故乡一步。他喜欢听六叔讲外面的故事，黯淡的眼神里放出光来。六叔不厌其烦眉飞色舞地讲述着，他始终听得津津有味。只是每次讲完回到家，六叔深陷在外面的世界里，面对满屋的寂寥，他四顾茫然。过往的记忆像一个巨大的陷阱，他深深陷了进去。在一遍又一遍的叙述当中，六叔那颗不安的心开始膨胀起来。像一个气球般，它几乎要把他撑到茫茫天际中去。终于，在一个雨夜，外面雨声嘀嗒，六叔鼓起勇气给儿子和儿媳打了一个电话。他这个异想天开的想法很快就被儿子和儿媳否决了。他们加了一整天的班，满脸疲惫，有些懒得耐下心来仔细倾听他的想法。他们安慰了几句，便匆匆挂断了电话。

六叔放下电话，听着电话那边传来的阵阵忙音，一滴蕴藏许久的泪从眼角滑落下来。

半年后，我从别人口里得知，六叔最终还是出去了，他勇敢地穿上假肢，在一个远房亲戚的工厂里做起了保安。我幻想着年逾五旬的六叔是在什么力量的鼓舞下，忍受着肉体的巨大疼痛穿上假肢，并行动自如。我想着这样的力量是何等令人胸闷和恐慌。

六叔奔跑着逃离了故乡，那个他曾经时刻萦绕在心头的故乡。

四 婷婷

婷婷半夜醒来，伸手一摸身旁，见一旁的位置空荡荡的，一脸惶恐地叫着奶奶，转眼便在微光闪烁的黑夜里大哭起来。

年逾七旬的米婶正在屋外如厕，听了哭声，匆忙跑进屋来，口里不停喊着，奶奶在这，在这，婷婷不要怕。米婶边说边把婷婷搂进怀里，婷婷抽泣了几声，复又安然入梦。眼角的那滴泪在窗外微光的映衬下闪闪发光。米婶紧抱着婷婷，面对着苍茫的黑夜，忽然想起老伴，想起儿子与儿媳。她在悠远的思绪中缓缓沉入梦的底端，伴着一声沉重的叹息。

刚满半岁，婷婷她妈妈就远赴千里之外的异乡淘金去了。常年生活在阴暗潮湿的老屋里，生活的重担早已压得他们喘不过气来。婷婷很会喊妈妈，隔空而喊，她清甜的声音在半空中久久回荡。米婶他儿子儿媳年根归来，婷婷却怯生生地紧躲在米婶背后，隔着缝隙朝他们张望。米婶拉着婷婷，指着儿媳，说，快，听话，叫妈妈。婷婷有些害怕地看着眼前两个极其陌生的人，紧闭着嘴，一副欲哭的模样。米婶使劲把她拽到儿媳面前，她却很快又把瘦小的身子藏到了米婶身后。米婶的儿媳桂花等不及了，走过去，硬把婷婷抱在怀里。婷婷哇的一声大哭起来。桂花赶紧把婷婷放下。米婶一把接过来，不停抚摸着，婷婷口里不停说着"不要"。桂花一脸失望地重新坐下，双眼落进电视里热闹的场面，却始终没看进去。

婷婷记忆里没有妈妈的影子。她已经五岁了，四岁之前一直是爷爷带着。婷婷寸步不离地跟着爷爷，爷爷走到哪，她就跟到哪。聪明可爱的婷婷是五叔的心头肉。他喜欢让孙女骑在他的脖子上咿呀学语。

一个雨水纷飞的深夜，婷婷从睡梦中醒来，见窗外电闪雷鸣，顿时一脸惶恐，大哭不已。她喊着爷爷，双手竭尽全力摇晃着。五叔酣睡着，像是沉到了梦的最底端。婷婷在电闪雷鸣的黑夜里独自哭泣着，回应她的只有苍茫的雨夜。紧挨着的两栋房子终年大门紧锁，很是空荡。

婷婷哭喊了一夜。次日，当米婶踏着晨曦从另一个村庄祭祖归来，她便听见婷婷隐隐的哭泣声，声音带着丝丝沙哑。米婶快步走到窗前，见婷婷一脸无助地蹲坐在床边抽泣着，口里念叨着爷爷，气若游丝，衣服早已被眼泪浸湿。米婶心头一酸，一种不祥的预感在她心底蔓延开来。她找来铁钳，把门撬开，快速跑进屋内，摸了摸一动不动的六叔，却早已没了鼻息。米婶的心顿时凉了半截，她把婷婷从床上抱下来，两粒豆大的泪水从眼角滚落下来。她一脸呆滞，仿佛陷入了一种虚无之中。很快，米婶把婷婷抱到了村头的三婶家。婷婷一路叫喊着要爷爷。米婶紧抱着婷婷，满脸泪水。

米婶回到屋内，跪在床前，一遍又一遍地抚摸着老伴沟壑纵横的脸，一脸凄然。很快，村里人闻讯而来，家中顿时人影幢幢起来。五叔死于突发性心肌梗死。

一年后，阴暗潮湿的老屋早已落满灰尘，修建多年的新房终于默然矗立在村头。在新房，婷婷不时追问着爷爷的去向。米婶抚摸着婷婷，默默不语。

故乡的夜重新变得浓重寂静起来。黄昏时分，米婶喜欢带着婷婷在晚风轻拂的田埂边行走。在一个个轻缓的脚步里，那种熟悉的、故乡特有的泥土的气息闯入米婶的鼻尖，让她倍生恍若梦境之感，仿佛又回到了许多年前的村庄。

米婶种了一辈子地，是种田的好把手，现在她依然侍弄着两亩地。在清凉的晚风里，望着地里绿油油的禾苗，米婶想着几年之后的自己如果悄然入土，这两亩肥沃的土地是否会一片荒芜。她想象着田地杂草丛生萧索的模样，心头便闪过一阵战栗。

在她的细心照料看管之下，稻秆结满饱满的稻穗，笑弯了腰。

农忙时分，热浪逼人，米婶下地去了，婷婷被紧锁在屋内。长板凳上摆满的零食很快散落一地，婷婷抱着一个变形金刚独自玩耍着，不远处的电视机里正播放着动画片。婷婷边玩玩具，边望着动画片里在天空中飞翔的灰太狼，最后索性把玩具仍在一旁，目不转睛地看着电视里的画面。

动画片播完了，婷婷把一张矮凳搬到窗子下，爬上去，双手紧靠在窗前的横杆上朝外面的世界张望着，默默不语。窗外凉风习习，她趴在窗前，被汗水浸湿的头发很快便被吹干。偶尔有几个调皮的孩子蹦蹦跳跳着从窗前的小路经过，她目不转睛看着他们，直至消失在小路尽头。

米婶从地里归来时，已近黄昏。婷婷靠在窗前睡着了，一抹口水顺着嘴角流下来，像一条长长的尾巴。

米婶把婷婷抱到床上，心底一阵心疼。

五 故乡

隐隐地，我听见故乡咳嗽的声音，一声紧接着一声，像一个省略号，紧凑而又悠远。声音由近而远，弥漫在稻田的上空，滑落而下，落在每个人的心尖，满是苍凉之感。

从工厂烟囱里冒出的浓烟像一尾裹着黑皮肤的巨蛇，长久地盘旋在故乡的上空，张牙舞爪，从虚掩的柴门里飘升而起的缕缕炊烟早已被吞噬得一干二净。水波轻漾、鱼儿跳跃的河面早已化作一块冰凉僵硬的水泥地，浑浊乌黑的工业废水沿着水管道，像一个蛮狠无比的强盗以悄无声息的姿态流入云庄深处，腐蚀了它的寸寸肌肤。

南方工业小镇的气息就这样在故乡蔓延开来，像一场巨大的火灾，吞噬着每一个村落，发出嗞嗞的响声。它们氤氲在城市的高处，散发出别样的气息，像是有一种富含魔力的召唤，吸引着村落年富力强的农人以快速奔跑的姿势，赶赴他乡。当村里人纷纷往前奔跑，来不及回望故乡，它们便乘虚而入，浸透到每个村落的骨髓深处。

从异乡归来，站在僵硬的水泥地上，想着幼时那微波荡漾的河面，心中不免暗自神伤。微波荡漾的河流乳娘般哺育着故乡。许多个夜晚，我躺在异乡的铁架床上，沿着时光的纹路不停打捞，河岸的点点滴滴便缓缓浮上心头：我看见母亲在晨曦中的河岸旁搓洗衣服，年幼的弟弟在岸边嬉戏奔跑，浓重的晨雾把她们的身影涂抹得一片模糊。在记忆深井的不断打捞中，孤独微凉的内心也慢慢变得安静温润起来。

在一片轰鸣的机器声中，泥沙俱下，河水四溅，抚育滋养云庄多年的河流被夷为平地，蕴藏多年的河水或重新潜入地下或化为天际飘飞的云朵，故乡的身影顿时破碎一地。孩提时河里四处飞溅的流水在工业废水的污染下，变成一股散发恶臭的暗流。

故乡隐隐咳嗽着，脉搏微弱，面色苍白如纸。工厂的灯光彻夜不眠地照射着路边的那一片片树叶。在强有力的光线侵袭下，一片片树叶耷拉着头，像一个睡眠不足的病人，它们青筋暴露，微细的血管清晰可见，仿佛时刻挣扎在死亡的边缘。

它们如我年迈体衰的祖父。

祖父在云庄深处四处走动着，走着走着便不见了踪影，祖父走到了泥土深处，悄无声息。祖父说人从出生的那一刻起便在走向泥土走向大地，他一步紧着一步地走着，年复一年，马不停蹄。有时祖父会突然停下脚步，面无表情地对我说："林子，你看，我的半截身子已经入土了。"年幼的我一脸疑惑，左看右看，却始终闻不到祖父身上泥土的气息。

是工厂的轰鸣声和浑浊的废水加剧了祖父走向泥土奔向死亡的命运。他迟缓却有力的脚步忽然一个趔趄便一头栽进了泥土深处。

他整日捂着喉咙，难以进食。疼痛开始像蚂蚁般从喉部蔓延到他的每一寸肌肤。

他最终如一缕青烟般随风而去，远离故乡。

三 个 疯 子

文／朱昊晨

朱昊晨，笔名安原，曾用名镐城，陕西西安人，现居北京。1993 年生，水瓶座。喜摄影、绘

画、跑步、收集陶瓷。就读于北京外国语大学，2010 年开始写作。2011～2012 年游学欧洲。

2013～2014 年担任独立杂志《不期画报》艺术总监。2015 年开始涉足戏剧领域。

一

离年关还有十多天的时候，小镇就忙活起来了。

尽管四邻八乡的人们已经在屋里蛰伏了一个冬天，来躲避那从北方刮来的寒风，颧骨上却仍旧被冻出两坨红红的印记。于是人们就带着那印记，恰似带了妆，把镇上当成一个舞台那样粉墨登场了。

我们的镇子并不大，平日里只有一竖半横两条街道，开着些服装店、食品店和酒楼。然而它热闹起来的时候却是极热闹的，每逢农历的二、五、八日——也就是被人们称作"集"的那几天，那一竖会被拉长，并且在其南端还会多出来半横。我的意思是，来赶集做买卖的人太多了，他们又没有铺面，只好摆在路边。但是来做买卖的人多得连路边都摆不下了，总不能摆到路中间吧，于是就从街头街尾延伸出去，甚至另辟出小半条街来。有集的日子尚且如此，就更不用说年了。那阵势，简直是人山人海摩肩接踵。小摊上撑起的红的绿的蓝的伞棚一个接一个，遮天蔽日；叫卖声经过劣质扩音器传出来，夹带着巨大的杂音，此起彼伏，时而还会不知怎的，发出一声尖锐刺耳的"吱——"，引得附近的人们捂住耳朵，咧起嘴骂几句粗话。

那些小摊主大多是拉着架子车或是开着三轮车来的，他们一大清早就要赶来抢先占下一块地方。若是卖衣服杂物的，就铺下一层塑料纸，再盖上一方彩条布，然后把货品摆开来；若是卖小吃的，什么馄饨、凉皮、炸油糕、韭菜盒子，就生起炉火，摆起低矮的长桌长凳，开始熬油、剁菜、揉面。天晴的日子里还好，要是雨雪天，往来人们雨靴上粘带的稀泥把街道弄得泥泞不堪，卖衣服的叫着："看路，看路！衣裳给咱踏成泥蛋蛋咧！"卖馄饨的骂着："走路脚抬低些，你看泥点子都甩到锅里去了！"过路的人便点点头，把那两坨红笑得更红了，说："没看见么！"……然而下一拨人又必然要和摊主们重复着同样的对话。

正是在那一年的冬天，帽帽出现了在集市上。帽帽不是一项帽子，他是个人。

那天正是考完试领通知书的日子。我一冲回家就说："妈，不得了了，街道上来了个怪物！"我妈那时候正在切土豆，她一边下刀一边问我："胡说！什么怪物？""真的，不信你去看，是个男的……噢，也不是个男的……不对，应该还是个男的，你去看看，他有长头发，穿的裙子，还戴着胸罩呢！"我正说着，灵花姨隔着门帘在后院接话："就是的，街道人都说呢，是长川镇那边那个男的，摆摊儿卖衣裳呢！街道人都去看了，我才准备去呢，你去不，咱一起走？"我妈说："我不去，我去了谁看店？""我看我看，妈你去，你去看看嘛！"我觉得那人真是太有趣了，世界上怎么会有这么有趣的人，我想让我妈也见识见识。妈没说话。过了一会儿，灵花姨一边整理裤子一边掀开门帘进来了，她显然刚刚从洗手间出来。她撺掇着我妈，我也敲着边鼓。最终我妈把土豆丝炒好，又给我盛了一碗稀饭，就丢下锅勺，和灵花姨出去了。

我一边喝着稀饭，一边回想着那个人，越想越觉得古怪。一个男人怎么会戴假发，穿胸罩呢？而且还是那种染成亮黄色的大卷长发，被他粗犷的明显属于男性的头颅甩来甩去；而且那胸罩还穿在最外层，底下是一件黑色的紧身皮夹克，再往下还有一条碎花短裙呢！对了，他还反反复复用扩音器喊着："帽帽，帽帽，一块钱一顶帽帽，娃娃戴了不冷，老汉戴了光笑！帽帽，帽帽……"我灵光一闪，突然决定发挥我的特长给他起个外号——就叫作"帽帽"吧！可是，他长什么样子来着？我却无论如何苦思冥想，也想不起来了。

我正在努力回忆的时候，灵花姨咯咯的笑声就从门外传来了。她挽着我妈的胳膊，喋喋不休地品评着方才所看见的景象，"真是有意思，"她满面红光的，眼睛都眯成一条缝了，"一个大男人穿成那样！"我妈也嘿嘿笑着："你别说，他穿那个还挺俊俏的啊！不知道他叫个啥名字。""帽帽！他叫帽帽，我起的。"我急忙炫耀我的创意。"哈哈哈，帽帽！"灵花姨被我给逗乐了，"你个机灵鬼，还挺会起的，刚好他的喇叭里一直都在喊'帽帽，帽帽'的！"正当我为受到夸奖而得意时，灵花姨的声调忽然低了下来："唉，你说他有女人吗……""那谁知道！"我妈回答。灵花姨把手掌凑到嘴边，笑得更诡秘了："恐怕没有，我看他肯定是个火柴棒棒，女的啊——弄不来！嘿嘿……""胡说啥呢！"我妈的脸色登时有些不悦了，我知道她一向不是很喜欢这个总是伺机涨店租的房东，"娃在跟前呢，净说这些有的没的！"灵花姨听了，就把白眼一翻，一边掀门帘往外走，一边念叨着："这怕啥嘛，真是的！算了算了，我回去吃饭了！"

"妈，你看那个人怪不？"我急于知道我妈的看法。

"怪啊。"我妈喝了一口稀饭，"其实也挺可怜的。"

"为啥？"

"肯定也是为了生活啊。不然谁愿意打扮成那样子！"

"那也不用非得穿胸罩啊，街道上那么多买东西的人，又不是个个都穿！"

"那谁知道呢，也可能有啥苦衷吧。"

"怎么会。你看他还高兴得很，一边用喇叭喊话一边甩头发，还一边笑呢！街上的人笑，他也笑！"

"那也是没办法了。苦中作乐呢。"我妈毕竟读过很多书，总是冷不丁冒出个成语来。

"妈，你说他是不是疯子啊？"

"不像是疯子，顶多是有点变态吧！听街道人说，他本来在长川镇摆摊，他们那的人都说他是变态，不准他摆，他才到危原这儿来了。"

"那他有媳妇吗？有娃吗？"

"那谁知道，你去问他吧！"

我怎么敢去问他呢？虽然帽帽看上去倒是一个脾气挺好的人，可是既然大家都说他是变态，那我还是有点害怕的。然而无论如何，帽帽就这样在那个冬天出现在我童年的记忆里了。从此在很长的一段时间内，他成了危原镇集市的常客。远近的人再来赶集，都会特意在他的摊子前驻足，其实也不见得要买什么，大多只是看一看，就像以前有耍猴的或者骑骆驼拍照的，人们也都围起来看。渐渐地，小镇上的人倒和他熟络了。而且不知什么时候起，我给他起的外号"帽帽"居然真的流传开来了，人们见了他就招呼："帽帽，来咧？"他也就甩着假发，把胸罩往上托一托，清脆又妩媚地应："来咧！"

二

帽帽到底是不是疯子，危原镇上的人众说纷纭。而另一个人作为疯子的事实，却是公认的。她叫惠美琳，这里的惠不读会，却读作戏。反正危原长川一带的人都这么念这个姓，没人能说出个所以然来。

如果把小镇比作一个舞台，帽帽登台表演的日子是固定的，频率是如一的，那就是在有集的时候。然而惠美琳却不同，她有种神龙见首不见尾的神秘感。有一段时间她会每天都流连在街道上，又有一段时间她长久地销声匿迹。在我的记忆里，她的出现似乎都是在午后，那正是小镇一天中最沉闷的时刻。尤其是在夏天，空气明亮而燥热，满街上一个人影看不见，只间或有一两条瘦狗吐着舌头有气无力地踱过街角。铺面里没有生意，人们和街旁的梧桐树叶子一道打着盹儿。就在这时候，惠美琳来了，她用手指卷着自己的辫梢，嘻嘻哈哈地笑着走过长街。她一走路裙角就带起风来，那风就把人们的困意吹散了。人们便也顾不上阳光有多烈，纷纷立到门口，探出头去指指点点地交换着意见。这个说："你看，这该死的又来了！"那个说："人家还是打扮得花里胡哨的！"又一个摇着蒲扇，叹了口气："唉，我看咱过得还不胜这该死的畅快，成天就想着挣钱养家，还不胜她在外头浪着逛着哩！"

可是惠美琳才不理人们，她简直是整个小镇的明星，是小镇枯燥生活中仅有的一点趣味。人们的生活里要是没了她，没准还觉得挺寂寞，可在她的世界里她是唯一的王。她一定也知道这一点，不然你瞧，她的脚步怎那样轻盈，她的笑声怎那样清脆，她的神情是如此沉醉，好似自己是世界上最优美的诗的韵脚。

惠美琳虽然是个彻头彻尾的实实在在的疯子，却生得很漂亮。这是我躲在我妈店里的柜台后，经过数次观察得出的结论。她的皮肤很白，本来一白已经足够遮千丑了，偏偏她还有一双大眼睛，眉毛是柳叶一般的形状，嘴唇红红的。美中不足的是她头发很稀疏，且呈现出枯草一般的灰白色。可是她的头发却永远编成辫子，有时候甚至会戴一顶红色的灯芯绒圆帽。她还爱穿裙子，经常是一条墨绿花纹的吊带连衣裙，垂坠感很好，直到脚踝。当然了，她穿戴得不免有点邋遢，也许哪一天那条裙子还穿反了，辫子也并不光滑精致。但是她的爱美想来是毋庸置疑的了。

我试图和一些人讨论过惠美琳的美。其中我妈表示了赞同，而且她也注意到她的红色帽子和墨绿连衣裙了。除此之外，她还像那次说起帽帽一样叹着气："唉，也可怜。"但是灵花姨对此就不以为然："漂亮？哪里漂亮了？一个疯子有啥漂亮的！"她不断地翻着白眼，嘴巴快要撇到耳朵根儿了："她啊，就是个扫把星。把她男人和大儿子都克死了，自己也疯了，活该！""什么？"我为她身世的复杂而感到惊讶，"咋回事啊，姨？"灵花姨吐出一颗瓜子皮来，抹抹嘴，却面朝着我妈，好像并非在回答我似的："你没听说？惠美琳她男人就是后头村里的张黑皮，五年前死在监狱的那个。""我不知道。"我妈回答着，她一向对飘在小镇上空的奇闻不大感兴趣，在某种程度上她和小镇上的人是有些格格不入的。"啥？你咋连这事都不知道？"灵花姨那诧异的口气，就好像我妈不知道地球是圆的似的。她看我妈没有接话，就又自己凑过来了："我跟你说啊，她男人原来是在省城跑运输的，一年四季没有几天在家。后来你猜咋咧？""咋咧？""哎唷，也是村里人传的，"灵花姨脸上带着似笑又似悲悯的神气，"说是她叫前村刘家的……给强奸了！"我听到这里，早就憋不住了，急忙问她："姨，啥是强奸？""走远！大人说话娃娃乱问啥呢！"我妈突然厉声呵斥我。我顿时吓得低下头，不敢作声了。可是灵花姨仍然笑嘻嘻地："就是的，娃娃甭乱问，长大了就知道了。"然后又继续兴致勃勃地和我妈分享着惠美琳的悲惨命运。我才知道她丈夫是因为用菜刀砍死了刘家的男人而进了监狱，不到一年就犯心脏病死在里头；惠美琳还有俩儿子，大儿子后来也死了，是偷开他爸的货车，结果栽到沟里了。后来惠美琳就疯了。

没人说得清她究竟是哪一天疯掉的，反正就是疯了。她的故事当年是轰动危原镇的大新闻。起初，四邻八乡的人还颇怜悯她，在听见她夜半时分的幽咽哭泣、看见她日渐呆滞的两汪眼波时，老妪们甚至还要掉几滴泪的。可是久而久之，一会儿东村的寡妇跳了井，一会儿西村的闺女怀了孕，永远有更隐秘也更热烈的奇闻像暗夜中偷放的礼花一样，炸开在小镇的上空，让那旧的就褪色了，淡薄了，消失了。何况人们的生活除去这茶余饭后的笑谈,多得是更冗长、更辛苦、更无奈的岁月要去考虑,去忍受,去改变。于是渐渐地,惠美琳便也只作为一道可有可无的风景存在于街道上了。

其实,她没有疯的时候,人们的生活固然并没有多出来点什么;可假使如今她不疯了,人们的生活倒好像少了点什么呢。

三

我童年时代在危原小镇生活,孤寂也并不比枯燥少。

当惠美琳和帽帽相继用他们迥异于常人的姿态给我以无穷的幻想,来填补那几乎一成不变的光阴时,是我的同桌谢香利拯救我于孤独。我用"拯救"这个词可真的不是夸张。那个时候,因为我是外乡人,整个班里的娃都不跟我玩耍。每当清晨我攥着半包吃剩的丁面走进教室时,男生们总要扮着鬼脸唱:"一边儿的狗,甭跟爷走,一边儿的驴,爷不想骑,一边儿的娃,爷不跟你耍!哈哈哈……"

只有谢香利。只有她肯跟我说话。虽然说她跟我说的第一句话就是:"哎,胳臂别超过这条线噢!"

我想谢香利一开始也挺懊恼的,竟然就倒霉地跟外乡娃分到了一张桌子上。后来我曾经问过她:"同桌,你为啥愿意跟我玩耍啊?"她把埋在小人书里的头抬起来,眼睛微微向上眨了几下,似乎是在认真地思考着,然后那张黑黑的脸慢慢转向右边又迅速转回来,说:"我也没办法啊,问前桌后桌借橡皮、借铅笔刀都有些远啊!""就为这?"我的心一下子凉了半截。"我说的那是原来,"她笑了,鼻梁上挤出了细小的皱纹,"后来我就觉得你这个人还挺有意思的,老跟我说些古里古怪的人和事儿。哎,对了,你知道不,上次你说的那个惠美琳的二儿子就在六年级,听说啊,他老打她妈呢!"

"胡说!怎么会有娃娃敢打大人?"

"就是的!不信你问去,咱班娃都知道!"

我的确是经常跟谢香利分享一些古里古怪的事儿,一些大家都不会做的事儿。比方说,在我和我妈租住的房子附近有这样一条小路。那条小路两旁栽种着上百棵花椒树,没人能说得清楚那些树长在那里有多少年头了，也没人知道它们是野生的还是家种的，总之它们长得是那样的高大茂盛，以至于横柯纵枝浓密地交接纠缠在一起，所以从两头望去，那条小路就成了一条隧道，一条花椒树筑成的幽深隧道。每天关了店门，我妈总喜欢和我在那条隧道里走一走。从这头走到那头，我妈紧紧牵着我的手，有一搭没一搭地给我说着她兴之所至偶然想到的三毛和张爱玲的词句，或是哼着歌儿，有时竟至于大声唱起来。她喜欢唱的有《酒干倘卖无》还有《丹顶鹤的故事》。这样的黄昏时刻是我妈一天中最快乐的时候，可惜那树枝遮天蔽日，太过漆黑，不然我一定能看见她脸上那种纯真而愉悦的神情。

在走进隧道的这头，有一条废弃的水渠，据我妈说那是从前危原镇人民模仿红旗渠而修建失败的作品。那水渠很荒凉，渠道和渠岸都长满了高大的蒿草，时常有野兔和刺猬出没其间。而在走出隧道的那头却别有一番景象。那里有油绿的麦田，微风吹过麦子就成片成片地匍匐在宽广无尽的平原上。有一次我妈牵着我的手出隧道的那一刻，晚霞漫天，麦浪起伏，燕子掠过水塔飞向远处绰约的村落，我仿佛一瞬间看见了整个世界。我问我妈："妈，你说村子的那边是哪儿？"她说："嗯？"我知道她经常走神的，便又问了一遍。她没有回答我，却说："管它是哪儿呢，反正和这里不一样。"

后来我就领着谢香利来游览这世界上只有我和我妈熟悉的花椒隧道了。我俩还发现花椒树脚下的草丛里长着许多野草莓，它们又红又圆，可是咬到嘴里味道竟然有些辛辣。谢香利说这一定是因为每年有无数花椒籽落进了土壤里。她还说她哥总是在家门口的杏树下撒尿，结果那杏子就生出一股骚味儿。

我还领着谢香利去玩儿我发明的"滚油菜花"游戏。每年春天，是全镇娃最欢乐的时候，也是我最寂寞的时候。他们去田野上放风筝，去悬崖上摘桃花，去砖窑迷宫一般的窑室里捉迷藏。可是他们是不会带我这个外乡娃的。没有办法，我就一个人在草长莺飞生机勃勃的田间走啊走。在离我们学校不远的地方，我发现了一块开满油菜花的坡地，坡脚有一弯清浅的溪流。一个风和日丽的周末，我徘徊在坡沿上，没想到脚一滑，就骨碌碌地滚了下去。那绿的茎叶黄的花朵在我眼前转啊转,像旋涡要把我吸进去,我惊慌地大喊。突然间,我停住了,一个硬硬的东西抵在我后背上——原来是一块巨大的石头护住了我。惊恐未定之余,我竟然又回味起方才的奇妙和刺激。我站起身,爬回坡沿,试着控制滚落的速度,又来了一次,又再来了一次。

到了周一放学,我就急不可待地拉着谢香利来到了那片坡地。

"你敢不?"我说。她鼻子里哼了一声:"不敢才怪!"说完她躺了下来,一翻身,就像个脱落的线轴那样滚下去了。所过之处,油菜花成片地倾倒。"哈哈哈!"她大笑着,"你快来啊!"

当我滚下去,与她并肩躺着的时候,我们听见溪流在耳畔潺潺歌唱。"你知道这水流到哪里去了不?"我问她。"流到危原和长川中间儿的水库去了,"她说,"我和我哥还去那里捞过鱼呢!哎,你去过吗?""没有,我咋可能去过。""你想去不?""想,我还想到更远处去哩!""我也想去!听说长川再往西还有火车呢……哎,你说,火车能坐到哪里去?""哪都能去,到省城,到北京,到外国去!""外国是啥样子?""我也不知道,反正和这里不一样。"

自然,惠美琳和帽帽的故事我也都告诉这唯一的朋友了。惠美琳的身世一早就从灵花姨口中听来了;而得知帽帽的身世,却源于一桩巧合。

你也知道,像帽帽这样摆摊儿的人,在小镇的集市上,总是要被有正经铺面的人排挤的,更何况他还是人们口中的变态、疯子。所以他常常是刚在这家门口铺下彩条布,就被男主人一顿呵斥,连忙拾掇起来,挪到那家门口去。然而那家的女主人又要端着脸盆出来,把脏水一泼,嘟囔着:"啥东西嘛,都凑到我家来!"于是帽帽只好又挪到第三家。这第三家的女主人是个精打细算的,一边立在旁边看着他摆设,一边说:"你看,我不叫你摆吧,觉得你可怜;叫你摆吧,你把我门口堵得严严的,来个买主都走不进来了!"帽帽就翘起兰花指把头发往耳后一挑,说:"哪能呢!你看,旁边留的路宽得跟河一样呢!"那女人就面露愠色了:"你咋胡说呢!明明把路占严了,还不承认。你这摆一天我要多少少生意呢!不行,你挪了,挪了!""哎,姐,我刚摆好,就叫我挪了?""那你说咋办,总不能白耽搁我的生意吧！"帽帽只好把手伸到裙底，从口袋里摸出十块钱来，递给她。那女人飞快地接了，嘴上还要说："唉，姐也不想撺你！那是这，有人来要啥你也给咱往里面介绍些噢！"

就是在那一天，帽帽被撺来撺去地，最终摆到我家门口来了。我那时候正坐在小板凳上看那台14寸黑白小电视，无意中往外一瞥，帽帽那雄壮又妖媚的身影就跃入眼帘了。

"妈，妈！"我激动地叫着，"你看，帽帽摆到咱门口了！"

我妈看了一眼，说："真个，他咋摆到这儿来了。"

"咋办，咱让他摆不？"

"让呢么，有啥不让的？"

"街道人不都说他是变态吗？"

我妈还没来得及回答，灵花姨就掀开门帘："哎，那货摆到你门口了。你不让他上些贡？"

"算了算了，"我妈低头记账，"可怜人，摆个摊儿不容易，要啥钱呢！"

那是我记忆当中最接近帽帽的一天了。整个晌午，他用略显沙哑的嗓音像复读机一样矢志不渝地吆喝着自己的歌谣："帽帽，帽帽，一块钱一顶帽帽，娃娃戴了不冷，老汉戴了光笑！帽帽，帽帽……"那声音像蛛丝一样粘住过往路人的目光，像凝云一样停留在集市的上空，它响彻我的耳边直到今日。帽帽不仅会吆喝，到了尽兴处还会起舞呢。他一手握着扩音器，一手挥动在空气里，跳起来的时候双脚向后几乎踢到自己的屁股，落在地上的时候则叉开双腿扭动着胯部。他的劣质假发甩动在空中好似写狂草的毛笔挥洒在纸上，他的人造革皮夹克上的拉锁在阳光下闪出锋利的寒光，而他的胸罩、短裙又给这疯狂平添一丝妖冶。那怪异和绝望混杂的阵势，即使是最天才的摇滚乐手见了也要自叹弗如的。

帽帽这样连唱带跳的一整天是很累的。不仅很累，而且很渴。不然他也不会好几次来问我妈讨水喝了。最后一次来的时候，集市已经快散了。帽帽倒了水，就在廊檐的小板凳上坐下了。那会儿我妈刚刚把一个顾客送出门，转过身看见他坐在那里，就上前攀谈起来。

"卖得咋样？"我妈问。

"唉，看的人多，掏钱的人少！"帽帽擦着额角的汗。我跟过去，第一次如此细致地观察他。他的脸黝黝黑黑的，额头、眼角、唇边爬满了又长又深的皱纹。我忽然觉得，假如他摘下那副行头，倒也和小镇上平常的男人没什么两样。

"听说你家在长川？"

"噢，在长川。"

"那你来回也够远的。"

"远啊，来回三十里地呢，"他把手伸进胸罩里去抓着痒痒，又无奈地叹气，"有啥办法呢……"

"家里有娃么？"

"有呢么，咋能没有！媳妇娃都有呢。"他忽然诡秘地笑了，伸出两个指头晃着，"一个男娃一个女子。"

"那咋也没人来给你帮个忙呢？一个人拿这么多货。"

"有呢，俺女子一会儿就来了！俺儿子……那小子不上我的道……"帽帽喝了口水，眼珠子空茫茫地，不知道瞧着哪儿呢。

"媳妇呢？"

"媳妇有病呢，一天到黑床上躺着呢。"

就在这个时候，只听街道那头闹嚷嚷地，原本已经稀稀拉拉的人群像大头钉被磁铁吸引了一般，都往街边凑，还伸长脖子望着什么。

不一会儿，就看见惠美琳笑嘻嘻地从马路中央走过来了。她的脚步依然轻盈，身姿依旧洒脱，犹如一位检阅部队的女将军。她可有些日子没上街了，镇上的人多日不见，竟然还有些想念呢。于是他们纷纷走出店门去看她，招呼她。

"惠美琳，咋这些日子都不出来？"

"要你管啊！"

"嘿！你看这死女子，问她个好话，还叫她顶一句！"发问的人一时有点窘，就找出各种脏话来骂她。不知道惠美琳听不听得懂，反正她是不理不睬，直愣愣地抓着辫梢往前走。

可是她走到我家店门口的时候，却出乎意料地停住脚了。她往我们的方向盯了半晌，正搞得我心里有点发毛的时候，她扑哧一声笑了："是你啊！你在这儿啊！"

然后我听见帽帽回答她："噢！我在这儿呢。你来咧！"

没人知道惠美琳竟然认识帽帽，更没人知道他们是怎么认识的。那一刻我觉得这简直是世界上最神奇的事情了。可仔细想想，这样的两个人相识倒也似乎是最应该的事儿。

惠美琳站在梧桐树下嘿嘿笑，笑成了个害羞的大姑娘。"惠美琳！"是灵花姨在喊，这种场合当然是不能少了她的，"来，过来坐一下！"

惠美琳低下头，双手不住地揉搓着辫梢。

"来嘛！甭害怕！"灵花姨索性走过去，拽着她的袖子把她拉过来了。

惠美琳一坐下，倒像个正常人一样，问候着帽帽："你吃了吗？"

"还没有呢！"帽帽答应着，"你呢？"

"没有，我不饿。"

灵花姨端上来一盘沙果，招呼着大家吃。惠美琳抓起一个果子，先递给帽帽了。帽帽说："我不吃。"惠美琳就嘟嘟囔囔地不高兴了。灵花姨看在眼里，脸上的笑容多了一层深意："还知道让人，也不是很疯么！哎，这儿坐了这么多人，你咋光让他呢！"

惠美琳没回话，把那只沙果塞进嘴里，狼吞虎咽，瘦骨嶙峋的脸颊鼓出一个球，又低头去抓剩下的。我这才注意到，她的头顶几乎已经秃了，大片的头皮暴露在阳光底下，被晒得红红的。我还闻到她的身上有一股怪味儿，那味道我只在一年秋天雨季时在院子墙角的杂物堆闻到过。后来那片杂物被清理，里面有一窝死老鼠。

不知为何，我突然忍不住问她："你今儿咋没戴你的红帽子？"

话刚一出，我妈就生气地瞪了我一眼。她生气的表情和她纯真的表情一样多，且一样有杀伤力，我赶忙往后躲了躲。

可是惠美琳竟回答我了："丢咧，寻不着咧。"

不过没人会在乎一个娃娃和她的对话的。尤其是灵花姨。她这会儿一门心思可在另一件事儿上呢："惠美琳，黑皮死了几年咧？"

我清楚地看见惠美琳的肩膀抖动了一下。她缓缓地抬起头来，似乎拼命地回想着，深凹下去的眼睛里起了一层雾。"七年咧！"她说着，又咬了一口果子，下颌慢而用力地咀嚼着。

"噢，都有七年咧，快得很呀！哎——"灵花姨压低了声音，以一种煽动性的语气说，"那你不准备重寻个男人？"

"寻个啥？"

"男人么！你一个儿过着能有个啥意思嘛，有个男人，我给你说，好处多得很呢！"她挤眉弄眼，笑得胸有成竹。

"男人……男人……"她嚅嗫着。

"对呀，男人！你看镇上哪个女的没有男人！都有呢！"

惠美琳又不说话了。帽帽也一直没张口，他专注地抠着皮夹克上干结的泥点。这时候我却听见我妈的声音了。她的语气是平静的："呵！男人也没有啥好处，有跟没有，我看也一样。一个人过日子，也照样是过嘛。"我那时候自然是没有跟我妈探讨过男人女人这类问题的，关于我爸的话题更是我俩之间的禁忌。反正一年到头也见不了几次，他的事情我才不感兴趣呢。所以我当然不觉得我妈说这话有啥不妥。可是灵花姨看上去就突然有点紧张了，虽然她脸上那永恒的笑是不会褪去的："哎，姐是开她的玩笑呢。你可甭多心！"

我正为这突如其来的变故感到迷惑呢，惠美琳骤然间抬起头来，对着灵花姨喊："我想要男人，我想要男人呢！"

"哈哈哈，"灵花姨巴不得有人给她解围，赶忙凑过去，"这才对！那你有看上的吗，姐给你说媒！"一边说，一边把嘴向帽帽努着。

"有呢！"

"谁！"

惠美琳扫视着周围的人，从左到右又从右到左。突然间，指着灵花姨的男人大喊："他！就是他！我要他当我男人！"

众人先是一怔，转瞬就哄笑起来。灵花姨哪能料到她会来这么一句，立即脸就绿了，不住地道："你看这胡说八道！疯子真个理不得！理不得！"灵花姨的男人可也是个脾气大的，一边往屋里走一边骂灵花姨："死女子还不快做饭去！一天到晚光会卖个烂嘴！"

众人见情况不妙，笑了两下就四下散去了。我妈也回到屋里，开始在蜂窝煤炉上炒菜了。我趴在柜台上一边写作业，一边不住地瞅着外面。帽帽蹲在地上收摊了，惠美琳站在他边上笑嘻嘻地看着。帽帽把一顶帽子递给惠美琳，是蓝色的，两个人你一言我一语地说着什么。惠美琳走了。一个女娃来了，帮着帽帽把货物装到架子车上。帽帽整了整假发，托了托胸罩，提了提短裙，拉起了架子车。那女娃在后头推着，他们就走出我的视线了。太阳转瞬间就落到对街的房子后面了，夕阳余晖把街道照出一种怀旧的气氛。巨大的噪音里，一辆蹦蹦车开过去，喷出的黑烟久久不散，笼罩着地面上的各色垃圾，还有在那垃圾中翻找食物残渣的瘦狗。

小镇的集市就这样到了尾声。

四

从小学三年级到六年级，谢香利和我做了四年同桌。到了初中，我们仍然在一个班里。那时候虽然同学们已经不怎么排斥我这个外乡娃了，但我还是想和她再续前缘。于是在站队排座位的时候，我就故意往她后边挤。可她却不乐意了，一见我站在身后，就赌气似的换到别的位置去。

虽然座位就这样"天各一方"了，可我们照样玩得挺好。并且，还是以"同桌"互称。每到课间，我都会跑去她桌边，跟她说说刚才又突然想到的趣事。比方说，今天来上学的时候我又尝试了一条新的路线，虽然比平时多花了十分钟，可是我在一户人家的门外发现了一口井，井口盖着一块元宝形的石头。我蹲在井边儿，正要透过缝隙往里面瞧的时候，一个脸又长又黄的女人冲出来，让我赶快走，还嘟哝着："死过人的地方有啥好看的。"又比方说，有天晚上，天已经大黑了，我和我妈从花椒隧道回家，借着朦胧的夜色，突然看见迎面走出个老汉扬起了肩膀上的锄头，我和我妈都以为遇到了歹徒，原来人家只是左肩扛累了换到右肩。谢香利把头伏在桌面上听我讲完，那张黑黑的脸上一定会浮现出慵懒的笑意，她一定会说："神经病……"可我知道，其实她是喜欢听我讲这些事儿的。

不过我发现，上课的时候，谢香利总是偷偷地瞄我。有好几次我们的眼神还撞到一起。那年月班上时兴传纸条，有一天我实在忍不住了，就跨过大半个教室给她传了一张："同桌，你老看我干啥啊？"她又跨越了大半个教室递回来："谁看你了，自恋！"我索性把心里另一桩疑问也抛出来了："那你为啥不愿意再和我做同桌呢？"这回隔了好久，才收到她的回复："感觉老和你做同桌怪怪的。你看现在女生都不怎么和男生讲话呢。"我看了这句话，顿时觉得有点灰心丧气。正发呆呢，她又递了一张过来。拆开看时，上面字迹娟秀："不做同桌也可以做'好朋友'啊！"

我们的学校在危原镇最南端，而我妈开的店靠近最北端，而我的好朋友谢香利家在更北的乡村里。放学后结伴回家的路上，我们要骑着自行车穿越一整条两侧种满法国梧桐的街道。那些树木在春夏是翠绿的，手掌似的叶子生得葳蕤茂密，其间点缀着许多圆球状的果实；而到了秋天，它们就开始枯黄、黯淡，不知哪一场秋风过后，叶子也落尽了，只剩下光秃秃的枝丫把浅灰色的天空任性地划出无数道不规则的伤口。它们是小镇唯一的浪漫，却不是唯一的哀伤。

然而，在有集的日子里，谢香利是不能和我同行的。因为她爸在多出来的那半条街道上摆摊卖米线，她必须要帮着收摊儿的。

最初的时候谢香利没告诉我实情，她跟我说："烦死了，都说了我舅在那摆摊儿，还问个不停！"可是后来有一次，我妈让我去买一块豆腐，我在经过那半条街时，恰巧就看见了她，并且恰巧清清楚楚地听见她对那个走路一瘸一拐的男人说："爸，炉灰倒出来不？"

当然，这件事我没有让谢香利知道。我不愿意让她知道。她这么做一定有她的原因。

在空闲的周末我们还是会一起骑车出去玩耍。她曾经领着我去了危原镇和长川镇交界处的水库。那里的水沉静幽深波澜不惊，远远望去好像一块碧蓝色的翡翠，掩映在那片金黄色的不知谁家栽种的银杏林里。我们踏平了杂草，坐下来，喝着明显是香精和色素勾兑而成的廉价汽水。午后的阳光照在谢香利黑黑的脸庞上，她突然指着眼前的一汪秋水，问我："你还记不记得那年我们去滚油菜花啊？""当然记得了。""那你还记不记得坡下流过的那条河？""嗯，我记得。""那条河就是流到这个水库来了，你当时还问过我呢。""唔……"其实我不太记得自己是不是问过她了。

谢香利望了望我，不知为何，她的眼神和手势都有一种告别的意味。原来从那时起她就开始怀念我了。

这样的周末是难能可贵的。因为我们长大了，我们的烦恼、渴望都和课业一样越来越多。相反地，我们的时间就越来越少。

那年的秋冬之交，小镇长时间地被大雾笼罩着，或许是现在所说的"霾"，可是那年月那地方的人哪里知道什么是霾呢？他们既左右不了自己的人生，就更左右不了老天爷了。因此，他们也只能如常地行走在大雾弥漫的街道上，一如行走在他们大雾弥漫的人生里。只有伴随着尖锐的自行车刹车声，几乎相撞的两个人才找到机会一吐心中的怨气，互相骂着："该死的没长眼睛啊！"

就是在这年初冬的雾气里，惠美琳死了。

被发现的时候她漂浮在水库的芦苇丛里，早就已经泡肿了，看来已经死了好几天。没人知道她是怎么死的，据法医说她身体完好，没有任何受重伤的痕迹。那么唯一合理的解释就是失足落水了。一个疯子这样死去，是不足为奇的。

惠美琳之死是她最后为小镇居民贡献的一条谈资。那天，在我放学回家之前，灵花姨就把它分享给我妈了。我妈又把它告诉了我。

"啊……那最后怎么办的？"

"还能怎么办？她的小儿子就回来，把她埋了呗。"惠美琳的小儿子比我高两级，初中没毕业就辍学去省城打工了。

"好吧……"一霎间我心里有点不是滋味。

"对了，还有个事儿。"我妈停下擀面的手，转过头来，"过了年咱们就要走了？"

"走？"我很疑惑，"啥意思？"

"不在危原待了，到省城去！"我妈显然是开心的。

"啥？"这对我来说太突然了，"待得好好的咋说走就走？去省城干啥呢？"

"你舅给我在省城瞅了个生意，我看挺好的。过了年就叫咱过去哩！"

真的要离开危原了，要离开这个又小又无聊、还天天被骂"外乡娃"

的地方了,我却突然不情愿了。我把嘴一噘,头一拧,说:"不!我不去,要去你自己去!"

"少犟!"我妈气狠狠地瞪了我一眼,就哼着歌儿继续做饭了。过了一会儿,她把一碗面端到不言不语的我面前,说:"吃饭吧!"我本来只是想表达不情愿的,可是却没有控制好力度,一不小心就把碗推倒了。还没等我扶起碗,一个耳光就落在我脸上了。我一边捂着火辣辣的脸颊一边瞪着我妈,却发现她哭了:"你再瞪我!你不走你就待在这儿,我走!"我的眼泪也终于夺眶而出。泪眼蒙眬里,看不见她的表情,只听见她带着哭腔的絮叨:"一辈子就让你爸和你气死了……你不走,想让我一辈子耗在这儿吗!……"

我毕竟还是个娃娃,哭着哭着就睡着了。我睡着睡着,忽然看见惠美琳。她穿着墨绿色花纹的连衣裙,戴着帽帽给她的蓝色圆帽。她头发乌黑浓密,眼神清澈灵动,身材窈窕有致,整个人容光焕发地走在阳光明媚的街道上。"惠美琳!"我叫她,她似乎没听见。我又叫了一声。她就转过头来,冲着我笑了。

她笑了,像一朵花开了。

五

谢香利似乎是有意地疏远我了,在我把即将离开小镇的消息告诉她之后。

上课的时候,她不再瞧我了。下课我去找她聊天的时候,她还是把头伏在课桌上,脸上却一点表情也没有了。她放学也不再和我同行,更别说周末一起去郊游了。

我只好一个人骑着自行车穿过危原镇悠长的寂寞的街道,任梧桐树萎黄而残破的叶子从我头顶扫过。我只好一个人骑着自行车在小镇的各个角落里逡巡,去看看花椒隧道,看看曾种着油菜的坡地,看看麦田里矗立着的水塔,去看看那废弃的"红旗渠",还有渠边疯长着的杂乱而忧伤的蒿草。

那个冬天,很反常地,危原镇竟没有下雪。天气异常干燥,麦田里的土壤全都板结皲裂；人们的心也异常烦躁，似乎任何一点点火药都能引发一场战争。

就在将近期末考试的一个中午，我像往常一样吃过午饭去上学。那天恰逢有集，又是腊月，可谓人山人海摩肩接踵。我骑着车子从人流的缝隙里小心翼翼地钻过去，远远地，就看见街道中间那个十字路口上密密匝匝地围着好几层人，往来的过客还不断地加入其中——这是小镇上常有的打架的景象。我正准备调转车头从旁边的小巷子突围，突然间，一个熟悉的沙哑的声音从人群里传过来。那声音哭喊着，带着让听者动容的绝望和无助。

是帽帽！

我连忙刹车，扶着一棵树，站在脚蹬上往人群中望去——不是帽帽还能是谁呢？他不知是怎么得罪了工商所的人，正被他们围起来打。那工商所的人平时来正经铺子收税的时候，都是一副耀武扬威的模样，更何况对帽帽这样的人呢。他们就像踩一只蚂蚁、一只屎壳郎那样把帽帽踩在地上，连拳头都懒得出，一味地狂踹猛踢。他们的脸都因为大力运动而显得通红且泛着油光，他们的眉毛眼睛都由于愤怒而挤在了一块儿，他们一边打还一喊："死人妖，还嘴硬得很！"而帽帽只是抱着头蜷缩起来，嘴里含混地哭喊，不知是在求饶还是在辩解。围观者木讷的脸上渐渐有了着急和不忍。包着头巾拎着马提篮的大妈小声嘀咕着："哟，这人犯了啥事了，叫打成这样子！"附近的几个店主也抱着胳臂互相皱眉："打一两下就行了么，咋还打！"

帽帽最惨烈的一声哭喊爆发于他的假发被踩掉的那一刻。其实他的胸罩和短裙都早已被折腾得褴褛不堪了。可不知道为什么，他就那么在乎他的假发。他大叫着，像一个真正的彻头彻尾的疯子那样，伸手试图把一米开外的假发拉扯回来。可那假发偏偏被踢到旁边的水沟里去了，那水沟又脏又臭，是周围居民们倾倒夜壶和刷锅水的所在。但是帽帽似乎闻不到，他一挺身，就整个人扑了进去，溅起的水花有两尺多高，吓得围观者们如溃堤一般哗地退散。而工商所的那几个人也就喘着粗气，停手了。

我想他们一定是累了。我看都看累了，何况是他们呢？打人可是个体力活啊！我这样想着，抬头看了看天空。天色凝重得很，像铅块一般。

再也找不到继续观看的理由了。我一踩脚蹬，就把车子骑走了，就把满身满脸沾满臭水的帽帽甩在我的身后了。

那是我最后一次见到帽帽，之后他的小摊就再也没有摆到危原镇来了。他的面容在我的记忆里变得模糊，直到很久之后，我才在本地的电视新闻上得到了他的消息。那时候我和我妈已经在省城住了好些年，我妈做饭用上了天然气，而我看的也是 34 寸的大彩电了。

帽帽出现在荧屏上的时候，我倒吸一口凉气，随后惊叫一声。"咋了！"我妈闻声从厨房里走出来。

"你看，妈，你看，电视上的好像是帽帽！"这个淡忘已久的名字重新出现在我口中，亲切又陌生。

我妈瞅了瞅，就笑了："是他，就是他，他咋穿成这样了？以前还有上衣裤子呢，现在咋光穿着胸罩和裙子啊！"

"他在公园里跳舞呢，城管赶他还赶不走。"

"我看他怎么……"我妈眯起了眼睛，"怎么好像真的疯了？"

帽帽被打那事过去没几天，我们就期末考试了。期末考试之后，就是领通知书，接着寒假就来临了。一放寒假，我就要离开危原了。因此，领通知书的那天就相当于我和谢香利告别的日子。

就是在那天，谢香利终于肯跟我讲话了。不仅如此，我们还坐在了同一张课桌后面。老师宣读冗长的寒假须知时，谢香利就在下面问我："同桌，什么时候走啊？"

"就过几天。"

"好吧……一走就再也见不了啦！"她的语气倒是挺轻松的。

"怎么会？我会回来找你玩的，再说，你到时候考大学可以考到省城去，那样我们又可以经常见面了。"

"不可能的。"她摇了摇头，"我不像你，学习好。我除了语文和英语还过得去，其他科目都不及格，你又不是不知道。"

我一时找不出话来安慰她了，只好沉默着。过了一会儿，她说："我唱首歌给你听吧！""好呀！"

谢香利唱的是首英文歌。她唱着唱着就有点脸红了，停下来问我："好听不？"

"好听啊。我光知道你喜欢唱歌，不知道你还会唱英文歌哩！"

"嘿嘿，我表姐给我的磁带。我跟着学的。" 她笑了，鼻梁上挤出媚人的小皱纹。

谢香利唱的那首歌真的很好听。很久之后，我靠着脑海中仅存的印象找到了它，拷进 MP3 里循环播放。歌词是这样的：

I'm a big big girl

In a big big world

It's not a big big thing, if you leave me

But I do do feel that

I too too will miss you much

Miss you much

……

六

"人真是奇怪得很。"后来我妈偶尔会这样感慨，"一旦离开某个地方，就好像和那地方一点关系都没有了。即便你在那里待得再久，认识的人再多，一旦离开了，就似乎完全没关系了！"

我妈说的是危原小镇。自从我们搬到省城，就没有再回去过。并且也心照不宣似的很少提起它。最初的两年间，我还收到过谢香利寄来的几封信，接到过她打来的几通电话。我们也无非是聊些幼时的旧事，一不小心话头撞到一起，互相让着："你先讲，你先讲。"等说完了，就又是长久的尴尬的沉默。

渐渐地，信和电话也不再有了。于是我想起谢香利，想起危原镇，就如同想起一轮十年前的月亮，陈旧，安详，淡薄，又遥远。

在升高三的那个暑假，我忽然接到一个电话，自称是谢香利的班主任。

"谢香利想见你。"他说。

"想见我？她人呢，为什么不自己给我打电话？"

"她现在在校长办公室，闹着要转学呢。"

"怎么回事，她出什么事了吗？"

说话人似乎走开了，只听到远处隐隐约约的吵闹声。好一会儿，那人才回来，压低了声音："实话跟你说吧，谢香利疯了，脑子不正常了。谁的话都不听，就嚷嚷着要找你呢！"

"胡说！你到底是谁？"

"哎！我咋能拿这事骗你呢，你不信也罢。谢香利闹着要见你，我给你把电话打了，也算尽心了！"那人的语气如此诚恳，听不出半点虚假。可我还是不相信，谢香利那么健康活泼的一个人，怎么会疯呢。全世界谁疯都轮不到她啊。我心乱如麻，冲到客运站。买票上车，两个多钟头后就站到了谢香利面前。我曾设想过无数种和她重逢的场景，然而想象力丰富的我也终究没有料到会是这样。

她比以前没变多少，依然是黑黑的皮肤，扎个马尾，只是稍胖了一些。她一见我，脸上立刻绽放出一个巨大的笑容。可又局促不安似的，坐在校长办公室的沙发上，并不说话，也不准备站起来。

那一瞬间，我突然就相信她是真的疯了。因为我在她的眼睛里看到一种躲躲闪闪古里古怪的惊慌，像极了多年前的惠美琳。

我一下子就不知道该怎么办了，呆呆地挨着她坐了下来，问："咋回事啊？"

"我要转学。"她语气坚决，"这个高中太差了，只能耽搁我。"

"是不？你想好了？开学就高三了，现在转学会不会不适应新环境啊？"

"胡说！我才高一。现在转到省城的中学去，刚好赶上分文理科！"

她的班主任在一旁向我摆了摆手，小声道："她初三复读了一年。"

谢香利一听这话，立刻拉下脸来："那不叫复读，老师，那叫充分准备！"

"好好好，我说错了，我说错了！"班主任连忙自责。

这时，只听校长在隔间喊谢香利的名字。她站起身，得意扬扬地对我说："等我一下哦，校长给我把证明办好咱就走！"

谢香利一走，还不等问，班主任就吐出那口烟，说："是这样子的。

她爸让她到省城跟着她哥打工。她白天打工，晚上去网吧上网。上了半个月嘴里就开始胡说了。"

"去打工干啥，不上学了？"

"她学习反正也不行嘛。她爸就跟她商量，她自己都同意了。也奇怪，疯了疯了又想上学了，还非要去省城……"

"那现在咋办，她还能好不？"

他瞥了我一眼："好？咋能好？要是能好，她现在就在医院，而不是在学校咧！"

谢香利疯了，疯子是很容易骗的。校长略施小计就把她哄回家了。她带着我走过刚刚收过麦子又已经种上玉米的田地，走过槐树椿树上知了的聒噪，走过夏日午后小镇阒静而整饬的光阴，向她的家走去。路上的一切都和往日别无二致，时光似乎遗忘了这个小镇。但眼前手舞足蹈的谢香利又确确实实地提醒我，分明是不同了。我看着她，突然想起当年所有人都排挤我这个外乡娃时，是她这个皮肤黑黑眼睛亮亮一笑起来鼻梁上有小皱纹的女娃拯救我于孤独。而过了这些年，我走了很多路，经了很多事，有了很多新的孤独。可这些孤独既不是她所能了解的，更不是她所能拯救的了。

但最要命的是，我从来没有试图想象过她的孤独——不过也好，她疯了，疯了的人大概是不会孤独的。

谢香利的家是低矮的三间瓦房。里面黑洞洞的，一个人都没有，弥漫着一种泡菜发酵的味道。

"你爸呢？"

"到长川摆摊去了，今儿是长川的集！"

"他不管你？！……噢，我是说，他不在家给你做饭？"

"我都是自己做饭的。噢！"她突然想起什么似的，端出一碗黑乎乎的东西，"你还没吃过我做的饭吧！这是我自己做的面条，你吃不？"

"不了……不了。"

"来嘛，尝一下嘛！"她用筷子挑起一根面条，"香得很！来！"

"真的不用了，我……我不饿！"我躲到一旁，不敢看她，顺手拿起一个笔记本胡乱翻阅。

"行吧！"她也并不失望，放了碗，就挨着我坐下来，"你看见这个本子了吧，这是我写的小说！"

"你写的小说？"

"嗯！"她的眼睛顿时发出一种奇异的光，"我跟你说，我都想好了。我叫学校给我开张证明，然后拿着这些小说去找省城高中的校长，他们看了我写的东西，一定会收我的！"

"噢……"我内心茫然，感到前所未有的无能为力。

"对了，你记得我给你说过的我家的杏树吧？"疯了的谢香利像个娃娃一样，一会儿一个主意。

"嗯。"

"我带你去看！"

杏树在后院里。危原镇的人都喜欢种杏树，不是在前院就是在后院。七月间正是杏子成熟的时候，黄灿灿的硕果挂满了枝头，热闹斑斓，对主人的遭遇浑然不知。

"好看吗？"她问。

"好看……"

"给你说个秘密，你可甭给别人说！"

"不会，你放心。"

"我喜欢上一个男娃咧。"

"是吗，谁啊？"

"是我们班一个娃。"

"那挺好的啊。你……你跟他说了吗？"

"算是说了吧……"她脸上飞起一朵红霞，"前几天刚好是他的生日，我给他送了一件礼物。他见了那件礼物，就明白我的心哩。"

"什么礼物啊？"

她附到我耳边，呼出的热气让我提心吊胆："一条内裤！哎呀——"还没等我反应过来，她突然大叫起来。

"咋了，你咋了？"我已经完全理解不了眼前发生的一切了。

"我尿急咧……"谢香利这么说着，脸上泛起一种难以言喻的羞赧和娇媚，然后就掀起衣襟，开始解裤腰带了。是的，她就当着我的面，开始往下褪裤子了。

我大喊一声，就往门外跑。我听到身后谢香利的脚步声和呼唤声，但我不敢回头看。我甚至怀疑起身后的那个人究竟是不是谢香利。我跑啊跑，像是在逃避一个怪物。我跑啊跑，看到村口停下来一辆班车，我连想都没想，就一头扎进去了。

车子摇摇晃晃地开动了。我惊魂未定地把头抵在玻璃窗上。谢香利还在后边追赶着。她的裤子掉到膝弯了，又掉到脚面了，下身白花花地暴露着。她的身影越来越小，最后跌倒在了地上，仰起脖子叫喊着什么。就在这时，车子拐了个弯儿，她就彻底从我的视野中消失了。

目睹了一切的售票员狐疑地打量着我，问："你到哪儿去？"

"省城！"我听见自己的心跳，咚咚咚。

"省城？！这车不是去省城的！"

"那去哪？"

"最远到县城。"车厢内闷热至极，售票员用票夹子扇着风，一脸不胜烦的神情。

"县城……好吧，那就县城吧！"我顾不上了，顾不上了。反正哪儿都和这儿不一样啊。

车子一路向西，疾驰在一望无垠的平原上，好像什么牵挂也没有似的，好像要一直开上天融化到夕阳里似的。我把整个身躯放在座椅上，心跳渐渐平复，却感觉不到一丝气力。惠美琳，帽帽，还有谢香利，这一串名字倏忽间从我心头闪过去……天哪，我在心里叫着，从此我认识三个疯子。

后来的后来，谢香利怎么样我就不知道了。不过我知道我永远忘不了那一天。因为从那以后，我就再也没有回过危原镇了。

Piglet
Contact Trader
15. Have Han
and receive
Place on the
fresh crab

Chapter

第 **6** 章

在所有动人的故事里，
我们最期待的是结局

der a 40 pound suckling pig to serve
ey Cadillac to the side entrance
tly 6:45. Rush home immediately and
2 50 minutes. Remove and garnish with

后 会 无 期 : 如 何 写 好 一 首 叙 事 诗 的 结 尾

文／赵燕磊

赵燕磊，男，出生于山东省枣庄，现就读于华东师范大学，杂志编辑。2010 年开始从事文学创作，在《青年文学》《诗林》《山东文学》等报刊发表诗歌、散文作品。曾获复旦大学光华诗歌奖、樱花诗歌奖等。

　　在讨论电影《后会无期》之前，我们先从一首刊登在《独唱团》第一辑（也是唯一一辑）的白话小诗说起：

　　谁也没有看见过风，

　　不用说我和你了，

　　但是纸币在飘的时候，

　　我知道风在数钱！

　　这大概是一位小朋友随手拈来的戏谑之作，它被收录进韩寒主编的口味独特的《独唱团》，多是因为文字里传达出一种从小孩子口中流露出的，不造作的揶揄劲。韩寒的小说、微博文字、包括《后会无期》里的台词设计，显示出他偏爱这种嘲弄和揶揄的语言格调。比如：电影开头胡生讲述他的名字来由时说，他妈妈把他生得很草率，但是这并不是他叫"胡生"的主要原因。需要注意的是胡生是一个有偏执倾向而且内心单纯的大男孩，而在影片中他把自己走丢了。

　　拿这首并非韩寒所作的诗歌来开头，只是想说明韩寒对于语言的审美是敏感的。他非常了解：最好的语言是暧昧的，最好的幽默结束于欲言又止。韩寒不喜欢诗，但这不妨碍他成长为一个"诗人"。在《后会无期》里，韩寒终于起笔写了一首好诗，起码在我看来是一段味道浓厚的诗意的叙事。

一　沉迷于未知

　　相比这部电影，韩寒的小说《1988：我想和这个世界谈谈》更接近自我叙述的《在路上》。但当文字付诸影像，确实更能让人产生视觉上的联想，同样描述一帮年轻人在未知旅途中的种种遭遇和前途的未知之谜。而电影开篇配以《东极岛之歌》那段空镜头连续剪辑几乎是凯鲁亚克《在路上》故事结尾的翻版：

　　这一切的一切都发生在美国。以后，每当太阳西沉，我总喜欢坐在年久失修的破败河堤上，眺望新泽西上方辽阔无垠的天空，仿佛看到一片荒芜的山野连绵起伏，气势非凡，高高在西海岸耸立。道路向着那儿延伸，人们无不憧憬着它的富饶和神秘……

　　只要我们把新泽西换以东极岛，就能完全对应这种不只是形似的精神现场——破败的村庄、丛生的杂草、塌陷的沙发、生蛆的鱼干……被镜头逼近的同时，仿佛是要用眼睛挖出这些实物的内脏和心。对于旅程起点破落景观近乎沉迷地描述其实也预示着前途的未卜，而当整组镜头最终止于行走在巨大雕像下的三人时，充满讽刺意味的是：雕像展现了一个类似战士冲锋的动作，伴之激昂的歌曲，基于无奈的前行看起来可笑异常。

前路的未知成为牵连起整部电影的叙事线索，就像当周沫问三人"下一站去哪？"浩汉回答道"去下一个地方"。"下一个地方"指导叙事，但同时也成为某种层面上叙事的空洞，即：未知拖拽着故事往前进，但同时又在产生关系的过程中始终不让你看到这根绳索的真实面目，它在其中设计绊马的角铁，它以吹气球的方式释放故事，而当每一段故事足够饱满的时候，气球却因充盈而爆炸，铸成彻底的失败感。

这种方式主要为了造成一种期待的偏差，在雅克朗西埃的话语体系中这被称作"断片"的艺术，在诗歌修辞和形式主义那里则被称为"间离效果"。这种偏差包括：通信数年的刘莺莺竟然是浩汉同父异母的姐姐，而且还导致父亲英雄形象在他内心的崩塌，信仰的彻底沦陷；一路相识，交谈甚欢的东莞小哥竟偷走了他们的车子，甚至还包括旅行者卫星坠毁……这些是仅限于叙事上的偏差，而在电影语言上同样有着极为贴合的表达——在三人入住小旅馆之前，汽车在夜晚的道路上行驶时，当汽车在路口转弯，尾随跟拍的摄影机并没有跟随进入弯道，也没有采用蒙太奇剪辑，而是继续沿着原先的方向朝着前方行驶了一段时间后才转入到下一个停车的场景。这是电影刻意用镜头语言克服目的明确性的一种方式，转弯表示了目的的生成，而镜头反其道去展示未知旅途。

二 失败的艺术

当然，秘密是无法永远隐藏下去的，在故事的演进过程中，我们渐渐发觉所有的未知最终都指向"失败"的内质。韩寒讲了一个失败者的故事，确切地说是两个失败者的故事：一个主动蜷缩于失败，后而爆发。另一个号称走到哪里都有人送纸，但是却"边走边败"，最后无奈承认。

有意思的是，如果将浩汉和江河这两个人进行对比，几乎可以得到这样一个结论：

　　浩汉—社会人—体制外—成功过—失败

　　江河—老师—体制内—失败者—成功

　　这讽刺地告诉我们一个至理名言：宁肯在体制内失败，也不要在体制外成功。江河最后的成功（成为畅销作家）源于他看透了体制内的一切，或许相比浩汉而言，他的社会经历不足，但是显然体制内部有一种表面风平浪静的考验。而在电影中，他作为一个善于反思的失败者喜欢辩证地看待问题。而浩汉却明显是江湖气息太过浓烈，不懂掩饰，爱憎过于鲜明。而且与贾樟柯饰演的三叔相比，他又明显暴露出经验上的缺失，正如三叔所言："年轻人爱问对错，大人只讲利弊。"爱讲对错的浩汉对于这个社会而言，还只是一个经验上的瘸子，生活中的小孩。

三　结尾的技术

　　一个讲述失败的故事在结尾时是否应该展现成功呢？当然，电影和其他艺术一样，并没有特定的步骤和学究式的论调需要特别遵循，对"成功学"的反抗并不意味着"坚决反对成功"。显而易见，一个成功者讲述失败才能底气十足，就像韩寒来讲这样一个故事比某一个极其失败的导演或者写作者来讲更能被我们接受。而且考量观影心理，这种暧昧的成功应该算是最好的结尾了。不能忽略的是，另外一个失败者（浩汉）没有再出现，没有狗血的相逢、对视、谈情、唱歌、喝酒，浩汉还作为一条没有显露的"未知的尾巴"在为这个失败者的故事接住它的"地气"。

　　但不可否认这种结尾暧昧的程度还不够，或者说并没有把整部电影那种基于揶揄的语言品格生成的气质继承下来，甚至最后显得过于轻飘。已经长大的"马达加斯加"犬，文艺打扮的江河，电视一闪而过的成功演员周沫，倚靠在江河身边的酷似苏米的女孩，看似所有能为之安排的人物都有了结局，但是这些结局如果与整个旅途中的失败感相比显得那么轻微。我们几乎不想知道这些"路人"最后过得如何，这在电影中有过度阐释之嫌。

　　最后我们还是以一首白话小诗来谈谈结尾的技术吧！

火车

by 于小韦

旷地里的那列火车

不断向前

它走着

像一列火车那样

于小韦这首描写火车的短诗，始于火车，终于火车，只是同一辆（也许不是同一辆）火车在诗歌语言的自我结构中生发出一种时空的延续性，这不必细说，这辆火车与《后会无期》中的那些失败者难道不有着某种意义上的相似吗？

可能电影这样结尾最好：

东极岛上的那些年轻人，

不断向前，

他们走着，

像所有年轻人那样。

一花一世界

文／刘桂珠

刘桂珠，女，笔名海心。汉族，1991 年出生于广东。 2014 年毕业于广州番禺理工学院。

在 20 周年校庆征文活动中，荣获一等奖。

看完王家卫导演的电影《一代宗师》，对于叶问和宫二小姐之间说不清、道不明的情感，也许是"念念不忘，必有回响"。宫二小姐为了叶问而展示的宫家六十四招绝技，叶问写给宫二小姐的诗与那颗寄托着无限思念的纽扣。宫二小姐说她与叶问有半生恩怨，而叶问笑答："人生如棋，下子无悔。相遇只是一场缘分，无关恩怨。"宫二小姐一个转身，人生的相遇，都是久别重逢。而即使重逢又如何，宫二小姐在最美好的年华遇见了叶问，却只能将春心空付给武林恩怨。也许她和叶问都懂其中滋味，但无声胜有声，你不说，我亦不问。一份孤独两人各尝，一段情愫常存心中。宫二小姐的一招"叶底藏花"蕴含了多少故事，叶问懂得。

宫二小姐始终是要强。在她的眼里，宫家没有胜负之说，因为从未败过。即使父亲被背叛师门、投靠日本的汉奸马三所伤致死，临终时留下了"不问恩仇"的遗言。而宫二小姐却始终要为父亲、要为宫家讨回公道。为了宫家的尊严和活着的那口气，她牺牲了太多。也许是"家中无男儿，女子当自强"，一个女子，挑起了宫家门派的重担，被人抢走的东西，终有一天她会亲手拿回来。为了报杀父之仇，她退婚、入道。并一生遵守"不婚嫁、不授艺、不留后"的诺言。最后终于打败马三，大仇已报，自己却也身受重伤，内力受损。受伤的身与孤寂的心，伴着蚕食心灵的鸦片，黯然度日。拥衾就着一围火炉，搓手呵气取暖，独自品尝着人生的悲喜沉浮，又有谁能相伴，共听一曲潮起潮落江湖音？

也许大多数人都自觉对号入座，将叶问当成主角，是一代宗师。但在我看来，知分寸、懂进退，富有江湖道义的宫先生是一代宗师；为父报仇、自强不息的宫二小姐是一代宗师；金楼里各式各样的人物各有门派，也是一代宗师；甚至王家卫本身就是一代宗师。在电影的世界里，他独树一帜，八年铸成一把锋利的剑，将影片的高度和深度如出鞘的宝剑，拔高再提升，锋芒四射。他将人生的含义诠释得如此透彻：江湖的腥风血雨，最后的胜利者，不是留下的人，也不是一代宗师，而是时间和灰烬。纸醉金迷、声色犬马的金楼在别人看来是烟花地，在武林人看来却是英雄地。不同的人对同样的事物往往有不同的理解。所谓的江湖，之所以能够存在，靠的不单是功夫，还有侠气和道义。这种精神的传承，来源于功夫却高于功

夫，并能在时代的洪流中站稳脚跟。

　　电影里常出现的意象：灯、灰烬、火车、雪、火炉等可以看出时间的流逝和岁月的匆忙。功夫依靠代代相传而被延续，薪火相传、生生不息。艰涩难懂的台词却富含深意，将生活的琐碎和人生的哲理相串联，值得每个人细细琢磨；寒冷的冬季与被飘雪凝固的站台，缓缓驶向终点的火车，被拉长的时间和慢动作的回放。时间仿佛停留在一个点上不肯走，等待汽笛声将其唤醒。点燃一盏灯，守候一个人，情与爱在流水无痕的岁月中悄然度日。等待终究是奢侈品，曼妙美好如花落掌心般静美，却不是每个人都给得起。叶问只身前往香港寻求发展，并在当地开馆授徒、传承中华武术。内地与香港禁止通行后，一道关卡让永成那盏被点亮的灯只能等到灯花成烬、风吹则灭。所有的等待，终究败给时间，沦落为奴，继续在惆怅和失落中踟蹰不前。而如宫二小姐般，在武林的舞台上浓妆重彩登场过，唱过了《杨门女将》，也想唱《游园惊梦》。做了江湖人眼中的主角，却只能是叶问生命中的过客。赢过自己、赢过武林，最终却也只留下一缕青丝成灰，作为曾经爱而不得的念想，赠予叶问细细回忆，那段青梅往事。

随着时代的发展，许多人、许多事都将被淘汰。江湖不得不隐退，道义不得不屈身于法制，那曾经的武馆、武术、功夫亦被改装得不再纯粹。潮起潮落，在历史长河的荡涤中，江湖、道义、恩怨情仇都被冲散到四面八方，支离破碎让你难觅踪迹。每个人都想留下点什么，可是每个人到最后都留下了什么？宫二小姐的快乐是活在自己的世界中，不舍得离去，在那里，她拥有整个武林。

《大象》—— 杀戒

文／马小淘

马小淘，本名马天牧。毕业于中国传媒大学播音与主持艺术专业。毕业于鲁迅文学院第七

届中青年作家高级研讨班。曾获 2008 年度"中国作家鄂尔多斯文学新人奖"。 曾获第三届全

国新概念作文大赛一等奖。有作品在《人民文学》《美文》《青年文学》《作家》《布老虎青春文学》

《萌芽》等杂志发表。出版有《蓝色发带》《飞走的是树，留下的是鸟》《火星女孩的地球经历》

等多部作品。

一些电影在第一秒就把人震惊，比如《木兰花》，而另一些直到最后时刻才让人恍然大悟看到英雄本色，比如《大象》。

每一个镜头都很长很长，每一个人死得都很快很快。前边是平缓地行走，后边是迅速的杀戮。画面很美，红、白、绿，所有颜色都尽职尽责，彰显出色彩本身的魅力。故事很陡峭，你、我、他，谁也预料不到生命的转折会猝不及防，不顾及破碎或者完整。这就是《大象》。

从一片白云开始，长镜头不厌其烦地亮相了。它跟随在每一个主人公身后，像个早已没有任何进取心的老人，无所谓地记录着。我有些郁闷地等待，强忍困倦。虽然偶尔附庸风雅，却始终并不能使自己喜欢小津安二郎和侯孝贤，也就是说，我对长镜头过敏。这一次，在烦闷中期待，是想看看舒缓叙述后的枪击如何上演。单调、重复的动作和场景让我禁不住怀疑是不是影碟出了问题。前边一大半，看起来都是那么不着边际。非专业演员，长久跟拍，反复叙述，似乎是一部在节省经费的纪录片。巴赞看到这场面一定又会抛出那句"电影是生活的渐近线"。然后拍着导演的脑袋说"小鬼，人才！"而我这个心急火燎的没素质观众，只能一边装有文化一边喝水。

回头想的时候，我发现自己看得很仔细。一个男孩红色上衣后边印着白色的十字，和救护车相反的颜色搭配；爱好摄影的男孩戴了个别致的镯子，像吃饭用的叉子；自卑怯懦的女孩运动衫上有一只龇牙咧嘴的虎头。缓慢的东西总是容易铭记，或许。

在一个人的身后跟随，没有变化，没有态度，幽灵般审慎。然后再跟着另一人，从另一角度重新叙述。不同视角、交叉、补充、拼凑，似乎试图呈现生活最深处的完整面貌。有些细小的事情需要无数闪回才能清晰，甚至反复之后仅仅只出现了蛛丝马迹。一次、两次、三次……作为电影，多次的回身补充是对时空的摆布，而生活呢？不可思议，我们只有一双眼睛，不懂得往返的时间对决，不懂得怎样才能看到大片真相。一只鸟飞过，一阵风吹来，一个岛沉没，一把刀出鞘，一个王朝覆灭，一个人死去，只要一瞬间，只是一眨眼，只有一双眼。盘古开天地，女娲造人，这些繁复壮举的最终完成也不过是刹那的事情。眼睛真是尴尬，铺天盖地的事轻易发生，如何才能都看见，所谓尽收眼底是多么虚妄的设想。

　　随意的一天，是很多孩子的最后一天。死者总是没有凶手准备充分，没有人知道下一站是天国。爱好摄影的还在拍照，饶有兴致；胆怯的依然没摆脱自卑的痕迹，心情低落；喜欢说三道四的女孩子说着家长里短却拿出傲慢的嘴脸，什么都议论什么都看不上眼；谈恋爱的黏黏糊糊，只羡鸳鸯不羡仙。另一边，受欺负的孱弱男孩回到家里，打着你死我活的网络游戏，看电视里希特勒的演讲、弹钢琴、订枪支、亲吻另一个男孩，没有头绪的杀人前奏优雅平淡。

　　突然，仇恨倾泻而出，只需要一把枪的配合。一声枪响，自卑的女孩遇害。大开杀戒，没有明确目标，没有准确的缘由，见谁杀谁，谁碰上谁倒霉。大概十几分钟吧，两个少年巡逻在教学楼走廊，嗜血，残暴，嘲弄生命，不留活口。那种沉沦原因不详，似乎是无端的，所以难以打捞。

　　并不血腥，青春的躯体像天上的云，柔软无力，应声倒地时也不挣扎。生命消失在初来乍到的死亡中，就像从来都没有活过。镜头冷静无丝毫渲染，一个人倒下，切开，换下一个，像一边做手术一边吃冰激凌，中立克制得难以置信。早知道是校园枪击的故事，做好了血肉横飞的准备，却被软刀子触目惊心的寒光给威吓住了。长镜头铺陈，轻描淡写地杀人，生命被折断时，一切如常。那种氛围初看来简直和枪击风马牛不相及，到最后才发现导演的滑头和功力。对已然发生的事，只能袖手旁观，看似只如实记录了事件的表层，实际却是对深层的尊重。恰恰是这绵软的残酷让我听见了自己呼吸的声音。安静的不安中，我所有的细胞一同感受到了惊心动魄的邪力。

　　十几岁的时候，我非常喜欢玩格斗游戏，曾经在游戏房和只有七八岁的陌生小男孩一起合作"闯关"。那些小孩比我玩得好，偶尔技不如人的我要掏出几个游戏币贿赂他们。我总去的那家商场的顶层，一块钱一个币。可以算得上是多种经营吧，一侧是各式快餐，一侧是各种游戏机。那边，逛商场的大人在补充粮食、水；这边，全是十几岁的孩子在叫嚷着疯狂游戏，泾渭分明。总有一个梳着长头发，指甲很干净的女孩很用力很专注地拍打机器，不时发出愤怒的叫喊，那就是当年的我。从来没觉得那有什么不好，游戏带来的乐趣、发泄至今那么难忘。年轻的时候，总想放任自己严惩别人。可是当看到电影里的孩子在杀人时，我忽然想到了那时的自己。电影里的凶手没有平安跨越最骚动最暴躁的青春期，没有像我这样回望的机会。

死亡在最后出现，却成了电影的基石。真实寒冷的东西劈头盖脸丢向观众，穿过悠长的镜头，越来越近。眼泪或者慨叹，都显得来不及。我有些傻了，像镜头一样无可奈何、欲哭无泪。

凶手为何如此疯狂？死者是否瞑目甘心？一共会有多少具尸体？没有结果，戛然而止，只是尽量细密地再现了过程。导演变成一个大夫，他不言不语沉着老练，把重症而亡的病人解剖，所有病灶呈现在大家眼前。这里，那里，什么也不需说，被解剖的身体说明一切。他不作声，不分析，只把一堆线团丢给你。人情冷漠、枪支泛滥、同性相恋、纳粹主义抬头、网络暴力游戏，诸多线头纠缠在一起，负责任的人不敢轻易说出答案。我想起高中物理的力学知识，这该叫作合力。作用在物体上的各种力，不同大小，不同方向，结合在一起导致物体的运动。年轻人杀害年轻人是合力的结果。分解那些力，不是一朝一夕的事情。两双毫不犹豫扣动扳机的手还那么稚嫩，可以继续生长。以自己的命为代价取别人的命，却不为自己和别人感到委屈。他们把死强加给别人的时候清楚什么是死吗？兽性无畏地制造灾难，以为自己可以摆平一切，一往无前吗？我看到残忍的事实，我不知道理由。

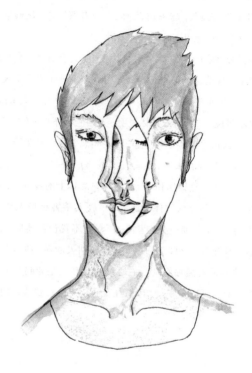

Chapter
第 **7** 章

吹过海的风和
跨过山的云才是最美

一边是太平洋，一边是海岸山脉

陈子芃   // 我们心里似乎都藏了一把尺，丈量目之之处

时间的味道

单超   // 任何人的消逝都于时间有损，会在时间里留下一道窄小的罅隙

南京记忆

陆俊文   // 它既是古朴的，又带有那么点桀骜不驯

劳劳送客亭

王萌萌   // 这个城市所消失的一切，已能够让我荣耀终生

163

一 边 是 太 平 洋 ， 一 边 是 海 岸 山 脉

文／陈子芃

　　陈子芃，女，1991年生，湖南岳阳市人。2009年入读中央美术学院油画系，2011年作为

交换生在巴黎美术学院学习，现为中央美术学院研究生，多次获中央美术学院一、二等奖学金。

在《大家》《芳草》《湖南文学》等刊物发表过文学作品和艺术论文。油画作品参加过香港大

学交流展、"再会伊维尔"油画展等多种展览。有作品被中央美术学院、台湾龙潭文学馆等机

构收藏。

一

高空俯瞰下的台湾岛就像漂浮在太平洋上的一块巨型琥珀石。飞机接近地面，乌云正安静地抖落灰色帘幕似的雨，地面大片青绿水田倒映着天空，潮湿干净的空气透过机窗几乎就可嗅到，周老师便调侃我们是从雾霾之都专程洗肺来了。

我们是来参加台湾元智大学举办的一个艺术交流活动，四个学生，周老师带队。受邀参加这次活动的还有香港大学建筑学院教授 Thomas 和几名港大学生，以及美国伯克利音乐学院的教授 Ken。

正是台湾的梅雨季。从机场往桃园县龙潭乡工作营，一路上鲜见摩登大厦，有些年头的灰色小楼房挨挨挤挤，配上干净忧郁的天色，像是被潮化的旧照片，又像我习惯调和的淡墨水彩。这种景象让我突然想起白先勇《孽子》里的一段——台风快要登陆，阿青还涤荡在风雨里苦苦寻找他的小弟。我的目光游移在繁体字招牌林立的街巷，阿青和他的同路人还在这里谋营生吗？湿漉漉的，活生生的，一切都似曾相识。

约莫一小时，我们抵达预定旅馆。元智大学的游老师接待我们。她穿着树绿色卫衣，头剃成青皮，额前却保留浓密的一撮，手里抱一叠文件，给我们安排房间及行程等事宜。

到傍晚还下不消停的雨浇灭不了我们的玩兴，抱着不浪费一分一秒的心态，我们又坐上了去台北的捷运巴士。

台北不宽的街巷纵横交错，闹哄哄的人潮，空气中弥漫着小吃诱人的香气。我们跟着最热闹的人流满街转悠，喝奶茶吃牛肉面，不亦乐乎。雨给夜市增添了一味更热闹的元素，让那群在电影院或是酒吧门口的年轻人更肆意地呼唤彼此，伞下的人们依偎得更紧，街边避雨的年轻人脸上兴奋的红晕掺杂着霓虹的桃色。我们撑着雨伞几次迷失在琳琅繁华的西门町，直到返回龙潭，夜色仍旧无法占领这座城市。

雨水蔓延到次日清晨。我睡得安然深沉，等睁眼看到不熟悉的窗帘才恍然想起自己是在台湾。

这天的安排是去一个叫武德殿的地方听讲义，听说武德殿是一座古时用于练剑和柔道的庙堂。我们到达时，它乌棕色的歇山式屋顶下已经熙熙攘攘，雨伞都排靠着青灰色的水洗石墙面，大家领取了讲义资料后就相互攀谈起来。来听讲义的不仅有参加这次活动的师生，还有一些冒雨赶来的文学爱好者和几位拿着手杖的老人。

给我们发讲义的是一位年逾古稀的老伯，他是桃园县出的大作家钟肇政先生的秘书，讲义的内容是关于钟肇政先生和他的著作《鲁冰花》。我依稀记得在很小的时候看过这部著作改编的电影，虽然看不懂剧情，却记得当那个爱画画的小男孩儿病死时，我心生委屈怜悯而号啕大哭。老伯追忆往事，娓娓道来，大家的思绪似乎也沿着屋檐嘀嗒的雨水沉浸到书中描述的那个年代里去了。

老伯又领我们参观了龙潭的几处庙宇和《鲁冰花》里描写过的景观。他的妻子，一个瘦削的老婆婆一直给他撑着伞，好几次老伯做介绍时太激动，举起的手臂不自觉伸出雨伞外被雨水淋湿了，她便把伞往老伯那边多移过去一些。老伯侧过头小声说："你自己打不要管我。"可不一会儿，老婆婆又掏出手帕帮他擦拭额头和手臂上的雨水。

来台湾与去别的地方心情是不同的，我们心里似乎都藏了一把尺，丈量目及之处。毕竟，台湾和大陆同根同种，如今又非常不同。走在干净朴素的小城，在纷纷扬扬的梅雨里听街道的广播不时传来提醒："由于受大陆冷气团的影响，请市民做好防寒准备"，感觉"故乡"就应该是这样子的。

傍晚，天空放晴。游老师请我们中央美术学院（以下简称央美）来的师生吃晚餐，七弯八拐钻进深藏在巷子里一家门脸朴素的海鲜餐馆，点了一桌"当地特色"：蓝骨头的鹦鹉鱼、汤汁黝黑的凤梨乌骨鸡、煎锅里蹦跳的大虾，味道浓郁还保持着食材本身的自然鲜味。我们边吃边聊着两岸的美食和文化差异，等我们把所有餐盘吃个精光，愉快的话题还没聊完。

我们又转战居酒屋，在这个日式风格的迷你小店点了一些烧烤和啤酒继续聊。

中途加入了刚下飞机的老师 Ken。之前听周老师介绍过，Ken 是美国日裔，哈佛博士，美国科学院"罗马奖"和"柏林奖"得主。周老师说在纽约见识过他的现场表演，他在一个很大的空间里用身体当乐器发出各种巨大的声音震慑全场。（回北京后，我在中国美术馆现场看了 Ken 那场名为《耶利哥城之口》的表演，真正领略到他超乎想象的气场能量，传统的听觉经验瞬间被震破。）

Ken 人未进屋先传来爽朗笑声，他风风火火地进来时围着团灰色围巾，宽大的额头上银丝烁烁，机敏的眼神里藏着一丝诡谲，永远上扬的嘴角能看出些日本裔和蔼的气质。后来 Thomas 老师也加入进来。老师们都没有架子，比学生还活泼。一行人离开居酒屋后又去打保龄球，闹到半夜。工作营活动还没正式开始，大家已经成了朋友。

活动举办方似乎并不急于让我们动手做项目，而是让我们先熟悉龙潭。接下来的这个阴天，我们去参观"怪怪屋"，大家纷纷猜测：

"应该有很多流浪汉住在里面吧？"

"说不定还发生过灵异事件！"

隔着几个街区，只见一个怪异的建筑从低矮的民房上空高傲地伸出，有点像巴塞罗那的高迪建筑巴特略公寓。离近一看——

嗬！电影《变形金刚》里的大黄蜂变身？这庞然大物一身明黄色装甲酷炫地矗立在十字街口，结构复杂嶙峋，凿出的一些形状不规则的窗口，黑洞洞的，围腰还有尖角波浪形的饰带。待我们过了马路走到它脚下，发现一棵奇葩的大树从一楼楼梯门长进去，又从二楼窗口伸出来！

一个穿红色运动服的老人蹒跚而来迎接我们，他是怪怪屋的主人。

他给我们讲述这栋建筑的历史，如何从他儿时的一个梦想一步步建造起来。这座花费他毕生心血的城堡目前仍未竣工，他为此组建了一个小团队，都是他的老友。他们分工合作，有人负责重心问题，有人负责设计，还有人负责材料运输。房屋依据形状挖地基，还坚持保护周边原有植物的原则，所以那棵奇葩的树才能保存下来。一个外国朋友感叹："What a strong man（他太厉害了）！"让我惊叹的不是树，而是老人的坚持，这座建筑何尝不是他精神的外化？人一辈子就应该为自己的梦想坚持不懈呀。

老人引我们进屋，一个老婆婆笑眯眯地招呼我们吃桌上的茶和她自家种的橄榄果。老人介绍这是他妻子，城堡的王后，这座房子就是为她建造。

这一切听起来像不像一个童话？在这个日渐物质化、世俗化的社会，竟然有人在童话里生活，而且生活得温馨幸福，这多么让人羡慕和向往！我们能不为他们鼓掌祝福么！

一边吃着酸甜的橄榄果，一边参观他们的城堡：偌大的屋内并不见什么流浪汉，而是堆满了他们收藏的字画、木雕、瓷器等。虽不是什么十分名贵的艺术品，但对于一个非专业收藏家来说已经是不可思议的数量。

从屋中间的绕柱楼梯扶梯而上，每一层都是不一样的格局和别出心裁的装饰。爬上最顶层的露天走廊，站在这里远眺：田地与树林交织成绿色的地毯延绵向远方，而远处那黛青色的乳姑山正温柔地抚摸着天际那片欲落不落的雨云。

二

钟肇政先生的书社是一幢日治时代修建的棕黑色全木制日式建筑，竟然给我们做活动站和工作室！

元智大学的阮主任宣布这次项目的主题是：Support。

全英文讲课，借助投影仪。Support简单翻译为"支持"，几位老师轮番围绕Support这个词发散出各种词义，加上专门准备的PPT，我们对这个词横纵有了多层理解。课后兵分三组，根据学生不许跟同校老师的原则进行混搭：三位老师，学生自己挑选一位老师。每组做出一个项目，跟Support有关，跟龙潭有关，跟我们自己有关。

我开始在Thomas队，由于香港大学的同学晚到，队伍重新编排，我又加入了Ken队。Ken诗朗诵般的语调把我们带进了声音艺术的世界。他打开电脑，让我们听了几段他自己录制的音频，像大风呼呼吹着木船桅杆上的旗幡，像屋檐上的积雪大块落下掷地有力，像两个人在嘈杂的市场用带着憨厚鼻腔音的异族语言争执，但都不可明确分辨，同时又能引发很多想象。这些音频颠覆了我们对某种声音对应特定事物的既定认识，还诱导我们对空间的具体联想。

我们开了一个Tumblr（轻博客）准备用来放我们收集的龙潭照片。我们需要走访龙潭。

我想看半夜的龙潭，约了元智大学的伊珊和港大的美国同学John一起，夜静时出门拍照。我在大一夜游北京城时发现，夜能赋予一切事物以某种魔力。

天空细雨霏霏，地面晶莹淋漓，潮寒之气四下浮动，我们像走进了一座灵幻空城，脚步也收敛得小心翼翼。躲在下水道里的动物，飘在树上的祈祷符，斗篷上接漏水的瓶罐，挣开墙缝的植物……万物皆有灵，一些声响会在寂静无人的空巷被放大，那些白天不被关注的物什和细节，在人类睡去的夜晚复苏了它们的生命，在角落里忽明忽暗地吸引着我的目光。

沿着街边的树往下走，马路对面出现一家灯火通明的茶社，辉煌的灯火染得临近街道的地面金黄迷离，茶社里人头攒动高谈阔论。还没来得及细看，木质雕花玄关已缓慢关闭，茶社瞬间像海市蜃楼般消失了，街道又恢复一片漆黑。

凌晨一点多回到旅馆，Thomas 老师带着他的队员还在大厅讨论得火热，看门老伯说要在大厅休息了，他们于是决定去 24 小时营业的便利店喝咖啡继续讨论。

第二天一早，我们队被 Ken 神秘地叫到他房间。他守在门口，让我们两三人一组进入，然后他把门从外关上等候。我想起在 798 尤伦斯艺术中心看的神秘兮兮的提诺·赛格尔（Tino Segal）"黑白房子"的展览：蹑步走进伸手不见五指的黑屋子，吟唱声四面响起，忽远忽近，你在猜这是真人吟唱还是环绕音响，又察觉空气在微微浮动。你只能紧张地呆立原地，因为你连进来的门都看不见，再慢慢地，眼睛适应了黑暗，惊觉四周有无数的身体正围绕着你狂舞吟唱！再去参观白房子时，人逐一出来时那一脸迷惑又若有思悟的样子，正如现在同学们从 Ken 的房间出来时的表情，我愈发好奇 Ken 的房间到底卖了什么关子？

轮到我推开房门，早晨和煦的阳光透过窗棂投射进来，洁白的床单中间醒目地摆放着一本厚厚的黑封壳的圣经，房间看不出有人生活过的痕迹，气氛显得有些圣洁肃穆。目光搜查完毕，耳朵开始第二轮搜索，窗外叽叽喳喳的鸟啼，自遥远处传来早市的喧嚣，也不像录音机放出来的呀，此外真没有特别之处了。我仍然启动各个感官紧张却无效地搜寻这个屋子，最后只能望着圣经发呆。我看看手表，却又忘记没有记住进来的时间。我在屋里找不到我要的答案，也失去了对时间长度的判断，我感觉自己在屋里待了很久，却又怀疑屋外可能没过两分钟，一种被逼近最后审判的夸张感觉突然向我袭来。

不知过了多久，Ken开了门说时间到了。

大家涌进屋子。Ken问我们感觉怎么样？发现什么没有？

我们集体茫然。

他走到床边，翻开《圣经》，里面竟然是一些花花绿绿的照片和艺术作品照片！我们想笑又觉得笑不出来。Ken问我们怎么不打开看看呢？是呀，十几个人竟无一人去翻看，是出于礼貌不动别人的东西？还是在特定的空间以及对《圣经》艰涩的固有认知而不愿去实际考察？总之，我们似乎常常以这种"错失"的状态在认识和了解事物，变得被动又盲目，而往往答案就在眼前，只要我们不依循惯性再走近一步。

我们来到大厅讨论方案。Ken对我们旁敲侧击提点了一些可能性，但这离具体落到实处做出一个东西还有很大距离。时间紧急，三天后就是展览的日子。

基于Ken对我们声音方面的启发，我们不约而同想做一个声音装置来体现龙潭。既然范围确定为声音，那么龙潭到底是什么声音呢？

七嘴八舌的讨论得出：龙元宫的钟鼓声、早市的喧闹声、街道的气象广播声……

那么，这些声音又设计成什么样的装置呢？

John说他曾经看过一个套在脑袋上的声音装置，虽然我们觉得普通了点，但就时间上实施它的可行性最大。我说如果只是声音的话还不如直接戴一个耳机，或许应该在里面加入视觉元素？于是有同学提议可以在盒子内部装上影像装置，也可以做一个可视孔，这样在不同的地方盒子能产生接地气的画面，而且比影像装置方便好做一些。

接下来，我们决定出门考察到底要把盒子放在哪里，以及具体选取什么声源。

我们先来到气势恢弘的龙元宫。大家仔细观察每一处，从神像到天顶，从香炉到雕花木门，我甚至注意到了门神的饰带上还有一串繁体字写的电话号码。

伊珊说看到庙内桌上的镜子可以反射到天花板，而且站在每一处反射的东西都不一样。

还有同学说透过庙外的香烟袅袅看庙堂内的神像很有感觉。

我去买了杯奶茶，只隔一条小街，龙云宫里气氛庄严神圣，奶茶店这边就成了凡俗的闹市。我突然有所悟，庙堂里烧香礼佛的信众和尚不是为了尘世间的平安与福祉，尘世间奔忙的众生心中，和尚也不是时时高悬，观照世间万物的神明。正是因为如此，世人才有道德自律，人间才得以良善有序。我向小组提出假如看着庙堂的景象，听到的却是闹市的声音会比较有意思，或者身处闹市听到的却是庙堂鸿大的钟声，这样一种图声的差异和错乱会激发人的某些想象和判断。我的提议得到大家的肯定，于是决定选取与实景截然不同的声音作为声源。

又参观了几处景点后，我们聚在龙潭河岸边的亭子里细化了盒子的具体尺寸、制作步骤和材料，John 快速地在电脑里建出了一个三维模型。我们兵分三组：采购材料一组，录制声源一组，和庙里的工作人员对放置地点谈判一组。

我和负责采购材料的三个同学跑遍各大五金建材市场找木材、玻璃和衔接类金属材料，然后运输回书社总部。大家画图纸，做模型，裁剪玻璃和木材，干得热火朝天。

我看到 John 电脑里的模型，突然发现人脸在无光的盒子里是不能反射到脑后的镜子里去的，于是又立马完善模型，在盒子顶部开凿出一条通光口，纸模也跟着改动。就是这样，制作途中不时会冒出一些小麻烦，需要反复调整修改。

三

我在切割模型所需纸板时，一个想法不断地蹿上脑海：钟肇政先生的著作《鲁冰花》里描述的场景，实地风景到底是什么样子？书中描述的场景如今变成什么样子了呢？这是一个有趣的参照与比较，我想实地走访一遍，用图画和文字两种方式记录下来。

我按我绘画和写作的速度计算出这可能用不了太多时间，但我需要去书里提到的场景进行勘察采风。我向游老师和书社的负责人蔡先生求助，游老师当即表示可以开车带我去。蔡先生是研究《鲁冰花》的行家，也答应第二天可以带我去实地考察，并且把他的书《鲁冰花》借给我查阅。这样，我只需要花一个晚上的时间看书定出我想去的地方。

我不想耽误集体工作，在书社里和大家忙到晚上十点再回旅馆准备自己第二天的行程。

第二天清早，在旅馆吃了早餐就出发了。

风景糅合在梅雨纷飞里像是从国画里搬出，上了年纪的木桥虔诚地隐居在阔叶落叶林里，原生林里参差着看似洪荒时代的巨大古木，芭蕉下亮紫色的不知名的花氤氲成一条晨星带，每朵花都释放着不可忽视的光芒。与花丛相伴的溪流倒映着鸢尾，是否在思量送来茶园里落下的鲁冰花？

从三叉水到泉水空，我们循着奇怪的"咚咚"声，来到一棵两人才能合抱住的大榕树前。榕树底下有一潭清澈的泉水，原来是七八个老人正围在水潭边洗衣服，那"咚咚"的怪声是他们用棒槌捶打衣服发出的声音。

我们走下青石板台阶，潭边用石头垒起，大树的根须暴出地面又和树干上垂下的枝条纠缠，潭水水面漂浮着细腻的肥皂泡。咦？水里竟潜游着无数红鲤！我忙问一位老奶奶怎么鱼不会被洗衣粉毒死么？老奶奶说她们用的是皂角，无害的。我问为什么不在家用洗衣机洗？老奶奶说这里的水洗衣服，再捶一捶能洗得更干净。

真好！

这个场景十几年前我在老家乡下见过：村前清澈的小河、洗衣服的妇人、嬉水的孩子。但不知道从哪天开始，这个场景在老家已不复再见，河床里到处挂着塑料袋破布，曾经漂亮的鹅卵石上腻着各种脏，河流被污染了。

采风回来，我在旅馆开始动手做自己的东西。手边材料匮乏，除了同行的伙伴朱利页从北京带来的毛笔和宣纸，连胶水也买不到。于是找小镇寿司店要了一些米饭当胶水用，原始的胶水都是米饭熬的，这也是对我居住在此时此地蛛丝马迹的追踪吧。我选取了相机里几组有代表性的景，用极细的签字笔在宣纸左边中央画下来，非常细致密集式用笔。画的右边我参照《鲁冰花》描写场景的词句，写上我实地游览后酝酿出的一组短句。

这是非常个人化的作品，是通过现场与小说共同刺激而产生的意境。我想让观者对书中描述的场景与现实场景之间有一个对照，也能感受到从钟先生著书的年代到今天的时光变迁。我怀揣着对钟先生的敬意和自己的好奇，追寻的不仅仅是书中主人公的行走痕迹，也是我的行动记录。作品连接着书里和书外，此时与彼时，就叫《桥》吧。

后来蔡先生看中了这五件作品，希望能把它们永久存放在钟先生的书社，供前来追寻钟先生的人们欣赏。我想这正是这些作品最应该展览的地方。

四

第二天就要展览了，所有人都全力以赴。我同屋的朱利页在 Thomas 队，做到凌晨四点又回来，睡到八点又去工作营了。

我通宵未睡，一直熬到上午九点，十点钟就要开展了，拖着透支的身体终于把完成的五件作品放在了书社木桌上。看到窗外来了一群不熟悉的人，还有扛摄像机的记者，我知道展览马上要开始了。

一大队人从周老师他们队开始参观，展览地点在工作营隔壁的临街小屋。他们用纸浆翻模出早市的贩菜车和一把遮阳伞，以及坐在一把藤椅上的纸模。周老师说："这是从钟肇政先生文学作品里选出的物象代表，用纸模可产生的触感来模拟和对应文学作品中对物品的文字描述，把一个有时间感的现象变成无止境存在的物象。"墙上的投影同时播放着他们的工作流程。有意思的是，当时坐在藤椅上被翻模的同学因为要等身上的纸浆干透，所以在纸模里不能动，待了二十多个小时，连饭菜都是别人喂的，也算是为艺术牺牲了一把。

Thomas 他们队的展览现场是一所原本就在动工修缮的日式老房子，满地是雨水混着的泥土，这正好符合他们想要的"现场感"。

我们用游览的方式参观屋子内外的作品。刚进院子，只见泥地上挖了一个水坑，旁边栽种了小苗搭建了一个风景圈；走进房间，墙上挂着一个老式假花环。Thomas 告诉我们要通过屋子里的一些反射镜面找到隐藏的五个激光点；而耳边伴随的是朱利页的作品，在屋子里放置的隐蔽音响播放装修时的噪音来制造仍在改造现场的假象。

最后一件在后院，是央美张森同学的作品。用木条为后院外墙打造了一个大型辅助架，需要大家合力把它推起来。我们十几个人在细雨里喊着一二三，一起把比房子还高的辅助架推了起来，量身打造的木架结构刚好稳住了摇摇欲倒的外墙，大家都欢呼起来，感觉共同完成了一件了不起的事。微胖的 Thomas 老师还调皮地爬上木架好像要证明这件作品真的很结实。而它本身的立意也很有力度，以群体的力量来"支撑"这个老屋，期待有年轻的活力来支持龙潭老镇的发展。在"支持"双向力的另一面，大家在完成"推起辅助架动作"的同时，也满足了支撑者们一种互相支持的幸福感，打造了"老"与"新"的共同体观念。

这些作品都非常有现场感和实验性，也真实地体现了我们每个人各自对 Support 的理解。我想起之前有位老先生跟我说现在大陆的艺术缺少一种少年精神。何谓少年精神？应该是指少年人特有的一种精神状态吧，富有朝气，勇于开创，如清晨之熙光，通透明亮，如春天之万物，生机无穷。当这种少年精神成为一个民族的主体精神面貌，必然会呈现一派盛世景象吧，譬如人们习惯把"盛唐气象"和"少年精神"连在一起，没有少年精神，何来盛唐气象？正如林庚先生所言："先秦和唐代都是富有少年精神的时代，也是中国历史上最光辉、最令人向往的时代，它带给人以空间的无限性与解放的精神。"正是这种少年精神，不仅开启了政治开明经济繁荣的盛唐时代，同时也创造了唐朝灿烂的艺术文化。当下中国的艺术受制于巨大的市场引力，可针砭之处不一而足，但是年轻的我们并不跟风，我们一方面敏锐地感知着这个时代，一方面又在全世界艺术交汇的汪洋大海里寻找着突破和创造。中国在急速发展和建设中隐藏了最初的大胆和纯粹，一旦有时机，年轻的我们便会立马剥离掉身上过度承受的厚茧，露出我们本真的力量。

我们这组的装置在龙元宫门口和早市两处展示。它是由一根滑杆连接上下两个木箱，人坐在下面的木箱，把上面的木箱罩在头上。上方木箱的正面是一面可以从外面看到里面，里面看不到外面的镜子，这样参与者可不受外界干扰进行感受，而观看者也可以看到参与者的状态。背面是玻璃，人坐在里面就可以通过木箱正面的镜子反射自己与背景环境融为一体的画面。同时内置音响循环播放，音响的声源与所处场域不同，在龙元宫展示时采用早市的喧闹声，在市场展示时播放的是龙元宫的钟鼓声。声道经过处理，通过改变声音播放路径，如在播放管道中内置海绵或缩小空间等手段，让声音似是而非。

我们对"Support"的理解是互相协同，看似一些截然不同的状态，实则是互相支持的和谐关系。现在想来，"Support"这个词很有意思，它诠释的其实是事物之间的关系，这种相互"支持"的彼此间的关系，衍生下去便有无限可能性。

来龙潭不过短短几天，时刻都能感知到当地人生活态度的淳朴以及对宗教信仰的虔诚，于是有了对龙元宫及其钟鼓声为代表的精神领域与对早市及其喧闹声为代表的现实世界之间关系的探讨。我们怀着诚意做作品，也展现了我们初次造访龙潭，对龙潭的认识。

参观结束，大家回到书社，准备总结这次活动的座谈会，忙了这么久，总算在规定时间内呈现出一个还不错的样貌，都松了一口气。我因为熬夜快累垮了，赶紧抓住间隙回旅馆昏天黑地睡觉去。

五

活动结束，我们改签了机票，推迟回北京。

游老师驱车带我们一路向南。

左边是太平洋，右边是海岸山脉。无论是天蓝还是海蓝都可以蓝得那么浓郁而纯净，无论是白云还是白浪都可以白出一种剔透的光泽。森林茂密，繁花铺地，阳光和海风柔和地轻抚着肌肤，湿润的空气沁入心脾。沿街的水果摊上缤纷的水果令人垂涎。一切都是那么健康有活力的样子。

靠海的大里火车站保持着质朴的古老韵味，没有过度修缮，直接把最初留下的木制轨道做成条凳供人休憩。建筑者自然亲切的人文情怀让我感动不已。

至花莲玉里已近傍晚，游老师带我们去拜访她一个好朋友。她那朋友之前在意大利呆了9年，现在和她的尼泊尔男友在此地开了一家民宿。这是一个日治时代建造的社区，日式木房子有快一百年的历史了仍可供人居住。门前沧桑的老木梁上挑着一盏黄旧的纸灯，灯下几张藤椅围着一张桌子。桌子是锅罩搭的，铝质的桌面在暖色的灯光下有一种复古的质感。主人端上用她自己收割的稷和藜的籽做的松饼和她自己研磨的咖啡招待我们。

房间布置很有情调，尼泊尔藏式花纹的帘幕隔出几个空间，客厅和卧室都是日式的榻榻米，墙上细麻绳上的木夹子夹着一排排意大利式的风景片。开放式的厨房堆放着自种的蔬菜和水果。主人对废物利用亦是匠心独运，把旧冰箱的门固定在墙上，便成了很有设计感的壁挂式置物架。

女主人带我们参观了一间墙上挂满各式各样金属工具的小屋子，她男朋友是个建筑师，她自豪地说屋子里的家具都是她男朋友做的。听游老师介绍女主人家在台北挺富裕，但她爱过这样的生活就搬来这里，也不依靠家里支助，吃的自己种，开民宿补贴一点日常花销。

几个邻居来串门，我们围坐着攀谈起来。其中一个女子说起她上午组织的一个以物易物拒绝钱币交易的活动，她用大白菜换了一圈后，换成了泡菜，她发现即使不用货币，也会有东西充当货币的功能，比如每家每餐所需的油和米的主动权就比较大。

女主人的尼泊尔男朋友披着天边两三颗星星回来了。他是个瘦长黝黑的藏族男人，穿着棉麻面料的宽大衣裤，跶着高高的木屐。见我们的目光落在他沾满泥土的木屐上，他憨厚地笑着说："我上山找木材去了，穿这样的鞋子下山防滑。"

第二天，我们开车到了台东新兰渔港的海滩边。

漫步在沙滩上，感觉脚下有一些细微的动静：哇！是一只只忙忙碌碌的寄居蟹，再看，整个海滩都有！我伸手去抓，游老师忙说："小心，不要把它们捏死了，玩一下就放掉吧。"

海滩上有一些漂亮的小石头和珊瑚贝壳，我开始拣了起来，又被要求拣三个就好。我觉得游老师很小气，便说反正潮水会再冲上来新贝壳的。游老师解释说她小时候来这里时贝壳特别多，随着游客量增加，这里的贝壳每年都在减少。再说贝壳本来就属于这片海滩，为什么一定要带走呢？

我感觉自己的脸应该有些微微发红了吧？对自然的热爱首先应该是对自然的尊重，不随便把自然之物据为己有，即便只是几颗小贝壳，即便与自己没有直接利益关系，也需锱铢必较。正是有这种尊重自然的人在，宝岛才能得以一直美丽下去。

晚上我们住在海边大花园一样的一家私人民宿里，店家是一位带着一只猫一条狗生活的大伯。海边这一片山坡都是他的私人财产，他在山坡上建了五个大大小小的别墅，每栋都有面朝大海的落地窗，精心打理过的草坪上散落着秋千和藤椅。客人不多，只是靠熟人偶尔带朋友来住一下。

我们坐在大木桩上吃着炸鸡就着啤酒看海聊天。大狗嘴里衔着猫咪颠颠地跑来，待温柔地把猫放下，猫纵身一跃上了木桩，插空坐在我们中间，微眯着眼遥看远方。大狗乖乖地匍匐在我们脚边，似乎在聆听我们谈话。别墅前盛开的各色花树在夜里投来幽香，海浪有节奏地拍打着礁石，海风撩开我勾在耳后的头发，长发在夜风中翻飞，我感到一种御风而翔的畅意与自由！

生活在此，还能不竭力保护它不受任何形式的破坏么？

隔着几簇低矮的花树，便是无限深邃的太平洋，我们就在这座被它环抱住的岛屿之上，我在想是什么守护住了台湾这颗华夏文明的健康种子？我第一次来台湾，前后只有十天，就爱上了这座岛屿，这里洁净有序，没有因为它的富裕变成浅薄的土豪，也没有因为工业文明忘记泥土的芬芳。

可惜今晚无月。记得最初读到"海上明月共潮生"这句诗，就有许多期许，这里正是再现诗中意境的绝好所在，想象着深黝无垠的海面上生出一轮朗朗明月，光披寰宇，那该是何等奇妙瑰丽！

我定会再来，哪怕只为来看"海上生明月"。

时间的味道

文／单超

单超,笔名歌蒙,1991年生于邯郸,毕业于西安外国语大学,好做英雄梦,在亦真亦幻的现实里踽踽而行。曾获第十五届全国新概念作文大赛二等奖。最钟情的作家:张爱玲和杜鲁门·卡波特。最爱的小说:《蒂凡尼的早餐》《尘埃落定》《漫长的告别》。看得最多的电影:《八月照相馆》《奔腾年代》。每个人头脑里的故事和幻想写下来都是难得一见的优秀小说,所以写作只要追寻心迹,随性所致就好。

古代人说青史成灰，如果时间真的可以熬成灰，那么一定是一股烟尘味；现在的人把时间比作长河，那么它就应该带着淡淡的水腥气；总说时间可以疗伤，治心里的伤，所以时间可能又会带着一点草药的味道。

心血来潮的时候一件一件收拾屋里的旧东西，把不穿的衣服从行李箱底刨出来，立刻闻到去年浓郁的樟脑味，好像突然放出了阿拉丁神灯里的巨神。小的时候跟在妈妈后面，看她开那个放衣服的朱漆木箱子，闻到的就是这种味道。用香飘四溢这个词也许不太贴切，不过好比麦子浸在水里可以酿成酒这种狂药，衣服泡在时间里发酵，也会生出来这种独特的气味。也许哪一天香奈儿注意到了我的理论，会蒸馏出一款新的香水，可以让人在有意无意间逆流一会儿时光，跑到妈妈背后看她打开箱子折衣服。

以前守在妈妈旁边，看她头发一根一根地白起来还不觉得突兀。现在她成年累月地攒成一把，回家时平地惊雷地亮给我看，像被当头砍了一刀。无心之间我偷走了她太多的岁月。

大概妈妈也觉得头发白得太多，见不了人，开始在众多牌子的染发剂里左挑右选。她对美发品牌没有概念，只是因为价钱的标签才举棋不定。导购员苦劝了很长时间说服她买了一种致癌物含量没那么猖狂的染剂。

"染太黑了会不会显得太洋气？"妈妈忽然回头问。

"不会，现在在哪儿还有人说你洋气。"爸爸端着梳子往妈妈头发上涂染发膏，发现阳光太刺眼了，就把椅子朝背阴地方挪一挪。

下午的太阳照过来，被姐卧室的墙遮去一半，另一半浇在地上，滚烫似的跳着灰尘。

那两个人看电视剧看得都很痴迷，即使是情节松弛的地方也不妨碍他们严肃地交流一下心得，预测主人公悲惨命运的走向。妈妈经不得任何苦情的刺激，准会哭红眼。爸爸很得意于自己的超然物外，不断安慰妈妈，那都是假的，当不得真。妈妈吸溜一下鼻子，蓦地发现爸爸把染发膏涂到了脖子，于是嗔怪他几句，又专心看电视了。

我难得在家的时候，除了陪那两个人看连续剧，最钟情的是拾掇家里年代久远的东西。比如衣柜里压在层层叠叠棉被下面的杂物盒，那样的东西总跟时间有着瓜葛。以前家家户户的主妇都有一个这样的储物盒，谈不上多么贵重又不能遗失的东西，大都能在这里找到，比如摞在最上面的就是一张四开对折的结婚证。

三十年前的结婚证，像一张三好学生的奖状。没有民国时的那般浪漫婚辞，诸如"愿使岁月静好，现世安稳"，这些是文人才有闲情去填的。只有草草一句"兹证明某与某于某年月日结为合法夫妻"，字上盖着一枚红章。经过这些年，红章上的朱油早就干枯了，像一块红斑，是爱情的胎记，闻着亦有泛黄的纸香。

一纸百年的长约。

现代的结婚证越来越小，最终落成一本指导手册。既然是手册，就会有繁文缛节，所以如今的人总是跃跃欲试地要打破规矩。而且两本册子各表一边，分开也的确很容易，不像以前连在一张纸上，舍不得从中间裁开，只好耐下心来过一辈子。

盒子底下的那些照片我则很少去看。有些是已经故去的亲人，有些是回不去的过往。黑白的老照片上，不管笑得多开怀，总觉得有一种阴沉的寒意，就像茶杯在桌上放久了留下的一圈圈擦不掉的水渍，人亡物在，说不出来的迷幻。虽然是同一个杯子，印下来的却不是同心圆，是互相交叠在一起的。

其实色彩也是一种麻烦。有了红橙黄绿，就有了怨嗔哀喜，有了各种负情背义。几岁的时候读《舒克与贝塔》，故事的结尾一句"有人高兴就必定有人痛苦，有人痛苦就必定有人高兴。这就是人类，这就是生命"。所有的故事都是事故，虽然喜欢彩色明亮，也要忍受几种颜色搅在一起时的糜暗。

松柏摧为薪，桑田变成海。时间可以给予的唯一补偿就在这里，所有恋爱里的人说的话竟然是可以兑现的。

每次翻完那本厚相册都会有隔世的感觉。

照片真是一项伟大的发明。把人囚禁在一个画面里，朝不见日，岁不见春。偶尔想起来看看相册，忽然发现照片里的笑都变得勉勉强强，同一个姿势笑那么久，怎么也会累了。

一看肠一断，好去莫回头。再甜蜜的回忆也要放下，让它们活在自己的宇宙里。

已经去世很久的外公在照片里依旧是笑吟吟的。

照片不是照片，是另一个世界的取景器，外公只不过是在镜头朝着我笑罢了。他身边，镜头外，人来人往不息，车水马龙无断，几乎能看得到他身上的树影子微微摇动。我合上相册，外公便悄悄走出镜头，在他的世界里开始平淡生活了。

每个人都是时间的一部分，任何人的消逝都于时间有损，会在时间里留下一道窄小的罅隙，而后又会作为时间的一部分，和时间永存下去。所以真实的时间其实千疮百孔，却又了无痕迹。我们生活的每一个细节，譬如拿遥控器换台的时候，在花洒下淋浴的时候，拿起电话拨号码的时候，往往在无意中会重温了他人的前生与今世，一刹那觉得此情此景是如此的似曾相识，又不知道究竟是在哪个时刻经历过。

脖子上的钻石项链，说不准会在哪个切面反射一道光到眼睛里。

妈妈开始招呼全家人吃饭了。穿过院子的时候，晚风轻柔地吹过来，忽然让我想起大学时候的夏季傍晚，饭后沿着栾树大道向外走，闻到的就是这一种味道。

妈妈新染过的头发带着亚光的黑色，是包在时间外的一层糖衣。

不如怜取眼前人，无论怎样，她都一如往常地美。

南 京 记 忆

文 ／ 陆 俊 文

　　陆俊文,男,1992年生于南方边陲小镇,现居厦门,毕业于厦门大学中文系,曾获第十三、

第十四、第十五届全国新概念作文大赛一等奖,上海最世文化发展有限公司签约作者,在《萌芽》

《最小说》等刊物发表文章,已出版小说集《我在,孟特芳丹酒吧》。

　　两年前的七月末我去北京做采访，绕道南京，在狮子桥小住了几日。

　　那是我第一次到南京来，三伏天，气温逼近四十摄氏度，闷得无风，站在树荫下不动也大汗淋漓。接待我的朋友 W 直呼，真不会挑时候。

　　对于我的突然来袭她甚感意外。因为一周前我们刚在上海分别，走在巨鹿路那条种满法国梧桐的马路上，吹着凉风感慨此去经年何时见，没料到那么快就又相逢了。

　　W 是个女文青，刚满二十岁，父亲在地质局工作，常年在外。她自己也辗转多个城市生活，从小念过的学校不计其数，常常连同桌的名字都没记住，就被父亲领着迁往另一座城市。她高中读到一半就肄业在家了，后来父亲调去西藏做勘测，她便考去了西藏大学读民族文学。

　　我们两个约在 1912 酒吧街一带见面。可到那儿的时候才中午，天色尚早，酒吧还未营业，肚腹空空，便就近推开了肯德基的门。点餐后上了二楼靠窗的位置，冷气很足，看外头水泥地上呼呼冒着热气，不免心存侥幸。

　　这是老城区，建筑普遍陈旧，但道路干净，树也种得密集。从旅馆乘公车过来时就一路眺望外面风景。房屋矮而拥挤，一路许多骑自行车的中年人，穿着白汗衫穿过大街小巷。阳光并不很强烈，甚至在巨大的树荫下都显得阴沉，然而即使这样也仍旧炎热难耐。

　　我印象中的南京，除了民国气象，就是娄烨导演的电影《春风沉醉的晚上》了——蒙一层灰似的死气沉沉。从前没来，就听人说南京阴气重，缘由是风水不好。虽是历史上的六朝古都，然皆是短命王朝，加之令国人哀恸的日军大屠杀，整个城市就仿佛弥散一股陈旧气味。像是一辆无精打采的黄包车发出咿咿呀呀螺丝钉松动的声音，一路上这种符咒似的幻听竟不绝于耳。

然而南京既古老，却也是个充满"断裂"意味的城市。

早些年就有读韩东的诗歌——虽然我开始知道他时，他已经写起了小说而很少写诗。但几年前在《十月》上读过他的组诗《半坡即景》，其中一首"这些年，我过得不错／只是爱，不再恋爱／只是睡，不再和女人睡／只是写，不再诗歌／我经常骂人，但不翻脸／经常在南京，偶尔也去外地走走／我仍然活着，但不想长寿……"让我心生感慨。20世纪80年代时候骆一禾在编《十月》的诗歌版块，海子就是经由他推出的，而海子卧轨自杀后不久，骆一禾也抑郁而终。海子被誉为新时代的最后一位诗人。事实上，海子活着的时候诗歌已经开始被边缘化了，经商大潮一起，文人纷纷下海，诗人就逐渐变成了历史文物或被束之高阁。

90年代末，韩东、朱文等一批诗人在南京发起了"断裂"宣言，意在反抗文坛秩序，保持自由和独立，才有了后来的"断裂丛书"。朱文也是个很有意思的人，他当年的小说《我爱美元》写得痞气十足就在文坛上饱受争议，后来又拍起电影，《海鲜》《云的南方》皆是口碑绝佳并在国际上斩获大奖的片子。同一批"断裂"作家里像鲁羊已经藏身大学校园任教去了，而诗人楚尘则活跃在出版界推动诗歌的发展。

不知道是不是南京这闷热的天气令人躁郁不安，或是身处这里的人本身骨子里就带有反叛精神，南京这座城市孕育出了很多诗人、小说家和艺术家。

王朔是在南京出生的，叶兆言也是南京人，还有执教于南京大学的毕飞宇以及长居南京的苏童。除了北京上海，全国恐怕再没有哪个城市像南京这样聚居着如此多的作家文人了。

清代时期三部重要的文学作品《桃花扇》《儒林外史》和《红楼梦》就与南京关系密切。所以我最初对南京的印象其实是建构在文学上的。小时候读《红楼梦》，问母亲文中提到的江宁织造府在哪儿，母亲告诉我江宁是南京的旧称，六朝时南京还称作建康，而我父亲名字就取做建康，因而我印象尤为深刻。

从肯德基出来的时候，我才意识到方才我所身处的这列建筑群别具特色——青灰和砖红的高墙垒起眼前这片欧式的民国老楼。W 如数家珍地和我说："这一共十七栋洋房，环绕着总统府，从民国时期就是兴盛繁华之地了。到了晚上这里就像北京的三里屯一样热闹。"

道两旁栽满树木，不透缝隙几乎将日光全遮住了。

南京的市树是雪松，然而让我颇留下印象的却反倒是道旁笔直的法国梧桐。民国时期引进的树木，尤其是中山大道的法国梧桐，繁茂枝叶下透出的是苍凉、沉郁的气质。据说法国梧桐并非属梧桐科，原产地也非法国，只是由于法国人将这种树带到当时上海的霞飞路栽种，被讹传作"法国梧桐"，这名字便保留至今了。

W 告诉我，南京之所以有那么多法国梧桐，民间流传是当初老蒋为讨宋美龄欢心而栽种下的，而历经几十年后，法国梧桐已经和那些民国的老建筑一样成为南京人眼中时代和记忆的象征了。

离酒吧街隔一条马路是总统府，既有中式皇家宫殿风格又有欧洲古典建筑特色，清末民初气味浓厚。里面最早的花园是明朝时期建的汉王府，典型的江南园林，稍晚些还有清末太平天国的宫苑。在子超楼那里看到了民国政要的办公地点，令我吃惊的是有一个保留完好的老电梯，不知道在那个封闭窄小的空间里流传出了多少历史的决定和秘密。经过庭院时看到一个自行车上驮着冷冻箱的妇人，她坐在长廊上摇着蒲扇，汗从两鬓直淌下来，有人经过时就停住站起来招呼。我走过去向她买了两瓶冰水，她说着带南京腔的普通话，声音哑哑的，却始终笑脸相迎。差不多一口气就猛喝完一整瓶，甚至打了嗝，我和 W 默契地相视一笑，碰了一下手边的柱子，烫得迅速缩了回来。

从小就生长在北回归线以南的亚热与热带交界，对于夏天持续的高温早就习以为常，但即使再热也会有凉风吹来解暑，而南京，整座城都如被钉在罩中，人像是肉串摆在烧烤架上，挣脱不开，热气腾腾的，无法驱逐。难怪人们称南京是火炉。

行走时无意发现长廊拐角有一家先锋书店，面积不大，W 说她也才知道原来总统府里有先锋书店。走进去，发觉确是个纳凉休息的好去处。

在中国大陆的独立书店里,南京的先锋书店应该算得上是最负盛名的了。曾有台北的朋友问我,似乎和台湾的诚品书店比起来,先锋书店的规模并算不得很大,然而为什么会有那么多人来南京就非得去一趟先锋书店不可?我向她推荐了一本书,《先锋书店——大地上的异乡者》,是店主和一批作家、老顾客共同撰写的回忆文章,作家里当然就包括身处南京的叶兆言和苏童,他们同时也是书店的忠实顾客。与台湾民营书店占主流不同,大陆长期以来就只有国营的新华书店。然而民营的先锋书店能从90年代圣保罗教堂附近十几平方米的空间发展到现在好几家分店,甚至三千多平方米空间店面,实属不易。

和W又辗转到了先锋书店的五台山总店,是南京市里最大的店面了。和厦门小资情调很浓的"光合作用书店"与花园洋房的"不在书店"不同,南京先锋书店的文艺气息是严肃而温情的。整体色调偏暗,四周装饰着一排世界各国文学家的照片。我到的时候书架上还摆着前几日诗歌活动的海报,简洁而充满设计感。书的堆叠很有意思,并不是完全竖放在架子上的,会照顾读者阅读习惯方便拿取,还设置有很多皮凳和长沙发,会有学生坐在那里看上一整天的书不买也没问题。书的价格按照不同类型来折扣。我挑了一套市面上很难买到的红皮精装全三册的法国诗选,一个系列的日本散文集,还有一本关于阿兰·罗伯格里耶的文论。那个下午就坐在书店的咖啡厅里和W谈论着关于先锋书店的趣事和翻阅手中的诗集。

说起来我虽然很爱读诗,但却几乎没写过诗,也从不敢尝试去写。大一的时候开了个小型的诗歌沙龙,四个人在图书馆预定的小房间里做冷清的诗歌诵读。现在回想起来倒还真是个挺温馨的画面,其他三个人一个去了电视台做新闻,一个正准备出国学艺术,一个投身电影,而我则千方百计想在写小说这个死胡同里闯出一条道来。

临走的时候书店店主送了我一套他们自制的明信片,看到"大地上的异乡者"这句标语,我唏嘘不已。

大概很多年以前,我也曾经有过一个梦想,是开一家自己设计的独立书店。自己每到一个城市都会找到那座城市最有名的书店,广州的方所、唐宁、博尔赫斯书店,杭州的晓风书屋,上海的季风,北京的单向街和三联……在这些书店哪怕只是待一小会儿都会有一种归属感。几年前自己还曾写过一个小说《少年已故》，里面的男主人公宇森大学毕业后就自己经营一家书店，或许当时所描述的书店样子，便是我心中长久以来的设想吧，然而到如今却越发觉得遥不可及了。

记得一个写诗的友人自我介绍里有一句"志向颇高，天分不足"，每次看到我都自觉羞愧难当。大概我即是属于那种好高骛远却又无自知之明的人吧。

夜晚 W 带我去看了秦淮河。

走在岸堤上仿佛有些失落感伤。平波万里，只有一条观光客轮在河里游荡，既无画舫，亦无弦歌，早已不是民国时期朱自清和俞平伯笔下的那个"桨声灯影里的秦淮河"了，岸那边零星的灯光也并不显得热闹。风薄薄的，炎热褪尽。

没有乘船夜游，沿岸走了一阵就原路折回了。

W 过完暑假又要去西藏了。她随父亲在那里生活过很长一段时间，读了很多有关宗教的书籍，在我认识的女孩子里她算是非常独立的，一个人从南京飞去成都转机，远赴西藏，漫长的时间里都是一个人在跑。那半年里她来来回回很多趟。

我问 W 为什么选择定居在南京这个城市，她告诉我因为南京的温和。它介于苏南苏北之间，似乎有种遗世独立的姿态，有时候你觉得这个城市的人会懊恼他们赶不上北上广了，可有时候他们又显得淡漠包容不争世事。就好像是那个穿汗衫骑着自行车穿行大街小巷的人，南京人生活起来有自己一种独特而说不清的节奏，似乎是很快的，但仔细看你又觉得慢悠悠。

可能作为一个匆匆过客，我没办法切身感受到 W 传达的这层意思，然而南京这座城市在我眼中，却带有一股莫名的乡愁。

这和我喜欢台北这座城市的缘由是一样的，台北矮矮的老旧建筑显得"怀旧"十足；而在我看来，南京大概是中国城市里民国气味最沉郁的一个典型了。

它既是古朴的，又带有那么点桀骜不驯，相对于上海的洋而言，它更多的是抱有传统士大夫的固执与谦和。就像是先锋书店的那句标语一样，"大地上的异乡者"。多多少少，南京仍在有些格格不入地努力保持着中国文人最后的精神故土吧。

W说，她走过全国那么多城市，尽管南京的夏天实在热得难挨，可她却甘愿处在这种炎夏之中。因为好像只有炽热得足够令人躁郁不安了，才像南京，也才是她想要的生活。

最后那天，我自己一个人拖着大行李箱赶赴火车站，要去北京，火车开动不久我就听到一声夏雷，身后的城市迅速笼在了雨雾之中。想着炎热就这么及时地被雨水浇灭了，想着我就这么离开南京了。

劳 劳 送 客 亭

文／王 萌 萌

王萌萌，生长在成都，常为此地风土民俗而感动，坚信简单自然的生活里有无限的故事。

毕业于四川大学中文系，现在是名热爱生活的人民教师。笔名冬河。

在成都读了四年书的同学，少有几个真正深入到成都人的真实生活当中。我们选择玩乐的地方，大多是时兴的各种购物区、充满年轻气息的咖啡馆或者是人头攒动的名胜区，更惬意一点儿的，是去哪个地方的茶馆泡一杯茉莉香片消磨一个下午。其实，这些都太冠冕太官方，以至于让黄昏随风散发的蒜苗香也平白端了架子，好像它的来源已被切断，只露出了饭桌上油亮亮的堂皇。

融入一个城市的机会是难得的，也是低调而细细无声的，甚至少有人会去关照它。若是有人询问我，怎样才能算是走近了这里。我只想问一句，是否有哪位真正去你旅游的城市买过一次菜呢？除开那些全国各地都有的超市，你是否在雨天撑了伞，提着塑料网兜子踩着泥去这个城市最最便宜的菜市场，和婆婆大爷一起赶一回早市，听着最新鲜和最土气的吆喝声，眼中看着今晨四五点钟才摘下来的豌豆颠儿莴笋叶子，装在菜农三轮车脏兮兮竹筐子里的青头萝卜，和随意丢在地上裹着湿润泥土的地瓜儿红苕，再试探着用当地方言讲一两句价。说的人已经打定主意要买了，听的人也假装低个一两毛，嘴里叫嚷着："妹儿勒，已经是成都市最便宜的价咯！"然后你只有说："哎呀，好嘛好嘛，称起称起，懒得再看！"一圈逛下来，你的鞋子上沾满了自行车从你旁边碾过去时溅起来的泥点子，手里捏着一把零钱。走到巷子口，又看到撒了芝麻摊了一个鸡蛋的饼子，耐不住香味的缠磨，让老板娘给你一块钱的煎蛋饼，边走边吃，直到满嘴生香余味留恋齿间，你才可以说，我来过这个地方了。

我的朋友们，你们在成都的时候，吃过这个城市最负盛名的小吃，游历过代表着它悠久历史的祠堂，看过悠悠荡漾千年的锦江水，这里的古老吸引着一批一批的学子和游人。但是，很少有人真正去关注过这个现代城市建立初期的历史，这段历史，仿佛被太多的虚荣湮没了，也被太快的城市进程耽搁了，这些踪迹在近十年内以超常的速度消逝着，这段历史，蕴涵着我祖父母、父母和我三代人的青春年华和人生过往。

几十年前，成都的第一批建设者来到这里，在城市的大街小巷种满了梧桐树。局限于锦江以内的城市早已无法容纳这么多的人，于是，在东郊的农田间，建起一批批的宿舍楼，它们用红砖砌成，内部是最时兴的苏联设计，叫作"一街坊""四街坊"。我的祖父母，以前在这里的国营大厂上班，每天早上骑自行车经过"建设路"，吃食堂，拿工资，衣服晒到天井里，把儿女送到国营的子弟学校读书，如果考到河那边的中学，就淌河去上学。我出生的时候，梧桐树早就让夏天变得无比阴凉，一路已经渐显繁荣，但二环路以外对我来说依然是农村，和爸妈到青年路逛夜市还是叫作"进城"。从窗口看出去，成都灰蒙蒙的天映衬着的红楼能让我心里无比踏实和安稳，吸进鼻腔的气息并不清冽但温柔无比。住在这里的人们，喜欢去曹家巷买菜，走过建筑公司老宿舍的楼下，看老职工们退休后端把破破烂烂的藤椅稳坐在楼道口，一抬头，就是这家晒的棉衣，那家种的小葱蒜苗儿。谁说只有泡茶馆才知道成都人什么样儿？在这里，钻进你口鼻的卤兔子香会告诉你，成都正萦绕在你走动时随意摆动的指尖。

我从来没有想到过，一种城市文化的保质期会这样短，它随着"府南河"重新改回"锦江"而开始了新一轮轰轰烈烈的变化。梧桐树一条街一条街地砍过去，曾被设成电影场景的十二中也消逝了它的林荫大道，三环路以内都已经熙熙攘攘盖了楼房，最终，春去秋来，曹家巷也迎来它的结局。这样的变更总让我措手不及，它的发展速度早就冲破了本应作为它根基的文化氛围。

停下脚步再看看，这些改造是必然的，但不知有人想过没有，这个城市的每一次拆迁和改变都牵动着一批人的真实生命。那些说出来曾经是他们骄傲资本的厂矿已搬离原址；子弟学校的篮球场也已经泯灭了白色的油漆三分线；大江大潮般翻滚而来的狂响的机器轰鸣声，也已经随着余留的几个机器零件被摆放成了东区音乐公园里孤傲又可悲的艺术品，再无半点生机。成都市里最早的建设者对这个城市的贡献渐渐地只能见诸报纸杂志和堆满尘土的档案馆，再没有了可触可感的立体华章。那些献给这个城市的青春年华，忽地全消失不见，没有人知道，它们去了哪里，骤起的沧海桑田，再一次被人当作玩偶。

几年前贾樟柯曾经拍过一部电影，叫作《二十四城记》，片尾有一句话几乎引得成都的观者落泪。

"这个城市所消失的一切，已能够让我荣耀终生。"

而荣耀背后，是无奈而又年复一年的生活，它深入成都人的血脉，"荣耀"二字，不过是偶尔在闲极时的谈资而已，那又本是文人的特权，而每一个生于斯的人们，最关心的，只是明早起来还能不能在曹家巷买到远远低于市场价的蔬菜瓜果。

而今，曹家巷的梧桐树在异常寒冷的三月里迟迟没有发芽，我也只能用一首古老的诗，向它说，向它们说再见。

天下伤心处，劳劳送客亭。

春风知别苦，不遣柳条青。

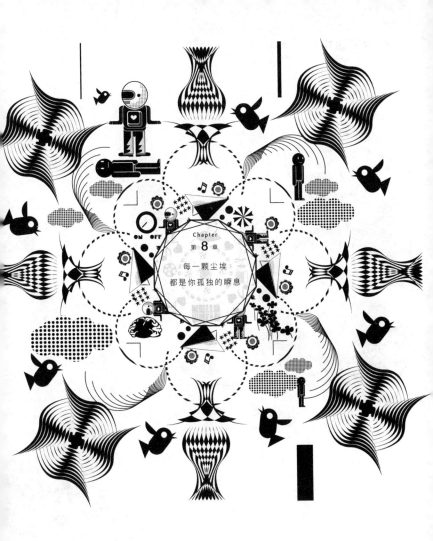

Chapter

第 8 章

每一颗尘埃
都是你孤独的瞬息

此花不与群花比

曾少令　　　// 这个宋代的奇女子，完美地向后人描绘了婉约千年无与伦比的美丽

爱与痛的边缘

曾少令　　　// 生于这世上，没有一样感情不是千疮百孔的

此 花 不 与 群 花 比

文／曾少令

曾少令，女，广东河源人，现为广东某高校大学生，90后作者，喜欢煮茶、听琴、码字、读经。

散文随笔散见《百家湖》《散文百家》《幸福悦读》《少年月刊》《河北日报》《新青年》等全国报刊。

一 临水照花，芳华绝代

宋神宗元丰七年（1084），在山东济南章丘明水，有一女婴降生于此，取名为李清照。父亲李格非进士出身，是学者兼文学家，文章曾受知于苏轼，为"苏门后四学士"之一。母亲王氏，出身名门，知书达礼，秀外慧中。诗书之家使她从小就受到文学艺术的熏陶，耳濡目染，对于那个年代的"无才便是德"这种封建传统禁锢教育，她并没有受到太大的礼教压制，反而脱颖而出、卓尔不群，渐为人中翘楚。

她少年才情过人、工诗善词、词句清新，虽不能如男子一样浪迹天涯，走遍全国，却以自己独特的情趣，划着船只，嬉戏于藕花深处，写出"争渡，争渡，惊起一滩鸥鹭"的千古咏唱；抑或正值露浓花瘦，荡秋千，薄汗轻衣透，蹴罢秋千，见有人来，手足无措，只好穿着袜子羞答答地小跑离去，顾不得头上的金钗掉落，好奇地想知道谁前来拜访，"倚门回首，却把青梅嗅"。以至于她早早便被公认为名家，《碧鸡漫志》有言："自少年便有诗名，才力华瞻，逼近前辈。在是大夫中已不可多得。"巾帼不让须眉，"男中李后主，女中李易安，极是当行本色，前此太白，故称词家三李"。高度赞扬和肯定她在中国文学史上的成就。

她是酷爱饮酒的女性文人，这在古代社会并不常见，甚至丝毫不比男士逊色。综观她现存四十多首作品中，竟有二十二首词是与酒联系在一起的，她欢喜结交酒朋诗侣，一起赏花饮酒，烹茶焚香，这便是她排愁遣闷的消遣方式之一。

少女时代独自一人畅游溪亭，"沉醉不知归路"；晓来雨疏风骤之夜，喝得酩酊大醉，"浓睡不消残酒"；与姊妹临别饯行，心绪茫然，"离别伤离方寸乱，忘了临行，酒盏深和浅；离怀别苦，多少事，欲说还休"，试问"酒意诗情谁与共？泪融残粉花钿重"；佳节而至，独守空闺，良辰美景奈何天，思念之情泛滥，只好"东篱把酒黄昏后，有暗香盈袖"；遭逢金兵入侵，国破家亡，饱尝颠沛流离之苦，"乍暖还寒时候，最难将息。三杯两盏淡酒，怎敌他晚来风急。"

她词风清新自然，清空如话，纯洁无滓，婉约明丽，亦有刚烈之气，一首《乌江》:"生当作人杰,死亦为鬼雄。至今思项羽,不肯过江东。"一股磊磊真气浩浩汤汤娓娓道来,"丈夫气"十足,沈曾植在《菌阁锁谈》评论:"易安倜傥,有丈夫气,乃闺阁中之苏轼、辛弃疾,非秦观、柳永也。"

二 赌书泼茶,离怀别苦

十八岁那年,她正值豆蔻年华,光彩照人,与当朝宰相赵挺之之子赵明诚结为连理。

婚后的生活,即使物质条件并不十分富裕,但两人你侬我侬,情投意合,精神生活充满了浓厚的趣味。他们都爱收藏金石书画,共同研究整理;一起谈诗论文,商讨声韵格律……可谓是只羡鸳鸯不羡仙,生活过得清欢、淡雅,足以艳煞旁人。

两人甚是喜欢陶渊明的《归去来兮辞》,因而把自家的主厅命名为"归来堂"。李清照更是喜爱"倚南窗以寄傲,审容膝之易安"这一句,故号称易安居士。

"余性偶强记,每饭罢,坐归来堂,烹茶,指堆积书史,言某事在某书卷第几页第几行,以中否决胜负,为饮茶先后。中即举杯大笑,至茶倾覆怀中,反不得饮而起,甘心老是乡矣。"

这种高雅的情致,不仅共同促进了彼此的学问,而且李赵感情越发地好,如胶似漆。

而后,赵明诚外出做官,她独守空闺,寂寞冷清常相伴,一处相思,两处闲愁。此时又恰逢重阳佳节,每逢佳节最思亲。只见外面薄雾弥漫,浓云低沉。屋内的兽型香炉里的瑞脑散发出清幽的氤氲,青烟袅袅。念夫之情恳切,顿时倍感凄凉,只好借酒消愁,一人徒步到庭院,一边饮酒,一边赏菊,暗香盈袖。此时此景此境,衍生出无限思念,便酣畅淋漓地题了一首千古名词《醉花阴》:"薄雾浓云愁永昼,瑞脑销金兽。佳节又重阳,玉枕纱橱,半夜凉初透。东篱把酒黄昏后,有暗香盈袖。莫道不消魂,帘卷西风,人比黄花瘦。"

话说李清照写好之后,便寄给了明诚。明诚收到这首词后,甚是喜爱,拍手称绝,一读再读,他是懂得她的,见词如见人,仿佛远方的妻子就在眼前,恨不能一起读书品茶。但好强的他并不服气，不禁想，自己也是个饱学之士，工诗善词，做丈夫的岂能落后于妻子？想到这里，他胸有成竹，踌躇满志。决定自己也作几首，与妻子一比高下。

于是，他闭门苦思，废寝忘食，用了三天三夜写了五十首《醉花阴》，然后，把李清照作的那一首混入其中，欣欣然地找到好友陆德夫，待请友人鉴别评判。

陆德夫接过明诚交给他的词稿，毕恭毕敬地一篇一篇品味，深思熟虑、把玩再三。当他看到其中一首词时，忍不住连声称赞："这篇写得实在是好极了！"明诚听到之后，心里止不住狂喜，装出很谦虚的样子说："都是小弟胡诌的，请多指教！"

陆德夫忘情地说："这首词三句尤其好：'莫道不消魂，帘卷西风，人比黄花瘦'。景中有情，情中有景，比喻新颖，特别是这个'瘦'字，更是传神之笔。淋漓尽致地把一个思念丈夫的女子的形象和心情和盘托出，实乃词中佳作。好词！好词！"听到友人这一席话，明诚的脸滚烫滚烫的，面红耳赤地说："唯有这一首词不是我写的，那是我妻子作的。"陆德夫听到之后，羡慕不已，赞叹道："尊兄能有这样一位才思过人的妻子，真是三生有幸，叫人羡慕！"

三 乱世风烟，半生情缘

两人结婚十余载，伉俪情深，琴瑟和谐，情比金坚。

在李清照三十一岁生日那天，明诚为她的一张自画像题词道："清丽其词，端庄其品，归去来兮，真堪偕隐。"

纵使明诚在外做官，李清照独守寂寞深闺，每值大雪，顶笠披蓑，踏雪寻诗，得句必邀明诚赓和。

奈何好景不长，建炎三年（1129）八月十八日，赵明诚因劳累过度，又因用药不慎，病入膏肓，撒手人寰，清照痛不欲生，大病一场。从此恩爱夫妻天各一方，永世诀别。

不料金兵南下，烽火连天，兵荒马乱，国破家亡，又加她丧偶成寡，寄人篱下，年老无依，孤苦伶仃，身世飘零，饱经沧桑，《声声慢》里有言："寻寻觅觅，冷冷清清，凄凄惨惨戚戚。乍暖还寒时候，最难将息……"正是对她惨淡悲戚的境遇最凄凉的真实写照。

流星，瞬间坠落；烟花，一闪而过。灿烂夺去了完美轮廓，绚丽点亮了整个星空，掠影流光，在黑夜的尽头，寂静无声，心如刀割。这永恒的瞬间，刹那过后，只能是回忆的沙漏，思念无声无息，却永无止境。

因此，纵使外面大好风光、歌舞升平，恰逢元宵佳节、香车宝马，她却再也提不起神来赏花灯，甚至谢绝朋友踏雪寻诗的邀请，宁愿独自坐在窗帘下，听人笑语，回首往事，今非昔比，品咂出流离失所、愁苦凄怆的滋味。

四 情深不寿，韶华倾负

绍兴二年（1132），李清照来到人杰地灵的杭州。

在这里，她认识了一个文质彬彬的男子张汝舟，张汝舟对她表示了好感，并向她提出结婚。这无疑给中年饱尝磨难的她一个依靠，于是李清照同意了这桩婚事，将自己的后半生交付此人。

不料，结婚后，他便原形毕露，为的是她视之如命的文物，巧言骗婚，她幡然醒悟所托非人。最令人心寒的是，当李清照对他无理的要求漠然置之时，他便使出浑身解数折磨她，甚至欲置她于死地，仅仅是为了得到她那珍贵的文物。

在封建社会里，女子地位低下，连离婚的权利都没有，更何况将自己的丈夫告上朝廷，谈何容易！她是一个刚柔并济的女子，敢爱敢恨，决不允许小人践踏自己的人格。她深知只有和他彻底撇清关系，她才能摆脱这个魔鬼的控制。于是她托人暗中收集张汝舟的罪状，天网恢恢，疏而不漏，原来，张汝舟曾经在科举考试时是作弊通过的，甚至拿此事来炫耀自己，这可是大逆不道、欺君犯上之罪。

为了不让这个小人得逞，她不惜一切代价，甚至不怕牢狱之灾，因为依照宋代的法律，妻子告丈夫，无论对错和输赢，都要坐牢两年。无奈之下，李清照以欺君之罪告发张汝舟。这场官司的结果是，张汝舟被绳之以法，发配柳州，李清照也随之入狱。

天无绝人之路。幸好负责审理此案的是兵部侍郎翰林学士崇礼，他久仰、敬重李清照的人格，并且与赵家是姻亲，在他的帮助下，李清照被拘押九天后即被释放出来。

现实的冷酷与人性的丑恶，犹如一把锋利的刀剑，直逼人心，把人伤得体无完肤，遍体鳞伤，铸成一道不可泯灭的记忆，雕刻着一段不堪回首、痛心疾首的往事。结了痂的伤口，轻轻触碰，依然隐隐作痛。

五 离群索居，人淡如菊

绍兴五年（1135），经过再婚和离婚的波折，渐入暮年的她，如一叶孤舟，漂泊异乡。历经劫难，从名门闺秀，沦落成闾里妇人，身边亲无一人，于向晚的黄昏，风住尘香花已尽，静坐在小院里，思绪纷飞，想到自己与明诚用大半生的心血收藏的文物，如今已大半流失，不禁泪流满面，肝肠寸断——"物是人非事事休，欲语泪先流；凉生枕簟泪痕滋；多少事，欲说还休。"

爱情是吉光片羽，她不再奢望爱情的降临。浮生一梦，烟云旧事，爱过、恨过、痛过、伤过、哭过……李清照别致、华丽又苍凉的后半生，每当夜幕降临，无尽的思念折磨着她，那锥心的痛吞噬着她。婆娑的世界，熙熙攘攘，唯有放下，人淡如菊，几度清欢，才能自在。

纵使往事不堪回首，背井离乡，感月吟风，有的是黯然神伤，一念山河破碎、老去无成，痛定思痛后，一切终将烟消云散。

驾一叶扁舟，乘风破浪，飞向海外仙山，但见云影星光，光怪陆离，云涛翻滚，晨雾迷蒙。忽又见云开雾散，星河灿烂，四季流转。不禁咏叹："我报路长嗟日暮，学诗漫有惊人句。九万里风鹏正举，风休住，蓬舟吹取三山去。"今生只作最后一世，山清水静、云淡风轻，通透了，人生不过是几十年光景，不必苦苦追究、耿耿于怀，以清醒自居，以淡然自持。

绍兴二十五年（1155），五月十二日，天空下着绵绵细雨，如诉如泣；满地是残败的落红，一片狼藉；杜鹃啼血猿哀鸣，黯然销魂。七十二年的光阴，如指尖划过，她悄然离世，了却今生。

在平静、凄凉的流年里，她饱经沧海桑田，看透世态炎凉，阅遍人情冷暖。花开花谢，春去秋来，这个宋代的奇女子，完美地向后人描绘了千年无与伦比的美丽，词风婉约而不流于颓靡，清新而具逸思、真挚。可谓是此花不与群花比，更是花中第一流！

爱 与 痛 的 边 缘

文／曾少令

一

1944 年，正值花信年华的她才情过人，风华绝代，于乱世风烟里，与苏青、潘柳黛和关露并称为"文坛四大才女"。这一年，她的小说《连环套》《花凋》《红玫瑰与白玫瑰》陆续发表，风靡上海滩。

佛说，每个人所见，所遇到的都早有安排，一切都是缘。于千万人之中遇见你所要遇见的人，皆系缘分。于千万年之中，时间无涯的荒野里，没有早一步，也没有晚一步，她与他狭路相逢。她从此一往情深，孤注一掷，却不曾想过他有一天薄情负心到把她的感情洗劫一空。

一天，苏青寄了《天地月刊》给胡兰成，他闲来无事，随手翻翻，刚好翻到张爱玲的《封锁》，看了使他大呼过瘾，津津有味地看了一遍又一遍，意犹未尽，对张爱玲的才华赞不绝口，进而对张爱玲的一切都饶有兴味起来——这下可好，只要是有关张爱玲的，他都觉得那样好、那样亲。他是不喜书报杂志的，却开始收集杂志，留意翻阅有关张爱玲的所有作品。

因按捺不住对张爱玲的好奇和欣赏，他向苏青问起了张爱玲的住址，苏青告诉他张爱玲是不见人的。

他实在是痴迷于她的文字，痴迷于她文字里闪着的清辉，痴迷于文字背后她的清冷孤傲，令人欲要靠近，纵使赴汤蹈火落得个粉身碎骨也在所不惜。

翌日，三十八岁的他袭一身青色长袍，兴致勃勃地来到静安寺路赫德路口一九二号公寓六楼六五室。果然，她以闭门羹待之。他无可奈何，只好写下一张纸条附上自己的姓名与电话递进门洞里。隔了一天，张爱玲竟打了电话给他，说是要去看他。从此，在她的生命里，她的喜怒哀乐都被这个男子牵动着。

二

第二天，他又去拜访她。她常年深锁的房门为他开启，她还特意打扮了一番，穿了宝蓝绸袄裤，带了嫩黄边框的眼镜，显得妖娆动人，韵味十足。

一场漫长的谈话后，他无法平复他内心的激动，欲要在她面前舞文弄墨一番，于是回到家写了第一封信给她，写的是像五四时代的新诗，连他自己都觉得幼稚可笑。他在信里提及她的谦逊，她却回信给他说了句："因为懂得，所以慈悲。"

从此他每隔一天便去看她，后来索性天天相见。有一天，胡兰成偶然说起登在《天地》上的那张照片，翌日她便取出给他，照片里的她着一身素色怀旧的旗袍，昂着无比高贵的头，漫无目地俯瞰人世间的一切，那么不屑，那么无关忧喜。而照片背后写着："见了他，她变得很低很低，低到尘埃里，但她心里是欢喜的，从尘埃里开出花来。"

她知道他是喜欢这张照片的，她说，你既喜爱，我就给了你，我把照片给你，我亦是欢喜的。

胡兰成说，张爱玲是民国世界的临水照花人。确实如此，她是个带有传奇色彩的女子，无需经历多少世事，这个时代的一切自会与她交涉。

三

她没有认真想过结婚的事，但自从遇见他，知道他有妻室，面对别人的流言蜚语她亦不在乎。

1944年的夏秋间，她与他结为连理。胡兰成因考虑时局变动不愿牵连她，所以并未举行婚礼仪式，只以婚书为定。她的好朋友炎樱在旁做媒证，她在上面写："胡兰成与张爱玲签订终身，结为夫妇。"胡兰成在后面加了两句话："愿使岁月静好，现世安稳。"从此，男的废了耕，女的废了织。

婚后不过几个月，胡兰成就因公务在身前往武汉，暂住在汉阳县立医院。与胡兰成一别，张爱玲难免心生寂寥，好在这段时间她忙于《倾城之恋》的编剧，一有空闲便伏案书写，无暇顾及儿女情长。而生性多情的胡兰成面对如花似玉、纯洁友善的女护士，怎能禁得起诱惑。很快，他便与一个名叫周训德的女护士双双坠入爱河。他写信坦白告诉张爱玲，她却选择理解，原谅他。情到深处是理解与宽宥。在她眼里，年过四十的胡兰成再怎么风流倜傥，也不可能和一个刚满十六岁的花季少女发生什么事，更何况一个背井离乡的男子不免孤独寂寞，能找到一个相识相知的朋友，也不必太在意，得过且过。于是，她淡淡地回了一句："我是最妒忌的女人，但是当然高兴你在那里生活不太枯寂。"

四

1945年8月15日，日本宣布无条件投降。9月2日之后，胡兰成遭通缉，没有叫张牵抑或张招，而是化名张嘉仪潜逃。

张爱玲曾经对他说："那时你变姓名，可叫张牵，又或叫张招，天涯地角有我在牵你招你。"但胡兰成曾经有过这般念头：有朝一日，夫妻亦要大限来时各自飞。他流转杭州、绍兴，再到诸暨，住进斯颂德家。这斯颂德原本与胡兰成同龄同窗，交情匪浅，却不慎染病，撒手人寰。斯家留有一个庶母，名叫范秀美。

同年12月8日到达丽水，胡兰成与范秀美结为夫妇之好，还冠冕堂皇地声称是因感激这逃亡路上范秀美的一路相陪相伴。男女感激，至终是唯有以身相许。

面对他的背叛与薄情，她千里迢迢来温州寻他。对于她的突然造访他措手不及，不但不惊喜，反而好声没好气地质问她："你来做什么？还不快回去！"她却含情脉脉地说："我从诸暨丽水来，路上想着这里是你走过的。及在船上望得见温州城，想你就在那里，这温州城就像含有宝珠在放光。"

她知道自己再也没有逗留下来的理由，次日，她便收拾好行囊，带着千疮百孔的心离开温州。他送她渡船，她悲伤叹息地说："你到底是不肯。我想过，我倘使不得不离开你，亦不致寻短见，亦不能够再爱别人，我将只是萎谢了。"

五

离开他的几个月里，张爱玲实在不忍看他落魄艰难，在他逃难期间，她不间断地把自己辛苦挣的稿费寄给他。

1946年4月，范秀美怀孕了，胡兰成知道自己骑虎难下，生孩子自是不能，便让范秀美带着他亲笔写的字条独自到上海找张爱玲的侄女青芸。青芸看罢字条，便知晓了一切。但手术费需要一百元，情急之下，范秀美无奈，便把字条取出给张爱玲看，她无言以对，拿了一只金镯子，对青芸说："当掉，换脱伊，给伊做手术。"

直到1947年，有一次，胡兰成途经上海，辗转至张爱玲家，在爱丁顿公寓，他把与范秀美所发生的一切都告诉了她。对于他自己的滥情，他非但不忏悔，反指责她行为的不当之处。她听了好不心痛，曾经的灿若桃花如今有的是心如死灰。

阔别一年半，奈何情已远，物是人非。她多想将自己从苦海中抽身回来，那一夜，他们分房就寝，昔日的男欢女爱不复存在。翌日天未亮，他走进她的卧室，轻轻地俯下身去亲她，她突然惊醒，从被窝里伸手环抱他，不禁泪流满面，绝望而依依不舍地叫道："兰成！"但狠心的胡兰成只觉得这是掷地铿锵的金石之声，心里虽然震动，但别的都不去想。

同年的6月10日，胡兰成收到张爱玲的来信，她在信里不留余地地说："我已经不喜欢你了，你是早已不喜欢我了的。这次的决心，我是经过一年半的长时间考虑的，彼时唯以小吉故，不欲增加你的困难。你不要来寻我，即或是写信，我亦是不看了。"信里还附了三十万元给他，是她写《新不了情》和《太太万岁》所得的稿酬。

1947年，也就是在她27岁时，她与他关系彻底破裂，他们的婚姻走到了尽头。

曾经的"生死契阔，与子成悦；执子之手，与子偕老"的海誓山盟，繁华过尽，情深不寿，终究是黄粱美梦。再耀眼的流星也只是一闪而过，再美丽的泡沫也只是惊鸿艳影。三年徘徊在爱与痛的边缘，凋零的是一生一世的爱情之花，枯萎的心依然会隐隐作痛。沧海桑田，她宛如一个美丽而苍凉的手势，冷暖自知。

六

因写《新不了情》与《太太万岁》这两部电影剧本，她结识了导演桑弧。因拍摄电影的需要，桑弧免不了要去张爱玲的住处与她商量影片事宜。自然而然两人便熟络起来。

一个是导演，一个是作家，可谓是才子佳人，天造地设。桑弧为人忠厚老实，不会说甜言蜜语，对张爱玲的爱始终保持着沉默。有热心的朋友看得火急火燎，便主动替桑弧向张爱玲说媒。

张爱玲却并不为所动，亦用沉默的方式回绝了这段恋情。

纵使胡兰成伤她千百遍，他在她心里始终留有一席之地，抹不去，忘不了。对于桑弧的这份爱，她承受不起，桑弧给不了她向往的罗曼蒂克的爱情，她也给不了桑弧想要的俗世的幸福。这段若有若无的情缘只能不了了之，无疾而终，从此两两相忘于江湖。

七

1965 年 2 月，她获得了爱德华·麦克道威尔写作奖金。3 月中旬，她坐上了从纽约到波士顿的火车，抵达麦克道威尔文艺营。

在这里，她结识了一个年过花甲的作家——赖雅。他才华横溢、幽默风趣、豪放洒脱，离过一次婚，有一个女儿。年仅 45 岁的张爱玲，风华正茂、高贵冷傲，8 月，她嫁给了六十五岁的赖雅。她说："我们很接近，一句话还没说完，已经觉得多余。"她不在乎他的年龄，不在意他的一无所有，她相信赖雅可以给予她一个温暖的依靠。与其找一个自己深爱的人，不如找一个懂自己的人，贴心贴肺，静度流年，只愿拥有稳稳的幸福。

婚后二人过着居无定所的生活。赖雅年事已高、疾病缠身，生活的重任落在了张爱玲身上，仅靠卖字为生的日子捉襟见肘，还要悉心照料赖雅的身体，她却毫无怨言。对于一个不食人间烟火的清决凉薄女子，到底还是为了爱而低眉颔首。

十二年的风雨飘零，十二年的携手与共，十二年的相濡以沫。1977年，叶坠初红十月天，赖雅终于丢下张爱玲独自去了天国。这一年，赖雅七十七，她五十七。此后，迟暮的她如一座孤岛，过着离群索居的生活。

1995 年中秋节前夕，这个曾在民国璀璨一时的传奇女子在洛杉矶公寓死后一个星期，才被发现。她穿着赭红色的旗袍，安详地躺在厅房中的精美地毯上，手脚自然平放，那么清瘦，那么安然，闪着清冷耀眼的光辉。

七十五个春秋，三个男人，三段生离死别的情缘，写满了张爱玲的倾城往事。她可以为爱赴汤蹈火、画地为牢，亦能斩断情丝、不悲不喜。因为她比任何人都清楚明白——生于这世上，没有一样感情不是千疮百孔的。徘徊在爱与痛的边缘，东风恶，欢情薄，半生浮华半生缘，尝尽了感情的盛开、枯萎，今生只作最后一世。

想象中的完美朋友，可以让我既不 lonely 也不 alone 吗

二多　　　// 如果你能认识到自己的需求，就要积极去对待

抑郁症是个冷笑话

二多　　　// 而我，终于要谈谈我自己的这个问题了

你要过得比我好

维以不永伤　　　// 现在的我和未知世界的你，永远不要失去联系

想象中的完美朋友，可以让我既不 lonely 也不 alone 吗 ①

采写／二多

　　徐晴，笔名二多。出生于 1995 年 10 月，女，天秤座。被迫害妄想症患者。现居北京。胆小认生，不易相处。文章见于《南风》《紫色》《花火》等，终极梦想是成为少女版贤妻良母。

　　金艳雯，毕业于上海医科大学（复旦大学医学院的前身）临床医学专业。曾为上海市精神卫生中心临床精神医生。从事临床精神医学和心理咨询工作 10 年以上，同时还积极参加各类继续教育和相关培训督导。创办上海馨理健康咨询有限公司及温馨心理咨询工作室。

---

　　① longly：感到寂寞；alone：独自一人，孤单。

我有个很棒的伙伴，暖男形象，会出现在任何一个我需要他的地方，陪我走过每一条荒芜的街。我和同学发生争执时他会在我耳边说："算啦，不要跟她们计较"；在理发店我头发被剪坏的时候，他会夸我："就算这样也美美哒"；有一天午后我看到成绩单，他摸摸我的头说："相信你一定可以。"

他真是一个完美的朋友啊。

可是我知道他并不存在。

他是我为了不孤单而幻想出来的人物，所以有时候还是会感到 alone 或者 lonely。

那个时候问我关于这两个词的题目，我总是不会错。而现在，有时候我会一个人去空旷的公园里发呆；有时候大半夜，穿着睡裙跑出去遛狗；有时候我一个人在天台上，用一个下午看书，看得止不住地伤心。

这些时候我都是 alone 的，但是我却一点都不 lonely。但是更多的时候，我都不是 alone 的，但是却是 lonely。和大家唱着歌，说着笑，聊着天，就突然的想起他。

然后我就会缩在角落里，开始独自而孤单的想念了。

金艳雯心理师回复：

也许已经过了发明一个时髦词汇的年龄，但当我看到暖男两个字，立刻体会到它所包含的无影无形飘绕在四周的温暖，足以融化所有的悲伤。

也许我已经到了用理性去质全世界的年龄，对任何看似合理的事物放肆地问它一句：为什么？

为什么"可是我知道他并不存在"呢？

任何发现都建立在"我相信它是存在的"的基础上，所以才有了哥伦布，才有了新大陆。

上天赋予人们幻想的能力，并不仅仅出于同情、让受伤的孩子为自己搭建一座空中避风港，而是希望人们为自己的勇气指明方向——勇敢地走向那个温暖的地方。如果暖男只有在闭上泪眼的时候才能出现，难道耳畔不会传来上天的叹息吗？

他是存在的，无论你相信与否。如果这是一个假设的命题，何不带着勇气去证明——如果你不去，别人也会替你证明。那时的叹息将更加真实与清晰，这却又是何必？

也许他并不完美，不懂得夜幕中荒芜的街道蕴藏着浪漫，喜欢旁观女生无谓的争端，指着你的头发大笑不止，庆幸你有一张比他糟糕的成绩单。但是他会在你需要的时候出现，笨拙地将蛋糕上的蜡烛点燃，傻傻地说一句"偶尔觉得你也有点好看"。但终有一天你会发现，那个没有体温的暖男，似乎也并不比他可爱。

所以，带着你的勇气出发吧，在追寻幸福的路上，即使 alone，也不会觉得 lonely。

抑 郁 症 是 个 冷 笑 话

文／二多

　　说到抑郁症，无论是哪种形式的抑郁症最后都会自杀。而自杀也便是真正严肃的哲学问题。

　　最近微博自杀也引发了各种话题，我又想起 2012 年因抑郁症自杀的网友"走饭"，她最后留在世界上这样的遗言"我有抑郁症，所以就去死一死，没什么重要的原因，大家不必在意我的离开。拜拜啦"。周围朋友也有不少抑郁症的，家庭关系不好影响到孩子的性格，容易动怒，甚至有暴力倾向，还有的严重到根本没办法谈恋爱，没办法和男朋友正常地相处。

　　电话访谈了一位没见过面的女性朋友，谈过最少三位数的男朋友，最长的恋爱不过一周，她很容易喜欢上一个人，又很容易不再喜欢一个人。这是家庭的问题，她跟我说是她父母的原因，明明不相爱还要在她面前假装恩爱，假装关系正常。她太累了，觉得一家人都是表演性人格。她重度抑郁，经常有要自杀的念头，也有自残倾向。

　　而我，终于要谈谈我自己的这个问题了。说实话，这期栏目进度非常缓慢，中断了数十次，想要换内容，实在是不想谈这么严肃的东西。但又不得不面对，总要面对的。我小时候不被关爱，我经常想问父母："为什么不喜欢我？我这么乖，成绩也很好，为什么不喜欢我？"后来长大了，有了独立意识和情感后，父母又慢慢对我好起来，但已经没什么作用了。我异常早熟，讨厌和异性发生肢体接触，觉得青春期的男孩子都是精虫上脑的下半身动物。

　　大概是 16 岁时，有半年的时间我都特别想死。现在想想那段时间还是觉得太痛苦了，整个人像是方便面里脱了水的蔬菜，浑浑噩噩地倒数着每一个即将到来的黎明。

　　那时候的我，人际关系处理不好，每天独来独往，课间去厕所从来没女生主动邀请过我；学习也很差劲，背诵时是绝对不会被老师提问的那类；家庭关系也不怎么好，我跟着姥姥，姥姥对我很好很好，但毕竟是隔了一代。

最后我也不知道怎么了，我就抑郁症了。

16岁的我穷且没有斗志，别说梦想了，连梦都不太做，可不知道为什么，偏偏每天都能一副趾高气扬的样子。如果非要说一说现在和16岁时的区别，大概就是，没那么讨厌自己，也没那么想死了。十几岁没失过恋、没加过班就说自己抑郁症，一定会被人嘲笑说是"矫情"，感觉这年头没个心理疾病就不好意思出门。

家庭关系还影响到了我的感情生活，喜欢上一个人对我来说并不是一件容易的事儿。我不接触异性但又渴望异性，我想依赖他们但只能依赖自己，我分辨不出是否真心，尽管那些网络上的心灵鸡汤告诉我们不能依赖，我们只能靠自己，但是我还是想依赖一个人，情感上完完全全地依赖对方。很遗憾的是，十几年了，我并没有找到这个人。

对家庭生活没有信心，在自己对生活还没有十足的把握时，就算是已婚夫妇都不应该要孩子。我认为这是成年人的基本道德，就像我们都知道不应该给别人添麻烦一样。

被虐待，无论是肉体还是精神上被虐待过的孩子长成后，其中相当一部分，我个人判断不少于一半的人，性格会非常乖顺，并体贴父母。之前在做被虐狗的康复工作时，这个模式在狗身上非常明显，一半被虐狗有暴力倾向，无法和人类共处，另一半俯首贴耳，善于察言观色，极度顺从伶俐。它们害怕再次受到虐待，害怕被遗弃，跟人类接触时小心翼翼，诚惶诚恐。这是一种存活技巧。

如果真的有时光机，我想坐着回到16岁，拍拍少女的肩膀告诉她："为什么一定想死呢，还没见过海怪，还没爬过阿尔卑斯山脉，你要继续好好活下去啊！"

你要过得比我好

文／维以不永伤

王思雯，黑龙江大学文学院学生，笔名：维以不永伤。

冬日一个心情爽朗的早晨，坐在窗前，望着窗外满眼的银白，写下这封信，给你——五年后的我。

"嘿，你好吗？"

我想你回答我："我很好。"

你过得好吗？

去过西藏了吗？西藏可是你一直想去的地方呢。布达拉宫漂亮吧，还有雪山、草地、骏马、经幡、青稞酒、酥油茶？喂喂喂，我可告诉你啊，体重比美食重要。当然，如果你告诉我，因为没经费没时间没人陪之类的荒诞理由至今都还没有去的话，我一定会跳起来揍你的，究竟什么时候才能勇敢一点，果断一点，来一次说走就走的旅行？不是早就说好了，身体和心灵，至少要有一个在路上的吗？我知道你一定会兑现承诺。

嘿，我说，你不会还是讨厌打着耳洞浓妆艳抹的女生，不喜欢高跟鞋，不会搭配衣服吧？好吧，我想你不会在朋友唠叨着想看你穿的时尚一点

的时候偏强地顶一句"我宁愿做个男孩子"了吧？唉，要真那样你可就无敌了，活该人家说你没品位，土得掉渣。我对你无语了，真拿你没办法……要知道精致的淡妆可以让你看起来更动人，高跟鞋能衬出气质，要学会适当修饰自己，这些你要什么时候才能懂呢？

你还是那么喜欢白日做梦吗？比如幻想着在运动会上拿到了很好的成绩，当所有的运动员都聚集到主席台前，听着麦克风里传出来的一项项成绩，等念到你的名字时，在欢呼与掌声之中跳上台，接受属于你的荣誉……这样的梦不知道你实现了没有，估计没有吧，不是我打击你，就你那样，跑步都懒得跑，上个四楼都要坐电梯，更别提在运动会上取得好成绩了。你可别因为做梦激动地笑醒了，免得打扰别人睡觉啊……

你还会因为一点小事就发脾气吗？真不知道你这火爆的脾气什么时候能收敛一点。已经不是小孩子了，凡事能忍则忍。不要指望所有人都喜欢你，但要让大部分人喜欢你。希望再遇到不顺心的事情时，你只会淡淡说一句：你不懂我，我不怪你。

你还喜欢在夏日炎热的午后，坐在小板凳上，望着湛蓝的天，听着歌，一边轻轻唱一边想心事吗？还像现在这样执着地喜欢着哆啦A梦吗？因为你曾说过，那是长长久久的陪伴。还是不愿意有个人来束缚你的自由吗？还是愿意以"女汉子"的形象出现在大家面前吗？

弟弟长大了吧？可以变成一个男子汉冲在你前面担下所有的事情，兑现他小时候说"我要保护妈妈和姐姐"的诺言。虽然现在他还经常在你面前调皮捣蛋，会跟妈妈说想你但是从不亲口说出来，可你还不是一样，每次都固执地说不想他，其实心里担心得要死，每天想好几遍都仿佛不够，操不完的心，弄得自己跟提前当妈了一样。唉！可不要随便对他发脾气了呢，因为他是上天派来守护你的小天使。

爷爷、奶奶、爸爸、妈妈不会再为你操那些闲心了吧？我知道五年后的你一定会很乖很听话，褪去了年少的叛逆张狂，懂得为他们想得多一点，凡事先站在他们的角度考虑问题。你一定可以独自保护他们了，因为你说过，这些你最爱的人，你一定会给他们幸福。

也一定还在和现在的闺蜜们联系吧？虽然不常见面，虽然只能靠煲电话粥来倾听一下彼此的声音,虽然还是说着那些调侃的话,但是你们一定还像以前那样,固执着对对方的那一份真心与爱意。因为你说过,时光不老,我们不散。

你的生活中又有了一些新的朋友了吧?在新的环境中还适应吧?努力工作,就算不尽如人意,也能一个人面对。你已经明白,经历一些事情之后,人生弹指一瞬天翻地覆的道理,相信努力地活着就是善待自己。

很想知道你平时都在忙什么?工作之外,还会听流浪歌手唱令人心酸的歌谣吗?会羞涩地与男孩子合影?会在电影院门口排着很长的队?会买一个冰激凌,路过橱窗,看会儿裙子,然后微微一笑大步离开?会劝隔壁的小情侣别再吵架?会对着电脑天南地北地投简历?还是……

无论你在做什么,都应该是很努力的吧,犹如努力盛开的向日葵,永远追随着太阳的脚步不停歇。也许你丢失了一些东西,也得到了一些,时常会自暴自弃,但也还是会热爱生活,相信未来。

你不要觉得你有好多地方可以去,又好像始终无法抵达,不尝试永远不会了解。要相信你的窗户是朝北的,可以看得见星斗。

我写这些只是想告诉你,你一定要过得好,过得比我好,现在的我和未知世界的你,永远不要失去联系,我们都要好好的。

你好吗?

我知道你会过得比我好。

Chapter
第**10**章

直到我找到自己，
我才发现了全世界

风里的里程

陈缺　　//母亲对我说过，这个时刻诞生的风注定拥有一颗冒险的心

以一棵树的名义

李靖财　　//我情愿自己化身成树，重新以一棵树的名义活着

单曲循环

丁鹏　　//你的美丽印在我心里，藏在我诗里，人生的逝水流年有什么关系

太阳晒出的童话

岳冰　　//从前咱们这儿出过一个天才叫阿强，他是奔跑着死去的

风里的里程

文／陈缺

陈缺，"华东师大杯"第十七届全国新概念作文大赛二等奖获得者，第十五届全国新概念作文大赛一等奖获得者。在世的日子，虽有黑暗，仍像早晨。

　　每个时刻，这里都会诞生一股风。新生的风会在短暂的小憩之后睁开眼睛，开始寻找自己的父母。他们并不十分灵活的身体会先穿过密集的树杈，好奇地打量毫发无损的自己。然后滚过泥泞的池塘，一路上高兴地甩动着黏糊糊的泥巴。途中或许会在某个树洞里面休息，透过狭小的视角观察外面的世界，之后赶在这一天结束之前到达目的地。最后他们来到一片辽阔的草地上，那里才是他们的家，耸立着数不清的转动的风车。他们在每一个风车面前停下，小心翼翼地试探，直到找到一个能让身体发出共鸣的大家伙。太阳的最后一抹余晖消散，新生的风终于在疲惫的旅程后找到了家。

　　我是一股诞生于凌晨的风。母亲对我说过，这个时刻诞生的风注定拥有一颗冒险的心，如同我的祖母，在某一天离开，从此便在外飘荡，穷其一生。她曾经利落地穿过钢刀，也曾经俯视过滚滚的硝烟，直到身体衰弱的那一刻才回到最初的家。我仍然记得在她永远离开前的那一段日子里，伴随着风车转动的声音，她一遍遍地给我讲外面的世界，从宏伟的教堂到商店角落里的蜘蛛网，她如此平静，似乎在讲述一个无关自己的故事。露珠在草尖上滚动，又在阳光下蒸发，直至某个早晨露珠坠入大地。祖母终于讲到了我们生活的地方，她只是微笑着流泪，然后慢慢地匍匐在地上，身体越来越轻，最后消失不见。风是不会死亡的，在时光中老去的风只会变得越来越虚弱，最后沉入土地，在出生的地方长眠。直到某一个日出，世界的另一边有一股新生的风，跌跌撞撞地开始旅程，代替他们继续新的生活。

　　幼年的风总是充满活力，他们喜欢恶作剧般地阻挠飞行中的小昆虫，或者是结伴相互比较力量，虽然更多时候，掌握不住力道的他们会被对方吹出的气流冲撞在地。而我更喜欢趴在草地上看着父母在风车旁边忙碌，那些转个不停的大家伙维持着这个世界的秩序和那种安定却单调的生活。我常常做着这样一个梦，在梦里我被束缚在大风车的前面，轰隆隆的声音越来越大，而我却越来越虚弱，最后像花一样枯萎了。梦醒之后我在心里悄悄埋下同一个愿望，一个关于凌晨的风的冒险。当某一天，它撑破心里的屏障终于发芽，我也就决定离开。母亲似乎早已预料到我的行为，她望着远处的山，温柔的眼神里酿着悲伤。她告诉我，离开这里，需要经过一丛开花的荆棘，再爬过永远挂在天边的彩虹，朝着与出生地相反的方向前行。阳光还是那么暖洋洋的，烘暖了我轻盈的冒险。

外面的世界比我想象中要大得多，没有一年四季都充盈的阳光，也没有永远温暖安逸的树洞，可是却拥有着我无法触及的隐秘色彩。在一个无月的夜晚，我穿过一丛黏腻的野草，跟着萤火虫飞过山岚，来到一间寂静的木屋，屋子里住着一个画着浓妆的小丑。他长着小孩的模样，嘴角裂开血红色的伤痕，苍白的脸像是最僵硬的面具。每天日出，小丑都会沿着小路出发，踮着小脚快步前行，并不时左右张望，手里拿着大大的麻袋，身形却瘦小佝偻。我懒洋洋地躺在树梢上，胡乱猜测小丑的行踪。黄昏拉长树干的影子，连讨厌的麻雀也从我这夺回了窝，这时，小丑才会抱着满满的大麻袋小心翼翼地走进我的视线，而麻袋里面是各式各样的钥匙。每天晚上，小丑会把钥匙都仔细地擦干净，重新放进麻袋里，然后抱着它们入眠，这时他生硬的脸上才会露出孩童一样的笑容。我想他一定在做着一个美梦，它是红色的、金色的、棕色的，还是有着钥匙形状的。第三天的早晨，我按捺不住好奇心，在路上尾随小丑。他的行程简单又单调，不过就是张望，弯腰，低头捡起一把钥匙。当他的鞋底又被磨薄了一层，麻袋也就装满了。这是第三天的晚上，萤火虫又围绕着木屋发出荧荧光亮，矮小的小丑在唱歌，童稚的声音脆弱又悲伤："我从门前过，走到大桥下，长毛叔叔画我的脸，红红的嘴唇，白白的脸颊。我再回头看，什么都不见啦。"我在离开前问了小丑收集钥匙的原因，他突然瞪大了眼睛，缓慢又无辜地说："因为我也弄丢了回家的钥匙。"

离开木屋之后，我经过几天的跋涉，来到一个潮湿的丛林。在这里，我看到了从未见过的生物和它们每天都不可预知的故事，最重要的是，我遇见了一个在白天从不停止的男孩。男孩穿着紧身的背心，胳膊上文着我看不懂的图案，一双马靴神气地踩踏在潮湿的土地上，可是他却拥有几乎曳地的辫子。男孩有时会利落地顺着树干往上爬，抓着树藤在每棵树之间快速飞跃，任由辫子甩开长长的弧度。有时他会将辫子在脖子上绕了几圈以后，徒手攀爬陡峻的山崖，淌过激流的大河。我和男孩的第一次对话是在一个雨天，当时他正拿着用树枝削成的木叉追赶一只逃窜的雄鹿，他的脚步片刻不停，眼神专注地盯着猎物。我生怕他听不见，大喊道："你不累吗，为什么不找个地方停下来休息？"雨水从年轻的脸庞上毫不犹豫地滑落，男孩挖了挖耳朵，对我用同样大的音量说："我不能忍受在一个熟悉的地方停留，所以我离开家，只能不停地往前走，不停地找到下一个新鲜的目的地。"在我担心男孩会因身体疲劳而倒下时，他终于在晚上的时候停了下来。男孩生起一团火，然后放下缠绕在脖颈上的辫子，任由辫尾垂至地面，烧得很旺的柴火映着男孩发亮的眼睛，那里面盛着天上的月亮，我的身体似乎也要膨胀起来了。后来，我爱上了和男孩一起冒险的日子，跟随着他跨越了大半个丛林。男孩的辫子越来越长，而我在兴奋中却越来越累，唯一不变的是男孩每个晚上凝视月亮时专注的眼神。一个圆月的晚上，男孩躺在树干上休息，一条缠在树上的毒蛇却在月光下悄悄地蠕动，趁男孩不注意的时候咬了他一口。我吓得不知所措，而男孩永远不会惧怕的脸上也出现了伤痕，他哆哆嗦嗦地按住了伤口，却在时间的流逝中渐渐绝望。男孩的气息越来越虚弱，侧着头对我说出最后一段话："我以为可以等到辫子足够长，那样我就可以顺着辫子爬到月亮上去了，一个全新的世界。"他的眼睛还是那么亮，而他永不疲倦的双腿却被毒液侵蚀，最后男孩在树上闭上了眼睛。我悲伤地看了他最后一眼，还是没有说出那句话。辫子往下生长，越来越长，离最熟悉的土地越来越近，离月亮越来越远。突然，我也想像男孩一样，睡下去，不必再远走了。

英雄是一个传奇的人物，在市中心伫立着他的塑像，甚至比市长的还要高许多。因为身体里的精力流失得很快，我只能寄居在英雄的家，那里铺陈着琳琅满目的陈列品。英雄每天早晨都会喝一杯红酒，然后打开电视看他以前的纪录片，跷着脚，就这样边笑边哭地看一天。我从影像里面知道，英雄年轻的时候曾经用双手撑起过断裂的桥梁，也曾经从恐怖分子手中救下几百个人质，甚至在飞机失事时只身灭掉了熊熊大火。那些不可思议的壮举并没有令我对英雄刮目相看，在我看来，他就是一个喝着红酒却用手指抠脚丫的中年大汉。第三次在他手中救下一只仰躺着的蟑螂时，英雄的电话响了，他又得出席庆典活动了。我有些郁闷地吹动着眼前拼命逃窜的蟑螂，慢悠悠地趴到了匣子上。这是英雄视若珍宝的匣子，他每天细细地擦拭一遍，然后一个人对着匣子喃喃自语。我很多次都想一探究竟，却都被匣子坚硬的外壳挡在真相之外。当云也被捏成了匣子的形状，英雄终于回来了，带着满身的酒气。我赶忙从匣子上溜了下来，英雄捧着它一边流泪一边擤鼻涕，眼睛里却冒着疯狂的光芒。接下来的一个星期，我终于见识到了真正的灾难，千年不遇的洪水袭击了这个城市，流离失所的灾民呼唤着英雄的重新出现，而英雄却仍在高高的别墅里喝红酒。直到有一个下午，不知如何冲破安保防线的小女孩带着满身的泥水撞进了英雄的怀里，她稀里哗啦地哭着，叫喊着"洪水淹没了回家的路，也弄丢了爸爸妈妈"。送走了小女孩，英雄油腻腻的脸上终于有了一丝动容，他再一次捧起那个匣子，轻轻地询问匣子一个他重复过很多遍的问题，最后他似乎得到了一个等了许多年的答案，英雄笑得露出金灿灿的大板牙。洪水终于在第二天退去，英雄也消失在大家的视线里，人们都说是英雄牺牲了自己拯救了城市。只有我从英雄的日记里得知，他其实是为了实现自己一个多年来的愿望。英雄原本只是一个普通的流氓青年，每日幻想着成为救世主，现实中的他，却只能在廉价的酒棚里喝得烂醉如泥。直到有一天，他得到了一个神奇的匣子，按照匣子的要求，将与他关系不好的家人一个个关进里面以后，他开始得到了神奇的力量。金钱和梦想已经满抱在怀，英雄却在岁月中变得只能依靠纪录片来一遍遍肯定自己最初的决定，住在空落落的大房子里，没有了家人，匣子也不再有回应。多年以后，神奇的匣子终于回应了他最后一个愿望，然后英雄把自己关进了匣子里。

　　我想我爱上了眼前这位美丽的姑娘。她在寂静中缓缓出场，眼神落寞，表情依然冷漠，甚至说得上痛苦，但从第一秒开始，她的肢体却热情奔放，我看见她火红色的长裙随着发辫上的红色发带上下翻飞，脚尖不停地旋转舞动，她的指尖划过我的肌肤，激昂而温柔。周围有些走动的妇人露出了耻笑的表情，对这位吉卜赛女郎指指点点。可是，她仍然在这个肮脏的街角旁，给了路人一场无声却生动的释放。舞步收起，她欢快地跃上了大篷车，嘴里高声叫喊一声，驶往下一个寂寞的角落。路途上，吉卜赛女郎有时候粘上胡子为人占卜，有时候挽起头卖起了布艺，更多的时候她在跳舞。作为她最忠实的观众，我甚至能记住她每一次脚尖旋转的角度。在这种热烈的舞蹈里，我似乎也汲取到了力量，暂时平静了那颗躁动的心。夜幕降临的时候，她独自一人啃着干面包，慢悠悠地唱起一首歌，歌声传进每个点亮灯火的家庭，飘向了远方冰冷的高台——女郎告诉我，那是属于流浪者的歌。我想她的舞蹈应该也是流浪者的舞蹈，我看见过许多衣衫褴褛的人流下泪水，与女郎相拥后，脚步沉重地离开，他们不时回望，仿佛在等待某个时刻，他们一起舞蹈，一起相伴离开。女郎在日出的时候又开始跳舞了，今天的她像一朵热烈绽放的玫瑰，直到蛮横的警察将她折断，并砸坏她以之为家的大篷车。我着急地想要救下柔弱的女郎，可是可以吹起蟑螂的力量却对肥胖的中年人丝毫没有影响。女郎被关进了监狱，她抱着双膝又一次唱起了歌，我顺着歌声飘进了监狱，穿过冰冷的铁栏时，却感受到了不应该有的压迫感。女郎悲伤地流下了眼泪，她说她再也不能跳舞了，她再也不能找到那些流浪的族人了。我趴在她柔顺的黑发上，听她继续说自己流浪的民族，他们很久之前从印度开始流亡，接着走遍了世界，在每个阴暗的角落，不受欢迎，甚至没有一个统一的名称。女郎问我："你说，会有另一个姑娘和我一样吗？在街头跳着佛朗明戈，迎接那些孤独的人们，一起回到我们民族温暖的断壁残垣。"我不能回答她这个问题，因为我是一股风，一股总是要离开的风。这个夜晚，我带着不愿流浪的女郎的疑问，继续下一段莫名的流浪。在某一个下午，我在一个破旧的教室里听见老师对学生们说，有一个民族终其一生都在寻找家乡，忽然间，我的耳边又响起了那首歌。

我曾经听祖母说过，穿越了大片的沙漠之后，有一个四面环山的碧蓝色湖泊，疲惫干渴的旅人都会在湖边停下来，喝一口湖水，稍作休息。湖泊的周围铺满了冷硬的沙砾，陡峻的高山只留下湖面大小的天空。热度稍减以后，旅人对着湖面整理行装，准备重新启程，可是他们在盯着湖面许久之后，都会啼哭不止，最后朝来路返回。听过这些故事的后来者，有不信的，硬要来湖边试一试；也有望而却步，绕路而行的，可是他们的故事我再也不知道了，大概是陪着祖母睡进了泥土里。经过一个夜晚的跋涉之后，我沉沉地睡去。离家至现在，我变得衰弱嗜睡，耳边还总是鼓噪着风车转动的声音。艰难醒来之后，我发现自己竟然来到了故事里的湖边，原来在黑暗中我已经穿越了沙漠，被不知名的力量带到了这里。湖边有一个蹲坐着的老人，他正用木勺舀起湖水畅快地饮用。我趴在地上，疑惑地问他，难道不害怕湖面的传说吗？老人却笑了，脸上延伸的纹路依稀残留着黄沙。他说，他一直在这儿，目的地是这里，来路也是这里。老人朝我招了招手，我调动起身体的力量朝他的方向前进，忽略掉途中一次惨烈的摔跤，我来到了湖边。这是一面看起来再普通不过的湖，我向前挪动了一下，将身体再一次靠近了湖面。天上的第十七朵云飘过的时候，我从湖面上挪了下来，老人赤着脚看着山的东南边，我顺着他的视线往上看，那是我许久没有见过的彩虹，在山头露出小而迷人的圆弧。我依稀还能听见熟悉的呼喊，老人问我："你还害怕它吗？"我边往山的那边飘，边对老人说："不害怕了，它只是让我看见我走过的旅程，看见我记忆里面的姑娘和男孩，他们流泪和欢笑，再看一遍，才明白了他们在路上要告诉我的故事。"

这该是我离家的第五百里处，可是翻过山头，我才发现这是我回到家的距离。天边挂着熟悉的彩虹，今天新诞生的风从森林的那一边奔来，我加入他们的队伍，像从前一样，在大片的风车中寻找我的父母。疲惫的身体终于感受到了力量。我停留在熟悉的风车前，看见了我诞生的第一丝动力，父母在忙碌地转动风车，风车在忙碌着抚育我的生命。在这里，风才能生生不息。

祖母最后回来了，我也回来了。旅途只是告诉我，清晨的风勇于冒险，是为了知道如何回家。

离家五百里，我走过了回家的五百里。

以 一 棵 树 的 名 义

文／李 靖 财

李靖财，笔名"麦壳"，现就读于甘肃中医学院，担任甘肃中医学院远志文学社社长一职，自高中开始摸索文字写作，作品多发表于好心情原创文学网。

晚秋，或者是比晚秋更晚的时节。

梧桐树上挂满了火红火红的灯笼，风一吹，那一大片灯笼簇起的轮廓，一散一合，一合一散，立体化地摇摆起来，我才看得分明，原来是叶子。而那叶子又似摇曳在风中的眼睛，明目张胆地死盯着空气中飘浮着的，那些我们根本看不到的形象或灵魂。

时间在我们的脚下面目全非，日子也就举重若轻了，不是你我承受不起，而是它能无限放大、延伸，滋生种种后患，才使得我们或多或少迷失。我在想，假如我们每个人都能像一棵树一样活着，春华秋实，站立不倒，那么，我们的身上也一定能挂满火红火红的灯笼，一树梦的红叶，一树犀利的足以看穿一切的风的眼睛。是的，我渴望成为一棵树，渴望着以一棵树的姿态活着，渴望着以一棵树的名义重塑自己。

我就这么强烈地渴望着，我便真的实现了。我果然变成了一棵大树，浑然天成。我高顾参天，笔挺修直，我粗枝蔓叶，蓊蓊郁郁。我所有的生存方式都是一棵树该有的，我所有的生命体征，都在风里雨里得以锤炼。我就停靠在乡下麦田的小道间，守着那一季永远也割不完的疯长着的庄稼；守着那一伙永远在忙碌着的，有着使不完的力气的人群。

取决于生命分量或者质感的，是我们从始至终这个过程中所遭遇的种种：快乐、幸福、忧伤、苦痛还有疾病，这一切的一切都不可或缺地构成了我们整个生命的结构体系与特征，同时也让我们存在过的意义与价值有迹可循。当下的现实常常让人觉得单调、乏味、无力，而这无力感又总会在当下之后穷追猛打地压得我们喘不过气来。被胁迫的痛症轻重自知。我想，我远比想象中更需要一个支点，来平衡自我与理想中的自我，平衡当下与在这之前憧憬过的当下。我知道，其实这需要的本身已经是一种扭曲了。我所患得的只构建在自己的欲念中，我所患失的只是镜花水月，望而不及。一层高过一层的浮躁，让我们始终无法安分守己，整个环境就如一个偌大的竞技场，让我们一安分下来，就觉得像是在坐以待毙。不敢安于现状，不敢不思进取，所以我们不管据理还是不据理都盲目地选择了力争，投入了，就再也退不出来。不管你是不是战士，你都必须去战斗，去拼争。

　　我累了，也厌倦了这种无聊的法则。我情愿自己化身成树，重新以一棵树的名义活着，让那些高尚的、低俗的、雅致的、丑陋的、美的或者不美的都统统消失，让那些战斗化的行为从此终止。我只愿做好已化身为树的自己，永远停靠在乡下田间的小道上，唤来那些狡猾的鸟雀，警告它们，不要再偷吃农人的谷子。

单 曲 循 环

文／丁鹏

丁鹏，男，1991年2月生于吉林省梅河口市，曾就读于西安建筑科技大学。吉林省作协会员，在第三届"包商银行杯"全国高校文学征文、第三届中华校园诗歌节征文、第三十届全国大学生樱花诗歌赛等比赛获奖。作品在《民族文学》《诗选刊》《青春》《散文诗》等杂志发表。

适者生存的社会，我应该如何爱你？

我选择去一个遥远的城市重新开始，却没能重新开始快乐。失去了你，对我而言失去了太多，致使我一辈子的幸福头重脚轻。

记忆爬出我耳朵，叫嚷着离开了我。

悲哀的骨骼支撑起欢乐。

你时常穿着皮靴，粉色的踏落叶，白色的印初雪。

你望了我一眼，我的世界都沦陷。你的美惊心动魄，我的殇无可奈何。你牵着我的星球离开，握着我的空气离开，我还在这里。

梦里留下踪迹。冬雨。送出生日礼物：蝴蝶、杯子与明天。吸几口欢乐的空气，裁一片暖言以当衣。

向自己疯狂地复仇，摧毁掉沉疴积疾，脱胎换骨。

明媚的风，零落的枫，绿沉的草地，清爽的初冬。

细腻的触角，竟为你折腰。你之香魂，令我魂销。夜风拾级而上。我本铁石心肠，而今却肝肠寸断。

所有人都会离开这世界，沉默的我也会离你而去。我生时敏感而忧郁，我所有的文字都在写你。你听它多像病人的呻吟，思念和我已成疾。

你消失于空旷的走廊，大雨敲击着琴键，四叶草郁郁葱葱，铁树锈迹斑斑。

儿童不惮使用恶毒的字眼，报复心极强；少年为爱情和理想，攻击性逐渐磨灭；成人憧憬神性，身体里却孕育出黑暗的气质。

那天，你们狂欢的时候，我走在一条蓝色的路上。没有风，有人在扫落叶，我看见有一座洁白的塔。人们解下微笑存在里面，我也掏出赤心托它保管。之后，我回到你们中间，却再也听不见爱的召唤。

我倚着冰冷的球门，圆月仿佛离我很近。清浅的积水、清爽的夜风和清秀的你，都像注定会消失的美景。

奋斗在都市的人都自顾不暇，声色中匆匆地来去。我只是人潮里一束浪花，偶然发现了另外一束，亮丽得使我不敢直视。我被人潮涌着朝前走，等待我的不会有更好的风光，我把心留在了初见的地方。

夕阳中的餐厅，你戴着夸张的黑框眼镜。我在餐巾纸上写下一行字，圆润的句号如美妙的蓝山。你捉摸不透眼前的男人，不比你系在玉腕上晶莹的珍珠、贴在美甲上精致的金花更真实。你的手瘦削、细腻，是我要描绘一辈子的模特。

飘逸的绿云、轻曼的身姿。你优雅地优游，我心里翻江倒海。脸颊上精巧的贴饰，令你更加迷人。你看向我时，我屏住呼吸。

关闭一颗星星，星星后面没有眼睛。不能再枕着稚嫩的翅膀做梦，细腻的沙由我指间漏下。

荡起秋千，染指流年。时至半夏，新年的红。

你在楼外唱起忧伤的歌。我如何摆脱沉重的枷锁？

灵魂不过一条冰河，人生不过一场篝火。

我躲入自我的世界里幻想着，直至某一天，你来到我窗外。你说："过得好一点。我希望你回来。"

雾将灿然的黄漆成肃然的灰，年轮是生命晕开的漪澜。遇见茶一样淡雅的女子，孩子可爱得像小甲壳虫。

咸阳来了一位摄影师。

最浪漫不过有一日，纯粹、安静，阳光透过落英缤纷叠我的手，你坐在左边，笑着对我说话。

一 假装

你背着乖巧的书包，娇小、可心。我跟着温柔的影儿，似泅渡慵懒的时光。

爱囿于荫翳的晚秋。在橘黄色的天空下面，藤萝优雅地打开一扇希望之门。

我对你柔曼的姿态、雅静的举止倾心。缠绵地一见钟情，两手扶着醉心。没有谁能伴谁一辈子，你该令我粉身碎骨。让我死在你的垂青里，也免得我为腌臜的人死。

黑暗里总得寻个歇脚的地方，将一身的雨水晾干。夜的精灵，垂着乌黑的长发，抬起晶亮的眸子，低低地吟唱一首凄清的歌。

流光粘住秋蝉，清澈的回忆冲走漂浮的倒影。我同多事之秋一道老朽，你把我丢在迷蒙的烟雨里，再也没回来寻找。

背着你送给我的背囊，我要奔向未知的远方。躲避一群湿咸的风，扎入一片洁白的海。

生有什么光辉? 身后多么荒诞! 社会弄脏了我，流年腐蚀着我，连你也离开我。我只盼一死，何时何地如何死法都好，任谁消灭我。

重重落下的门心，花生粗硬的外壳。你的跫音是咒语，启动了我情的机关。

一切的美都毁坏了，是自己走向了衰落。

文字是我追求你的手段，没有你，它也不是手艺，而是长长的伤疤。

是先有了"谎"，然后有"谎话"；还是先有"话"，后有了"谎话"?

我不得不仰冷冬的鼻息生存，我失去如秋实般饱满的你。我未摘到挂于最高枝上的你。我要食腊梅、饮坚冰挨到下一个阳春。你应该接受命运、忍受生活，落到肥沃的地方，等待发芽、等待开花，等一个勇敢的少年娶你回家。

小时候，想要一点玩耍的时间，母亲没有给我；成年后，想要一点温柔的慰藉，生活没有给我。

在杂乱而狂野的秋天，无聊而漫长的等待里，我虚度了分手的明媚的上午。

我遇见你最美丽的时候，曳着华美的尾巴，吐着可爱的气泡，游向一丛富丽的珊瑚。

我当真见了忘川。于社会里饮一瓢见利忘义的江水，良心就空了。世界当真是地狱。

麻雀撒在树上，在我窗外。梳理羽毛，左顾右盼，叽叽喳喳……风卷起地上的落叶，树却静了，我心掏空了一部分。飞鸟——空灵的神明——羽翼闪耀自由、快乐的光泽。没有谄媚、没有言说，唱着、跳着，无拘无束、无忧无虑。

昏黄的月亮古朴、典雅。我伏案上，沉浸在册页、甲骨里，我失去任何理由怀疑，对文化、文学的。我无法再用短浅的、功利的眼光来看待精神财富。

我愿如你，追求膨胀的物欲，不伤春悲秋，不胡思乱想，不提笔蘸感情的墨，在苍白的人生上画花朵。

秋美发展到极致，得到沉淀的精华还给大地。看得到的只是表象的枯败。

如果民族没有了信仰，伦理就异常脆弱。每个人是每个人的陌生人。安全的距离会给人一份良好的感觉，于是乎距离可以产生美。

霓虹暴露贫瘠，夜风吹痛软肋。不愿再曝光黑暗，揭开污秽。我一点儿也不想探索你的秘密，如患病的心拒绝另一颗心的靠近。

灵魂渺小而独立，孤独到不能自已。血向上涌，泪往下流。

你开在我身旁，蕙质、兰心。我欲念中翩翩的蝴蝶不敢越雷池一步。

即使经过筹划，仍然不敢告白。错过了你，再没机会遇见！你多么可爱：亮泽的秀发、透明的肌肤；灰色毛织围巾、深色格子衣服；桌上的真果粒、诺基亚；桌内的西点，凳子上的耐克书包；吃德芙时恬静的样子，摇果粒橙时俏皮的模样；你的乖巧，你的文静，你的聪慧，你的教养……五毛钱能买一个奥特曼的卡片，我愿用我所有的奥特曼换回你陪我的一天。

二 诗谶

阳光远道而来，满载着温暖。泪腺上的雪山汩汩融化，流向寂寞的村庄和平原。

守着偏僻而温馨的小窝，过着朴陋而安静的生活。

你美丽、神秘，似月明的夜，映现我清瘦的影儿。

掌纹似阡陌，你无论在哪儿出现，都将是夏天。田野中疯长着悲欢，荒芜着命运。

人孤独行走在斑斓的大地上，每个人与其他人都不是同类。

人往青春的气球灌土，使它无法脱离大地，攀升美丽而危险的高度。梦想为青春的气球着色，叛逆为青春的气球打气，飞是青春的精彩和无悔。

风揭开夜的面纱，潮涌向心的沙滩。苍白的古塔擎起缥缈的歌声，幽暗的魅影推翻剧烈的火焰。

忧伤蒙蔽了我的心智。你温柔如新鲜的棉絮。

振翅的阳光，语句像扇叶一样旋转。触角惹火上身，心是一只蝴蝶的灰烬。如果有一天，我经不住冰冷的风吹……

流光褪尽红颜，落花保护残枝。我收藏你年华，你染香我半世。

日月是天上的钟摆，摆过来，一日清明；荡回去，一夜昏聩。撞见你精致的妆容，我心钟就敲响一次；捕捉到你清纯的微笑，我灵魂的剧场就放出乐音。

我放过这利欲和欺诈的世界，让才华的光彩在虚妄的狂欢中挥霍殆尽。

隐忍是祸心的阴谋。我屠戮自己肉体，撕裂自己灵魂，对叛徒施暴。

你轻声细语恰似风铃上贝壳的嬉闹，经过时残留桂花的清香和夏天的气氛。

我捧着最好的时光，等你在繁华的街景里出现。磅礴的喷泉和富丽的烟花渐次落幕，我鼓舞的心瘦成一根针。回程的夜黑暗、寂寥，我踯躅着啜饮、啜泣。

年轻的心像雄鹰一样勇敢。高出星辰，鸟瞰苍穹。你一定见过云海的飞鱼，风驰的速度惹你去征服。一根最重的羽毛落下来，你遗失的是一生的罪赎。

你着墨绿的修身装，鲜艳的帆布鞋与地面擦出清脆声响。你活泼地来来回回，像一株梧桐树经风吹动得哗哗作响。

如影随形的你，并不是我的朋友，却令我看起来没那么落寞。

灵魂是另一个"我"，我是它的暴君。世界充满了诱惑，我在追逐中迷失，忘了自己是王。常常忽略它的存在，除非遭遇了疾病，除非看着自己眼睛。

我期待一场寂静的雪，恶童用以埋葬我，贴着我肌肤融化的雪。渴望回归温厚的大地，蚯蚓一般钻进它怀里。美梦浇铸天空，情书折叠飞鸟。

你不经意地坐在我的边上，我不够优雅地配你的美丽。

苦于不能逃脱这涸泽，我沮丧我不是鲜活的。你的光辉静默地照耀我，你竟也落入这片污淖，那你还是圣洁的吗？

窈窕的你相看幽深的烟雨，苍苍的风追逐消逝的时光。

在莽莽苍苍的记忆里，你是最后消失的麋鹿。听旷野多安静。岁月在逆转。

你立于秋天的樱树下，背着一把黑色的吉他。你喜悦得似雪山的阳光、四月的蜜蜂。

我遇见努力的你，白皙的、清纯的、优美的、羞怯的。我站到你的课桌前，你声是温柔的呢喃，似融化的初雪、传播的花粉。

你瞳孔里藏着个我。你不优美了，不优雅了，我也要永远保护你。

我本是爱的木偶。它安排我们遇见，它预见我的思念。你让我念念不忘，使我不知疲倦地赞美，我每个字眼都是情话。

三 征吉

无心解剖树的年轮，鞠躬沉入花的暗香。

天空滚着烈焰，地球正在融化，我俩是一片树叶挨着另一片。自燃的河流、爆炸的石头……你挨着我，我打心里甜蜜，我满眼的欢喜。

我绿色的头发上附着些黄色的小花儿，两只小蚂蚁在我棕色的皮肤上分手。红日是青天焦灼的伤口。

躲到重重的帘幕后面，也逃不出人性荒芜的世界。文化沙漠、道德滑坡。我们还空谈什么美、爱和正义？世人将良心变现，保障皮囊寿终正寝。

谁来拯救末日的花？谁来保护娇弱的你？我诅咒变质的世界：所有的花蕾都化石头，所有的女孩都变邪灵！

假作真时，真实的世界却成了乌托邦。人们习惯于不同的场合带不同的面具，从一个化装舞会辗转到另一个。除非不小心露出马脚，总不甘心以真面示人。

飙飘的夜，我静静地飞。雪花捧着你来，你灿烂地笑，像一瓣春天。

姓名乃身外的；仪容因时代、地域不同，衡量标准也存有差异；人性广为认可，却也最复杂难测。"我爱你"是什么意思呢？

感觉并不可靠，你表现出的形象并不能使我的理智倒戈，反而俘获我的心。但我总能捕捉到那一刻，你美如昙花，仿佛你的灵魂向我打开。我迫不及待了解完全的、血肉丰满的你。

总有一些相似，使我惺惺相惜；总有一些品格，令我由衷赞美。我的城府被你顺遂地攻占。我邀请你的灵魂住进我心里，成为我的一部分，我再也离不开你。

我愿意漂泊，不问前路，做沟通万物的巫史。你也不想为虚名微利费尽口舌和机巧吧？

明净的灵魂，遭污染了，就背叛了；或倾圮了，就覆灭了；但保养着，就是光焰。

梦想欺骗了我。我却很享受迷茫的生活。忧郁、悠扬，前途莫测。

现代人炫耀，标榜，焦虑。

在我对称的身体里，唯有一个器官，突兀、孤独！它思考，它倔强，它一直想要你。多么像灵魂！

不入我眼帘，不返我梦乡。我想……不，我的头发不漂亮。我把心凿、凿，将你解脱出来。你就此一去不回。

你美丽地走向我，伶仃、单薄、迟疑。你的身后，狭长、空寂、神秘的黄昏。

回忆、追溯历史，不过找寻一份存在感。存在为一种自觉，基于人的感觉。

从未见过你笑。你是素雅的美人，嫩白的肌肤若花瓣，举止很轻。淡淡地散发蓬勃的生命力，像一棵清新而粗犷的茶树。

听闻过秋天的战争吗？每一棵树兵强马壮。西风是战书，招惹兵士的叫嚣，总有几员猛将，按捺不住杀出阵营。

决战之日，照例是骂阵，短兵相接，由两国交战演变为诸侯混战。更有疾风助威。荣辱，敌友，生死，铁血。腾腾的杀气遮天蔽日，战火在每一座城池燃烧。

最后，一场冷雨冲刷层层的尸体，勇敢的战士战死沙场。

水珠在逃跑。蝴蝶，静止的，如叶片；翩翩的，吸引着危险。

膨胀的野心，总也不满足。唯有暗恋你，只擦肩而过，也令我幸福。

叶子于霜降这一天黄了，你高挑的倩影跟着凉了。

我把你名字写书案上，有时，它似泪水一样模糊；有时，它如小山一般隆起。我为这三个字着了魔。它是我问卜一生求得的爻辞，出现于我每一首诗中的谶语。

四 我想给你一片干净的土地

这是我爱悦的世界，悦它的风云突变，爱它的亘古未变。而我是易碎的，易逝的。我小心地将脚印都收走，好像我从未到访。

生命可贵。生命脆弱。

每个人都命不由主。悲剧从一开始就已注定。

认为自己爱对了人，遂抱着浪漫的等待沉入忧伤的海底。

人生是扇斑驳的门，出生入死不过是从一堆枯朽的叶片到一堆废旧的资产。

你从冷冰冰的烟雨里退出，打开空灵的山的轮廓。

人人自危的时代，无暇顾及他人死活。我在纷乱污淖里遇见你，笑容灿烂，清秀洁白。美人，瞧啊！我还戴着香草，怀着赤心！

你敢不敢陪我坐在昏黄的树林里等待天黑，倾听夜的热闹？蝙蝠在头顶翻跹。没有篝火，我捧出一颗可爱的小星星，养在陶罐里，照亮你亮丽的容颜。铺盖厚厚的落叶，聆听纯净的风吟，讲一夜的梦话。

每日跳上同一枝头，眺望你每天坐回相同的座位。爱护自己的羽毛，珍惜最初的洁白，不使它染污垢，不为它涂油彩。

你干净如麦芒。笑时，让人感觉到轻微的风在吹。

他们说梦想向现实低头。我背后的秋天开始燃烧。我随心所欲，过火而疯狂。梦想飙升到极致。极致的后面不是戛然而止，是生命、永恒、繁华流水。

秋阳解构树的梦幻，纷纷扬扬的眼泪。宽阔的掌纹拂乱隽永的文字，墨迹流入深深的命运。

你候在光辉里，我暗沉沉低着头，一步，两步，三四步，我已将自己批驳得体无完肤。再次错过你，再也逃不脱对你的思念。

我想要一小片天空来开拓、一大拨云彩来挥霍，每一秒驰骋于奇妙的太虚。

爱的棉线牵引我，我是恣肆的风筝，一头栽入发亮的海，沸腾。你抱着温柔的骨，到纤细的草地上；扶摇直上，被九霄外的罡风撕碎，爱的纤维在太空中扩散。

笑容僵硬在分别的夏天，从此常常忘了携带友善。极力避开不洁的视线，却避不开衰败的秋天。人世吵嚷一层层包裹我，像汹涌令人窒息的旋涡。

穿越狭长的时光的走廊，追寻你孤单的娇小的倩影。你纯净的动人的嗓音，你脸上绽放的甜美的笑，你的节目落选时寂静滚落的泪珠，男孩看你时温柔的忧郁的眼神……在此都一去不复返了。

升腾的尘埃是金色的子弹，炸碎窗外的黄昏。你在冷清的心室里发现的黑苹果，爱人，那是我的爱。

白色的餐厅，托着腮的你恰如一杯蕴藉的红酒。指针是岁月的舞鞋，优雅地旋转，鼓动我的心跳。窗外，黑猫在风刀下模糊一团。

我看到的世界是灰色的，如同凌厉的阳光折断屹立的华表。我们所说的青春，不过是清晨中的废墟。

我用一桶名为时间的颜料，挥洒出一位抽象的癫者。但这是一个得失的世界、悲欢的世界！但这个世界上从此有了一位癫者！

肥沃、宁静的故乡滋养我的一生，漂泊的踪迹是伸展的枝蔓。我憧憬、向往了一生的天堂，是我贫穷、落后的故乡。

辉煌和枯槁的是草，皲裂和燃烧的是羽毛。

你从冥冥里款款出现，米色的风衣，风流的长发。交会的惊喜是极致的美梦！我卑微地不敢对视，当你凝眸注视我的时候，善良的梦啊！到此为止吧！

五 龃龉

我变化成黑猫，深夜使我放心。情话我再也不想说。

人不会心软，就不会受伤。

我对未来感到迷茫，过去是我嘲笑对象。

割开模糊的记忆，将你解脱出来，你膨胀成一个宇宙，我永远也走不出你。

你温柔、新鲜的手，指引我攀上棕榈。我的心若一颗燃烧的星，你滚烫的目光化生了它。它游到你潺潺水中的双脚上，那一条欢悦的鱼。

十七岁的目光融化了我，我松弛成一滴水，照见你清丽的影。

走入阳光的我恍惚了：浓郁的秋天的植物，迷茫的追寻的飞鸟；高耸的神秘的塔，掩映的耀眼的云；沉静的宝贝的你，玩世的烦恼的我。

你的沉郁，你的格调，你的姿态。

我的迷狂，我的执念，我的虚无。

世界消亡的那一天，你的优美无迹可寻，我的痴情风流云散。

你可以肆意美丽，阳光里开，星辉下闭，随水流深，御风飞逝。

你常常读到上古的传说，神明与王显赫的时代。彼时我是翼龙在苍天里翱翔，我的崇拜，我的女神，我的血液，你站在我的背上。

我是幽暗而悠远的星，夜夜出现在你天空，固执地燃烧自己，只为有一天你看见，你未曾孤单过。

你是我夜路上一瓣西斜的黄月亮。

翻阅少年的诗行，满眼梦的香。路越走越荒凉，心结了厚厚的茧，再不是少年时模样。

在缤纷的秋天里蛰居。

一生，一妖。生言，在你怀里死，也甘心！妖任他在自己身上撒野。待他睡，食了他。人伪善，辨伪，逢人说假话。妖非赤诚修不成妖，见妖吐真言。

我推着秋千上的你，那么亲密。微笑着望你的我，没那么爱你。

我的思念茂盛而凌乱。意义的开始和结束都指向虚无，我就是对你执迷。

美成了树的负担，疲惫的季节里卸下颜色一片片。女孩们剪短了头发。

但凡言魅力，皆映射个性，牵涉独立、自由之精神。水径自流，花兀自香。

玲珑的，清爽的，优美的，翩翩的，动情的，难忘的……瞧，你给了我一个盛夏。缤纷的，遥远的。

天上星是寂寥的，地上的人也一样。旋转，旋转，最后毁灭；追寻，追寻，之后消逝。

灵感是自由的鸟，给予人的喜悦，也是雀跃的。

我流浪到另一个地方，只为了感受那的阳光，将我的思念分担给陌生人。我的脚印里都有你的影儿。

心头坚冰缓缓融化，阳光晒暖大理石，桃花爬上树枝。我在人头攒动的操场上埋着头，你经过我时呵呵地笑。你的笑渐渐稀释，渐渐消失，像一面镜子越来越模糊。我从镜子里照不见自己，记忆也照不出你的影子。

任我们迷糊挥霍的青春，认为爱和自由比一切重要。任谁也不能压迫的青春！

隳了这温柔乡吧！人生艰难，人世险恶。我这般痴，你那样纯。这世界有我俩什么活路？

揭开一页白纸，我的世界就在里面。风吹树叶沙沙响，我衣衫单薄走在幽暗的路上。你的美丽印在我心里，藏我诗里，人生的逝水流年有什么关系？我飘荡在大地上，只为采一束鲜艳的花送给你。人世的凄风冷雨有什么关系？

六 人生：从虚无走向虚无

夜蝴蝶低低地吻我。透明的翅膀上，粉一样的月光笼着一双灵动的眼睛。我唤她："石头！"她的触角探向海绵状的黑暗。像我不停地走，用未知的虚无缠绕左脚的伤。我推开最后一扇门，坐在最干净的椅子上，默诵一串十一位号码。我披散着头发，嗓子里咳出血。咳出一些相片和纸条。角落里的瓶子溶化成精致的一张脸，纠缠我的蚊子喊出一颗星星，屋顶的风扇慢慢停止转动，所有的灯都熄了，我的鼻子滚落到地板上。

我用嘴大口喘气，开始很难过，后来便安逸了，甜甜的风落进我嘴里。无聊的时候，常一个人站在树枝上，像一只鸟或者两只。喜欢观察树下吃草的兔子，遥望银河里的一只飞船。一只真正的鸟在我高兴的时候挨着我立着，而我的喙更锋利、羽毛也更丰满。我的灵魂回来时，没有一片树叶表现自己活着。因为万事万物都不必真实。从虚无走向虚无，我想念那只蝴蝶。就像子弹刺穿头颅，若我情愿，它们便是我的真实。

捧着几支玫瑰，准备随时送出去。我的理智花园落英缤纷。我盲人摸象般触摸岁月的形状，冷兵器时代，生命像温柔的刃。我把弄脏的球鞋叫作青春。那些奔跑的、呐喊的、迷惘的、伤感的。我落泪，青春旋转着流逝。我的成长像一棵树：快乐积一层，忧愁积一层，死寂后枯木逢春。而那些帮助或伤害过我的人，化石般，陈列于博物馆或深埋在地下。在最热闹的地方，我蜷缩在土墙下。有时候伸伸懒腰。浑浊的眸子像生锈的轴。有的人唾我卑微，有的人用一枚硬币砸碎我的梦。我不情愿地翻个身，喃喃地说："你多么不懂！"

我的背越发弯了，像一条跃起的鲤鱼、拉满的弓。而我疯狂的波澜，埋得更深。有一个花圈担心我变成一个句号，蛋类则很乐观。我希望被切割一片一片，像一沓纸条。我痴望着天空，盼望某一天，眼睛被一只薄薄的翅膀覆盖。昆虫用它温润的嘴与我亲昵。在断桥上，我说："石头。"我到商店里买五指袜，出来时怀抱着一只兔子。我独自呢喃，有时高兴，有时生气。好像我不是一个人。有一天，一个使节送来一封信。石头哭得最凶。我们宰了一群羊，又捧出好多坛酒。我们待在一起好多日子。最后，我在马背上与她作别。她说："你早些回来！"

但我还是死了，被清理战场的老兵剥光扔到海里。一只海星让我讲我的事迹。我说："石头，你问我为什么送你礼物，我也不知道。"我拖着一条飘带，在草地上跑，路过一些风筝。秋天，我忧伤的步子很慢，我经过红枫。宽大的毛衣，围脖搭在肩上。日光温柔，瓷砖光洁。所有的人都在。他们说："回来啦！"我高兴地答应着。可是，没有石头，也没有人谈起她。他们笑着说，每个人都在。我很难过，轻轻地把每个人杀死。石头是我的真实，他们才是虚幻。我要找石头！我要去找石头！

一只被剥了皮的兔子看着一株四叶草发呆。我在一棵石楠树下醒过来。天空中有五颗星星。我咳嗽，热得流汗。我想忘掉石头。像一只羊把草原忘掉，更像一朵云忘记天空，牧羊人也唤不回、河也拦不住，恣意变幻形态，更接近虚无。若我的命在 10 岁喝下毒药的下一秒就死了。我不知道石头是谁，更不会为她伤心。但我活下来，活到现在。我没有一丝线索能找到石头。没有对话、没有眼神、朋友也不知道她，甚至她都不曾出现在我梦里。可她的存在又那么证据确凿：我无时无刻不在牵挂着她，我写的每一个汉字里都有她的呼吸。

我这是要去哪？还扭伤了脚。浴池在放新版三国，报刊亭的老板蹲在椅子上像一只蜥蜴。我想说："石头，我虚构了你、三叶草、大地和新闻。"我们都不是真实的，只是虚构的。"喜欢""思念""我们"毫无意义。日子单调重复，我的头发变厚褪色，像一个荒诞主义者。可"石头，我忘不了你！也无法否认我承诺过的"。我被虚构成一个抑郁症患者，出场总那么不合时宜。但我不相信别人比我有多好过。那些充满欲望的虚伪的猪！若我疯狂了，一一撕烂他们的嘴脸。我用牙齿走路，一个玩世不恭者，也比他们更真诚。

我再一次入戏，何必生气呢？虚构了真实，嬉笑怒骂只因是旁观者。我将冷眼看人生百态，长乐未央。"石头，我知道上演的是悲剧，我会成为凄艳的结局。"

太阳晒出的童话

文／岳冰

岳冰，台湾东华大学硕士在读生，辽宁省作家协会会员。作品散见于《文学少年》《童话世界》《意林童话》等杂志，部分作品被收录于《中国校园文学精选》《中国青春文学精选》等选刊，已出版长篇小说《我的缥缈时光》《来自精灵世界的妈妈》。

一 奔跑人

阿强跑得快。他爸爸接收电台采访时说，阿强是个奔跑天才，他一出生就会跑。

阿强果然是天才，他至今没有遇到比他跑得更快的人呢。不仅仅是人，像猎狗、兔子一类的擅长奔跑的动物们也跑不过他。至于老虎和狮子他还没遇到过像样的机会比试一下，但阿强周围都相信它们也绝对不是他的对手。

从很小的时候开始，阿强得到的奔跑比赛的奖金，比他父母的月工资还高出两倍。大家都忍不住去请教阿强的父母，这么优秀的小孩子是用什么方法养大的呢？

每次阿强的父母都是笑而不答。一直，笑着，嘴弯成恰到好处的弧度。唯一的一句话就是："如果孩子想跑，那就别拦着他，让他去跑好了。"

后来报刊、电视台、互联网等各种媒体都竞相转载这句话。专家们还从历史、哲学的角度分析，都感叹这句话说得是多么有水平啊！真不愧是天才的家长，和别人的家长就是不一样。

只有在亲友面前，阿强的父母才苦笑着坦白道，我们自己都没意识到自己说的这句话有多么好，当时是乱说的，因为如果我们不说话的话电视台根本不让我们走啊。

大家都笑着说看来名人的家长并不是那么好当的啊！

阿强是天才，大家都不能否认。但他的天才只表现在奔跑这一领域罢了。他除了跑步，什么都不会做。

无所事事中，他就早早起来和太阳赛跑，看看自己是否能跑过它。事实从来都没让他失望过，这次也一样，他又赢了。然后一整天他都在沾沾自喜的状态里。"连太阳都不是我的对手，我真是顶厉害的人了呀！"

幼儿阿强长成了少年阿强，中年阿强又长成了老年阿强。这个时候，他该跑不动了吧？

不！他反而更加有活力了。他穿越了一个又一个城市，还能在天黑之前跑回来，速度可比汽车快多了。

他跑成了一个美丽的传说。小城的居民都以他为荣。几百年后，他依然是茶余饭后最美丽的故事——

从前咱们这儿出过一个天才叫阿强，他是奔跑着死去的。

二 盼雪人

多年以后，很多地方因为不注意环保而变得肮脏无比。于是，纯净的雪花会选择它们喜欢的地方降临。不喜欢的地方，就永远不会去了。它们喜欢的地方是离我们很远很远的另一个国度。比我们晚出生的孩子们好多都没有看到过雪。甚至，连雪花的图片记载都变得模糊不清了。

那个时候，我已经很老很老了。只有一丝力气握住笔来给孩子们书写他们喜欢或者不喜欢的故事。于是我爱上了和一些孤僻的孩子通信。

于是今天有人给我写——

亲爱的冰儿奶奶，我知道你活了那么久一定会见过世面，您可不可以把以前看到过的雪花画下来给我呢？

我思索了半天，然后告诉她。雪花实在是太美了，我想最优秀的画家和最精细的画笔都描绘不出它的美丽。

然后我问她，孩子你喜欢抽象画吗？

她回信说，从小就开始练画画了，她熟悉任何一种风格的画。

于是乎，我寄过去一张白纸给她。

没多久，孩子回信了——

谢谢您。这一定是我看见过的最美丽、最纯净、最浪漫的雪了，比我梦中的任何一场都要美……

我笑了，仿佛回到了我的孩提时代。我记得过往的那场雪非常大非常美，小小的我抬起头来仰望它们，然后它们一片一片地融化在我的眼睛里。我一直都觉得这是它们给我的最纯净的恩赐，一直到现在都净化着我。然后当我重新想起它们来，就会流出滚烫的泪水，泪水从眼睛里跑出来落到纸上。

然后的然后被孩子纯洁的眼神捕捉到。

我相信，总有一天它们会回来，那么无论我看到还是看不到，都感到无比安心和幸福了……

图书在版编目（CIP）数据

源源本本：90后新概念．散文卷／蓓蓓主编．——广州：广东教育出版社，2015.10
（蜂鸟系列）

ISBN 978-7-5548-0815-3

I．①源… II．①蓓… III．①散文集－中国－当代 IV.I217-1

中国版本图书馆 CIP 数据核字（2015）第 186770 号

策 划 制 作：北 京 玉 兔 文 化 有 限 公 司

责 任 编 辑：陈定天　蚁思妍　田晓　高斯

特 约 编 辑：马璇

责 任 技 编：杨启承

内 文 插 图：车路

装 帧 设 计：少 年 保 持 计 划

源源本本：90后新概念 散文卷 （蜂鸟系列）

YUANYUANBENBEN：90HOU XINGAINIAN SANWEN JUAN（FENGNIAO XILIE）

广东教育出版社出版
（广州市环市东路 472 号 12－15 楼　　邮政编码：510075　　网址：http://www.gjs/cn）

广东新华发行集团股份有限公司经销
北京新华印刷有限公司印刷
（北京大兴亦庄工业开发区凉水河一街八号）

889 毫米 x1194 毫米　32 开本　8 印张　251 000 字
2015 年 10 月第 1 版　2015 年 10 月第 1 次印刷
ISBN 978-7-5548-0815-3
定价：32.80 元

质量监督电话：020-87613102　邮箱：gjs-quality@gdpg.com.cn
购书咨询电话：020-87615809